Writers' London

A Guide to
Literary People and Places

A Guide to
Literary
People and Places

〔英〕
嘉莉·卡尼亚
艾伦·奥利佛
著

陈雍容 译

Writers'
London

伦敦文学地标

人民文学出版社

著作权合同登记号　图字 01-2023-6086

© 2020 Carrie Kania and Alan Oliver
World Copyright reserved.

First published in the English language in 2020 under the title Writers' London, ISBN 9781788840460, by ACC Art Books
© ACC Art Books Ltd.

This translation of Writers' London (First Edition) is published under license by arrangement with ACC Ltd., Woodbridge, Suffolk, IP12 4SD, UK.
www.accartbooks.com

图书在版编目（CIP）数据

伦敦文学地标 /（英）嘉莉·卡尼亚，（英）艾伦·奥利佛著；陈雍容译 . -- 北京：人民文学出版社，2024
ISBN 978-7-02-018419-4

Ⅰ.①伦… Ⅱ.①嘉…②艾…③陈… Ⅲ.①散文集－英国－现代 Ⅳ.①I561.65

中国国家版本馆 CIP 数据核字(2024)第 008180 号

责任编辑	翟　灿　朱茗然
装帧设计	李思安
责任印制	苏文强
出版发行	人民文学出版社
社　　址	北京市朝内大街166号
邮政编码	100705
印　　刷	北京顶佳世纪印刷有限公司
经　　销	全国新华书店等
字　　数	120千字
开　　本	880毫米×1230毫米　1/32
印　　张	7.375
版　　次	2024年3月北京第1版
印　　次	2024年3月第1次印刷
书　　号	978-7-02-018419-4
定　　价	68.00元

如有印装质量问题，请与本社图书销售中心调换。电话：010-65233595

Writers' London

A Guide to
Literary People and Places

前言

踏上伦敦的街道,就意味着踏上了查尔斯·狄更斯、弗吉尼亚·吴尔夫、约翰·德莱顿和拜伦勋爵的足迹。从乔叟的时代开始,从赫尔曼·梅尔维尔到芭芭拉·卡特兰,形形色色的作家都曾在伦敦留下工作、玩乐和恋爱的痕迹,许多文学巨著都能在这座奇妙的城市中找到原点。

令人惊讶的是,时至今日,我们仍然可以不费吹灰之力就找到这笔丰厚的文学遗产在现实中留下的印记。你可以去狄兰·托马斯和乔治·奥威尔时常光顾的酒吧喝一杯,也可以造访伊恩·弗莱明和约翰·勒卡雷逛过的书店。T. S. 艾略特和奥斯卡·王尔德青睐的餐馆营业如常,简·奥斯丁、阿加莎·克里斯蒂和 D. H. 劳伦斯生活和工作过的宅邸依然立于原地,乔·奥顿和多丽丝·莱辛去世的故居也都留存完好。无论是《恋情的终结》《砖巷》,还是尽人皆知的"哈利·波特"系列,在伦敦的街头都能找到无数小说中的故事场景。这份指南远远谈不上详尽,也意不在此;身为作者,我们只是希望读者能够从这一题材中获得和我们一样多的乐趣。如果您因此产生了兴趣,我们建议您可以进一步去深入地读一些关于作家们在伦敦生活的记载；在这里，我们特别要推荐的是彼得·阿克罗伊德和克莱尔·托马林的作品，他们为若干位在伦敦久居过的作家写下了极为精彩的传记。最重要的是，我们鼓励本地居民和访客们去亲自发掘有关伦敦的文学故事，它们中有很大一部分已通过蓝色名人牌和其他形式被记录了下来。谁知道呢，意大利酒吧[1]里坐在您隔壁的那位也许正在为自己下一部获奖小说奋笔疾书。

本书区划注解

《伦敦文学地标》一书的结构参照伦敦城区做了粗略的划分。在这些街区中，我们选取了一些重要的地点，以帮助读者了解文豪们在这座城市的生活。为保持整体格式统一，某些街区的划分会作模糊处理。[2]

注：
① 意大利酒吧是伦敦苏活区的一家著名酒吧。
② 通常意义上的伦敦指的是大伦敦（Greater London）行政区，其下包含了伦敦城（City of London）和其他三十二个次级行政区。其中，伦敦城与威斯敏斯特市（City of Westminster）拥有城市地位，因而在书中译作"伦敦城"和"威斯敏斯特市"，其他次级行政区则为"区"，特此注明，以免混淆。

中部

布鲁姆斯伯里 | 霍本和克勒肯维尔 | 舰队街和圣殿区 | 考文特花园、河岸区和查令十字街 | 圣詹姆斯和威斯敏斯特 | 梅费尔 | 马里波恩 | 菲茨罗维亚 | 苏活区、中国城和莱斯特广场

推荐阅读

《漂在苏活》 科林·威尔森
Adrift in Soho, Colin Wilson

《弗雷迪学校》 佩内洛普·菲茨杰拉德
At Freddie's, Penelope Fitzgerald

《霍克斯默》 彼得·阿克罗伊德
Hawksmoor, Peter Ackroyd

《牵手之初》 玛姬·欧法洛
The Hand That First Held Mine, Maggie O'Farrell

《达洛维太太》 弗吉尼亚·吴尔夫
Mrs Dalloway, Virginia Woolf

《雾都孤儿》 查尔斯·狄更斯
Oliver Twist, Charles Dickens

《天空下的两万条街道》 帕特里克·汉密尔顿
20,000 Streets Under the Sky, Patrick Hamilton

《苏活区》 基斯·沃特豪斯
Soho, Keith Waterhouse

《邪恶的肉身》 伊夫林·沃
Vile Bodies, Evelyn Waugh

《查令十字街84号》 海莲·汉芙
84, Charing Cross Road, Helene Hanff

《菲茨罗维亚厌与惧》 保罗·威利茨
Fear and Loathing in Fitzrovia, Paul Willetts

二十世纪二十年代末,路人在布鲁姆斯伯里一家书店门口浏览。
印刷品收集者 / 埃拉米图片社

布鲁姆斯伯里

布鲁姆斯伯里毗邻菲茨罗维亚、苏活区和考文特花园,区内有大英博物馆和数家知名高校,因而顺理成章地受到作家们的常年青睐。二十世纪初,著名的以吴尔夫夫妇为首的布鲁姆斯伯里团体在这一带的私宅频频聚会,围绕现代文学话题展开争辩、讨论和评析。想象一下,十九世纪的布鲁姆斯伯里是一片草木繁茂的住宅区,离周围那些活力四射的商店、剧院、餐厅和国王十字车站级别的交通枢纽仅几步之遥。数量众多的花园广场是它的优势所在,而在这些公有或私人的绿地周围,坐落着包括查尔斯·狄更斯在内多位著名作家的宅邸。如今,布鲁姆斯伯里是若干知名出版社和众多书商的所在地,吸引着业已成名的和未来的作家们。

知名书店和博物馆

韦尔科姆收藏馆书店
THE WELLCOME COLLECTION BOOKSHOP
尤斯顿路183号,NW1
183 Euston Road, NW1
店内拥有出色的科学和思想类书籍。
周二至周日 10:00—18:00(周四营业至21:00)

科林奇与克拉克书店 COLLINGE & CLARK
利街13号,WC1H
13 Leigh Street, WC1H
一家从事私人出版的二手书店,也出售关于设计和排印的珍本书。
周一至周五 11:00—18:30

伦敦书评书店 LONDON REVIEW BOOKSHOP
伯里坊14号,WC1A
14 Bury Place, WC1A
书店由《伦敦书评》在2003年开设,内有一家美妙的咖啡馆和精心选择的文学杂志。书店售卖的手提袋很受欢迎。
周一至周六 10:00—18:30
周日 12:00—18:00

书签书店 BOOKMARKS
布鲁姆斯伯里街1号,WC1B
1 BLOOMSBURY STREET, WC1B
这是一家社会主义题材书店和出版商。
周二至周六 10:00—19:00
周一 12:00—19:00

大英博物馆 BRITISH MUSEUM
大罗素街，WC 1B
Great Russell Street, WC 1B
伟大的大英博物馆成立于1753年，六年后开始对公众开放。自开放以来，它一直为作家们带来源源不断的慰藉和灵感。大英图书馆在1973年独立出去之前也设在此地。博物馆中庭的穹顶下有一座圆形的建筑，现为大英博物馆阅览室。这座被百万本藏书环抱的阅览室建于1857年，是卡尔·马克思和列宁喜爱的写作场所，詹姆斯·乔伊斯、鲁伯特·布鲁克、布莱姆·斯托克和阿瑟·柯南·道尔也是这里的常客。在本世纪之前，访客需要提交书面申请才能使用阅览室，并会收到一张"读者证"。
每日开放 10：00—17：30（周五20：30闭馆）

贾迪斯古籍书店
JARNDYCE ANTIQUARIAN BOOKSELLERS
大罗素街46号，WC 1B
46 Great Russell Street, WC 1B
专营二十世纪以前出版的书籍，以展示小众书籍的橱窗而出名。
周一至周五 11：00—17：30

建筑联盟学院书店 AA BOOKSHOP
贝德福德广场32号（店门开在33号），WC 1B
32 Bedford Square (door at No.33), WC 1B
专营建筑类书籍和杂志，包括建筑联盟学院旗下出版社作品。
周一至周六 10：00—18：30
周日 12：00—18：00

水石书店 WATERSTONES
高尔街82号，布鲁姆斯伯里，WC 1E
82 Gower Street, Bloomsbury, WC 1E
水石在伦敦有好几家连锁店，其中位于高尔街这家是最大的。它拥有整整两层学术书籍，覆盖多个学科。
周一至周五 8：30—21：00
周六 8：30—20：00
周日 12：00—18：00

同志之语 GAY'S THE WORD
马奇蒙特街66号，WC 1N
66 Marchmont Street, WC 1N
作为伦敦唯一一家同性恋主题书店，同志之语从1979年开业至今，始终鼓舞并支持着诸多性少数群体（LGBTQ+）作家。在当时，"同志"书籍在大多数传统书店里并不多见，因此，这家书店成为了同性恋权利运动的支柱和中心。直到1984年，海关官员仍试图从这家书店抄没书籍，把田纳西·威廉斯、戈尔·维达尔和克里斯托弗·伊舍伍德的作品视为淫秽读物。达米安·巴尔、杰克·阿诺特、艾伦·霍林赫斯特和埃德蒙·怀特都曾在这里举办过诵读会，2014年的电影《骄傲》也有数个场景出现了这家书店。
周一至周六 10：00—18：30
周日 12：00—18：00

司库伯书店 SKOOB BOOKS
布伦瑞克中心66号，WC 1N
66 The Brunswick Centre, WC 1N
被 *Time Out* 杂志誉为"优质二手书的圣殿"。
周一至周六 10：30—20：00
周日 10：30—18：00

特雷德韦尔书店 TREADWELL'S BOOKS
斯多街33号，WC 1E
33 Store Street, WC 1E
专营神秘学书籍的二手书店。
周一至周五 11：00—19：00
周六和周日 12：00—19：00

安德烈·多伊奇出版公司
ANDRÉ DEUTSCH LTD

（前）大罗素街105号，WC 1B
(Formerly) 105 Great Russell Street, WC 1B
这个地址现在已是知名的科内利森画材商店，然而也正是在这栋屋子里，戴安娜·阿西尔帮助安德烈·多伊奇开启了他的出版事业。尽管阿西尔最后在这家公司位至总监，人们提起她时，更多想到的还是她的那些获奖回忆录。在她近五十年的出版工作生涯中，阿西尔还培养了许多文学名家，共事对象包括菲利普·罗斯、诺曼·梅勒、简·里斯、杰克·凯鲁亚克、V. S. 奈保尔和玛格丽特·阿特伍德。

拉尔夫·沃尔多·爱默生
RALPH WALDO EMERSON

罗素广场63号，WC 1B
63 Russell Square, WC 1B
这位美国散文作家在1833年第一次来英格兰的时候在这里落脚，并将其写入了《英国人的性格》一书。书里还记录了他去见住在海格特的塞缪尔·柯勒律治，以及去湖区拜访威廉·华兹华斯的经历。

格特鲁德·斯泰因 GERTRUDE STEIN

布鲁姆斯伯里广场20号，WC 1A
20 BLOOMSBURY SQUARE, WC 1A
美国诗人、小说家、剧作家和现代主义先锋格特鲁德·斯泰因的名字往往同她在巴黎的文艺沙龙以及座上的文艺大师们联系在一起。然而在1902年，二十八岁的斯泰因离开故乡刚刚来到欧洲时，她曾在伦敦的这栋屋子里和她的兄长雷欧合住了一年。当时大英图书馆尚未搬出大英博物馆，她在其中度过了许多阅读的时光。

玛丽·米特福德 MARY MITFORD

罗素广场6号，WC 1B
6 Russell Square, WC 1B
尽管今天还记得她的人寥寥无几，玛丽·米特福德（与声名狼藉的米特福德六姐妹并无关联）在十九世纪前半叶曾是一位活跃且高产的剧作家、诗人和小说家。她当时住在布鲁姆斯伯里，是伊丽莎白·巴雷特·勃朗宁的密友。虽然出版的几部作品都很受欢迎，米特福德一直都在贫穷中挣扎，大部分收入都被用于替父还债。1855年，她在一场马车车祸中受伤，不治去世。

西里尔·康诺利 CYRIL CONNOLLY

贝德福德广场42号，WC 1B
42 Bedford Square, WC 1B
西里尔·康诺利在二战期间住在这里。他创办的文学杂志《地平线》的办公室位于附近的兰斯当排屋。

费伯出版社 FABER & FABER

（前）罗素广场25号，WC 1B
(Formerly) 25 Russell Square, WC 1B
T. S. 艾略特在这里担任了近四十年的编辑，是他那个年代出版界的翘楚。包括狄兰·托马斯、托姆·冈恩和菲利普·拉金在内的大作家都曾是罗素广场25号的常客。这家出版社后来搬到了大罗素街附近。

布鲁姆斯伯里

T. S. 艾略特在费伯出版社时合作过的作家阵容极为豪华,其中包括 W. H. 奥登、菲利普·拉金和特德·休斯。
匿名 / 美联社 / 快门图片社

"在贝德福德广场曾住着一位女士,她让生活变得更有趣、好玩和刺激了一些。"

—— 弗吉尼亚·吴尔夫
《回忆奥托兰·莫雷尔夫人》

约翰·温德姆 JOHN WYNDHAM

佩恩俱乐部,贝德福德坊21-23号,WC 1B
The Penn Club, 21-23 Bedford Place, WC 1B

约翰·温德姆在佩恩俱乐部住了近四十年,一开始是在塔维斯托克广场,后来搬到了现在贝德福德广场这个地址,直到他和同样住在俱乐部的格蕾丝·威尔逊结婚才正式搬出。在结婚前的许多年中,约翰和格蕾丝就各自住在两间相邻的房间里。这在当时相当罕见,因为通常男女住客的房间会安排在不同的楼层。温德姆最知名的几部作品,包括《三尖树时代》和《米德威奇布谷鸟》,都是在他住在俱乐部期间写下并出版的。

理事会大厦 SENATE HOUSE

玛莱特街,WC 1E
Malet Street, WC 1E

二战期间设在理事会大厦的英国政府信息部是格雷厄姆·格林的小说《恐怖部》的灵感来源。同样,乔治·奥威尔在《一九八四》中对真理部的描绘也借鉴了他妻子艾琳在这一审查部门的工作经历。

奥托兰·莫雷尔夫人 LADY OTTOLINE MORRELL

贝德福德广场44号,WC 1B
44 Bedford Square, WC 1B

作为一名社交名媛和艺术赞助人,奥托兰·莫雷尔夫人家中有一间饰有黄色塔夫绸的屋子,用于举办她的"星期四"沙龙。D. H. 劳伦斯、亨利·詹姆斯、W. B. 叶芝、阿道司·赫胥黎、T. S. 艾略特和弗吉尼亚·吴尔夫都曾是她的座上宾。除了两卷回忆录之外,她还留下了独一无二的文学遗产:赫胥黎《旋律的配合》中的比特雷克太太、D. H. 劳伦斯《恋爱中的女人》中的赫麦妮·罗迪斯和格雷厄姆·格林《这是战场》中的卡罗琳·伯里夫人等许多文学人物都能在她身上找到原型。

查尔斯·狄更斯 CHARLES DICKENS

塔维斯托克寓所,塔维斯托克广场,WC 1H
Tavistock House, Tavistock Square, WC 1H

在马里波恩的住处租约到期后,查尔斯·狄更斯带着他的九个儿女搬进了布鲁姆斯伯里这栋引人注目的宅子里,他的好友威尔基·柯林斯和汉斯·克里斯蒂安·安徒生等人都曾上门拜访。住在这里时,狄更斯写下了《荒凉山庄》《艰难时世》和《双城记》。1858年和妻子凯瑟琳离婚后,狄更斯卖掉了这座宅子。1901年,这栋房子被拆。

约翰·梅纳德·凯恩斯
JOHN MAYNARD KEYNES

戈登广场46号，WC 1H
46 Gordon Square, WC 1H

尽管他经济学家的身份更为世人所知，约翰·梅纳德·凯恩斯同时也是一位热情的艺术支持者。他是大不列颠艺术委员会的联合创始人之一，也是布鲁姆斯伯里团体成员，与弗吉尼亚·吴尔夫、T. S. 艾略特和 E. M. 福斯特等人都是好友。吴尔夫的《达洛维太太》中甚至有一个角色是以凯恩斯的妻子俄国芭蕾舞演员莉迪亚·洛波科娃为原型创作的。凯恩斯在1916年到1946年间一直住在这里。

利顿·斯特雷奇 LYTTON STRACHEY

戈登广场51号，WC 1H
51 Gordon Square, WC 1H

传记作家和文学评论家利顿·斯特雷奇是土生土长的伦敦人。1899年，他赴剑桥大学求学，在那里结识了克莱夫·贝尔和伦纳德·吴尔夫，开启了他与布鲁姆斯伯里团体长达一生的交集。1918年，在团体成员的帮助下，他出版了自己最知名也影响最大的作品《维多利亚名人传》。这本书大获成功，他也因此实现了经济独立。从1921年直至1932年逝世，他一直住在戈登广场51号。斯特雷奇在威尔特郡有第二个家，在那里，他和画家多拉·卡灵顿以及她丈夫拉尔夫·帕特里奇三人共同拥有一段开放关系。不过比起卡灵顿，帕特里奇对他的性吸引力要大得多。

弗吉尼亚·吴尔夫
VIRGINIA WOOLF

戈登广场46号，WC 1H
46 Gordon Square, WC 1H

在父亲去世后，弗吉尼亚（当时名为弗吉尼亚·斯蒂芬）和姐姐凡妮莎、弟弟亚德里安和哥哥索比在1904年一起搬进了这栋戈登广场上的宅子，住了三年。在这里，尚未成形的布鲁姆斯伯里团体举办了他们的早期聚会。索比在剑桥大学的很多朋友参加了他们的"星期四之夜"谈话和朗读活动，其中包括弗吉尼亚未来的丈夫伦纳德·吴尔夫、利顿·斯特雷奇、克莱夫·贝尔、邓肯·格兰特、约翰·梅纳德·凯恩斯和罗杰·弗莱。弗吉尼亚并不是特别中意这栋宅子，觉得它"疏远……冰冷又阴郁"。1906年，索比去世了，已结为夫妇的凡妮莎和克莱夫·贝尔接手了这座宅子。弗吉尼亚和亚德里安搬到了菲茨罗维亚，但时常回来参加布鲁姆斯伯里团体的聚会。

布鲁姆斯伯里

二十世纪初,弗吉尼亚·吴尔夫在布鲁姆斯伯里若干个地方居住过。

弗吉尼亚和伦纳德·吴尔夫
VIRGINIA AND LEONARD WOOLF

塔维斯托克广场52号，WC 1H
52 Tavistock Square, WC 1H
1924年，吴尔夫夫妇搬进了这栋宅子，一直在那里住到了1939年。弗吉尼亚大部分成熟作品都是在这里完成的，这其中包括《达洛维太太》《到灯塔去》《奥兰多》《一间自己的房间》和《海浪》。霍加斯出版社就设在房子的地下室。后来，隔壁的塔维斯托克酒店开始施工，夫妇二人因为无法忍耐建筑噪音而搬到了附近的梅克伦堡广场。几个月后，塔维斯托克广场上的这栋房子在伦敦大轰炸中遭到毁坏，被还在施工中的新酒店顺势买了下来。弗吉尼亚对此非常难过，对这片大家"一起度过无数夜晚，举办过无数聚会的户外空间"表示惋惜。广场花园里现存有一座弗吉尼亚·吴尔夫的半身像。

托马斯·卡莱尔
THOMAS CARLYLE

安普顿街33号（前4号），WC 1X
33 Ampton Street (formerly number 4), WC 1X
1831年，被誉为十九世纪最为重要作家之一的托马斯·卡莱尔和妻子搬到了伦敦。他们在这里住了三年，后来搬去了切尔西。

W. B. 叶芝 W. B. YEATS

沃本道5号（前沃本大楼18号），WC 1H
5 Woburn Walk (formerly 18 Woburn Buildings), WC 1H
叶芝在1895年到1919年间住在这里。这段时间里，他每周一晚上都会招待客人，T. S. 艾略特和约翰·梅斯菲尔德等人都是他的常客。为了融入这个文学圈子，埃兹拉·庞德搬到了附近朗廷街上的一间公寓，并开始协助叶芝举办大量活动。据说，庞德会主导活动进程，慷慨地分发叶芝的卷烟和基安蒂葡萄酒。也正是在沃本道这处住所，叶芝与小说家奥利维亚·莎士比亚度过了自己的初夜。为此，三十一岁的诗人不得不去附近的希尔斯商场订一张床，这段经历对他来说非常痛苦，因为"（床）每大一寸都更贵一些"。

希尔达·杜立特尔 H. D.

梅克伦堡广场44号，WC 1N
44 Mecklenburgh Square, WC 1N
1911年，埃兹拉·庞德的前未婚妻和缪斯、美国诗人希尔达·杜立特尔（笔名H. D.）搬到了伦敦，在文学杂志《自我主义者》做编辑。在杜立特尔的前夫理查德·奥尔丁顿参加一战期间，D. H. 劳伦斯夫妇在这里和她同住过一段时间。诡异的是，奥尔丁顿的情妇当时也和杜立特尔住在一起。几年后，杜立特尔和她的朋友们搬走了，侦探小说家多萝西·L. 塞耶斯住了进来。塞耶斯在这里完成了著名的"彼得·温姆西勋爵探案"系列，后来发现这个街区风气有些放纵，于是搬走了。

布鲁姆斯伯里

W. B. 叶芝在他住了二十多年的沃本道故居留影。《纪事报》／埃拉米图片社

珀西·比希·雪莱和玛丽·雪莱
PERCY BYSSHE SHELLEY AND MARY SHELLEY

马奇蒙特街87号，WC 1N
87 Marchmont Street, WC 1N

1815年，珀西·比希·雪莱和即将成为他妻子的玛丽，以及玛丽的继妹克莱尔·克莱蒙特在结束了法国和瑞士之旅后，搬到了当时在布鲁姆斯伯里相对破败的马奇蒙特街。后来，雪莱夫妇很快同拜伦勋爵和克莱蒙特（当时二人为情人关系）回到了瑞士，在日内瓦湖边租下了相邻的小屋。在那里，雪莱获得灵感写下了《赞精神之美》和《勃朗峰》，玛丽最著名的作品《弗兰肯斯坦》也初具雏形。在那之后，雪莱夫妇回到了马奇蒙特街，并于1816年1月生下了儿子威廉。同年，雪莱的前妻哈莉特在海德公园投蛇形湖自尽；为了获得子女的抚养权，珀西和玛丽在12月30日结婚。1817年，两人离开了伦敦，搬至白金汉郡的马洛。1904年，他们在马奇蒙特街的旧居被拆。

弗吉尼亚和伦纳德·吴尔夫
VIRGINIA AND LEONARD WOOLF

梅克伦堡广场37号，WC 1N
37 Mecklenburgh Square, WC 1N

梅克伦堡广场37号是吴尔夫夫妇在伦敦最后的住所。他们在这里仅仅住了一年，这栋房子就在1940年的伦敦大轰炸中被严重毁坏了。当时弗吉尼亚和伦纳德在萨塞克斯郡，住在他们于1919年置下的蒙克之屋。弗吉尼亚的姐姐凡妮莎·贝尔和布鲁姆斯伯里团体其他成员也住在那里。在梅克伦堡广场的宅子被炸毁后，两人把余下的财物搬到了萨塞克斯，在蒙克之屋定居，直至弗吉尼亚在1941年自尽。伦纳德在那里一直住到1969年去世。

"他们在广场周围住着,在圈子里作画,谈些三角恋爱。"

—— 多萝西·帕克如此形容布鲁姆斯伯里团体

霍本和克勒肯维尔

  霍本紧邻布鲁姆斯伯里，拥有伦敦目前尚存的四所律师学院中的两所。此外，伦敦城的东北部也划归这一区域。关于霍本的记录最早见于公元959年，在十九世纪，这个区域已成了法律和律师学院的同义词，并因其最著名的居民查尔斯·狄更斯被载入史册。

  克勒肯维尔位于霍本东边，南邻伦敦城，北邻伊斯灵顿区，长期以来与激进和反叛紧密相连。尤其是克勒肯维尔格林一带——罗拉德派、宪章派和共产党人都曾把这里作为一个天然的聚会地点。据传在1903年，一位叫约瑟夫·斯大林的年轻人到访伦敦，列宁与其在克勒肯维尔格林的皇冠与锚酒吧（现皇冠酒馆）见过一面。

知名书店和博物馆

查尔斯·狄更斯博物馆
CHARLES DICKENS MUSEUM
道蒂街48号,WC 1N
48 Doughty Street, WC 1N
从来没有哪位作家像查尔斯·狄更斯一样,把如此之多的作品奉献给了伦敦。那些酒吧和俱乐部,监狱和工厂,以及视这座城市为家的人们——滋养了他的小说。有好几部书都记录了他和伦敦的关系,类似题材的地图和徒步导览资源也很丰富。这本书会列举最著名的几个与他相关的地标。
在狄更斯二十五岁的时候,这位刚刚崭露头角的小说家搬到了这里。在短短两年间,狄更斯和他的妻子生下了儿子查尔斯(查理)和女儿玛丽。他在这里写了包括《雾都孤儿》和《尼古拉斯·尼克尔贝》在内的好几部小说,但也正是在这里,他挚爱的妻妹去世了。在今天,这座故居以狄更斯博物馆的形式对外营业,馆中展出狄更斯和他家人的手稿,以及其他一些私人物品。
周二至周日 10:00—16:00

珀耳塞福涅书店 PERSEPHONE BOOKS
兰博康杜街59号,WC 1N
59 Lamb's Conduit St, WC 1N
这里既是一家书店也是一家出版商,致力于发掘女性作者作品中的遗珠。
周一至周五 10:00—18:00
周六 11:00—17:00
周日 12:00—16:00

维尔德利父子书店 WILDLY & SONS
林肯律师学院拱廊,WC 2A
Lincoln's Inn Archway, WC 2A
书店开业于1830年,专做二手和珍本法律书籍,在舰队街也开了一家分店。
周一至周五 9:00—18:00

伊斯灵顿博物馆 ISLINGTON MUSEUM
圣约翰街245号,EC 1V
245 St John Street, EC 1V
馆内永久陈列着当年被乔·奥顿和他的共犯兼终身伴侣肯尼斯·哈利维尔涂改的四份书封,二人因此事双双入狱。
周一至周六 10:00—17:00

特德·休斯和西尔维娅·普拉斯
TED HUGHES AND SYLVIA PLATH

拉格比街18号，WC 1N
18 Rugby Street, WC 1N

这间位于拉格比街18号的公寓曾是特德·休斯和西尔维娅·普拉斯初次共度春宵的地方，它的主人是休斯在剑桥大学认识的朋友丹尼尔·胡斯。1956年3月23日，普拉斯在启程去巴黎游历欧洲大陆之前拜访了休斯。在他的诗作《拉格比街18号》中，休斯记下了这一晚和二人的初次性体验。他们的恋情从在剑桥同窗时期开始。普拉斯曾回忆起他们在一个学生派对上相遇，形容休斯是在场唯一"身材足够高大到与我相配"的男人，"一位和他的诗一样高大的男人"。同年，二人在附近的皇后广场的殉道者圣乔治教堂结为夫妇，并在拉格比街度过了新婚之夜。普拉斯曾把这间房子形容为"贫民窟"。

多萝西·L. 塞耶斯
DOROTHY L. SAYERS

大詹姆斯街24号，WC 1N
24 Great James Street, WC 1N

塞耶斯在1921年至1928年间住在这里，在此期间，她出版了"彼得·温姆西勋爵探案"系列的前四部，以及一部同样与这位贵族侦探有关的短篇集。

安东尼·鲍威尔 ANTHONY POWELL

大奥蒙德街47号，WC 1N
47 Great Ormond Street, WC 1N

鲍威尔和他的妻子维奥莱特·帕肯汉姆在1935年搬进了此处的一间公寓，当时他们刚刚新婚不久。鲍威尔在他的回忆录中提到，自己是在英国心灵研究协会的推荐下选择了这个正对着儿童医院的住所，称其为"一栋丑得无与伦比的红砖楼"。

格雷律师学院 GRAY'S INN

霍本高街与格雷学院路，WC 1V
High Holborn and Gray's Inn Road, WC 1V

格雷律师学院荣誉协会，简称"格雷律师学院"，是英格兰和威尔士地区四大专业律师学院之一。它的历史可以一直追溯到1370年。赞助人伊丽莎白一世曾在这里举办过各种活动和节日庆典；据说在她在位期间，莎士比亚的《错误的喜剧》在这里首次登台。论及此地的名人渊源，这一位也不可不提：查尔斯·狄更斯1827年间在这里工作过，当时的他年仅十五岁。

霍尔·凯恩
HALL CAINE

新庭5号,林肯律师学院,WC2A
5 New Court, Lincoln's Inn, WC2A

凯恩在他住在林肯律师学院期间写完了第一部小说《罪之影》。这部小说在1855年出版后当即大获成功,凯恩也从此踏上了一条高产且成功的职业道路。他一生出版了超过十五部小说,若干剧本和非虚构作品,其中很多小说在二十世纪二十年代被拍成了默片。凯恩是他的时代最成功的作家之一,生前作品发行量就达数百万。

查尔斯和玛丽·兰姆
CHARLES AND MARY LAMB

国王道(前小皇后街7号),WC2B
Kingsway (formerly 7 Little Queen Street), WC2B

1796年,在三一教堂附近的一栋房子里,兰姆一家发生了暴力事件——有精神病史的姐姐玛丽当着弟弟查尔斯的面用一把厨房刀杀死了自己的母亲。这件案子上了报纸,当时已在伦敦文坛成名的查尔斯担下责任,花钱将玛丽送到了一家私人精神病院里,免除了她的牢狱之灾。小皇后街原位于大皇后街和霍本高街之间,后来在二十世纪初,根据伦敦的一项规模空前的城市规划,为了给国王道腾出空间,它被拆除了。

林肯律师学院礼拜堂 LINCOLN'S INN CHAPEL

林肯律师学院,WC2A
Lincoln's Inn, WC2A

诗人约翰·邓恩在1620年为这座礼拜堂埋下了奠基石。"丧钟为谁而鸣,它就为你而鸣";今时今日,丧钟仍会在有教会成员去世后响起。教堂里有一尊邓恩的小纪念碑,只在有礼拜活动时开放访问。

马克思纪念图书馆 MARX MEMORIAL LIBRARY

克勒肯维尔格林37a号,EC1R
37a Clerkenwell Green, EC1R

这间图书馆成立于1933年,藏有四万多份关于马克思主义、社会主义和工人阶级历史的宣传册和书报。1893年到1922年,发行过社会民主联盟刊物《正义》的二十世纪出版社在这栋楼办公。在这段时间里,流亡的列宁曾于1902年到1903年间在这栋楼里工作过,创办了政治报刊《火星报》。

舰队街和圣殿区

伦敦城的这一区东接旧舰队河（现已被法灵顿街覆盖），西邻河岸街和威斯敏斯特市。与通常带着东伦敦氛围的伦敦城其他区域相比，这里给人的感觉更像伦敦市中心。这个区域以司法和报业闻名。拥有两所律师学院（俗称内殿和中殿）的古圣殿教堂一带是首都最重要的法律区之一，离舰队街西端的皇家司法院也仅一箭之遥。内殿和中殿律师学院是很多律师事务所的所在地，也有不少文学界名人在这里居住过。圣殿本身的历史可以一直追溯到十二世纪，它由圣殿骑士团建立，在丹·布朗著名的《达·芬奇密码》中扮演过一个重要角色。

舰队街一带的出版活动始于1500年前后。这里最早的出版商和印刷商们主要为律师学院的法律业务服务，尽管他们其中也有人做书和剧本的出版。十八世纪，伦敦第一份日报在舰队街上发行；到了二十世纪，这个区域已被全国性媒体和新闻相关行业占领。包括雷蒙德·钱德勒、埃德加·华莱士和伊夫林·沃在内的若干作家都是从为其中一些报纸工作起家的。到上个世纪八十年代，大多数主流报纸都搬离了舰队街。不过今时今日，即使出版业在这条街上几乎销声匿迹，"舰队街"仍是纸媒的代名词。

知名书店和博物馆

约翰逊博士之家 DR JOHNSON'S HOUSE
戈夫广场17号，伦敦城，EC 4 A
17 Gough Square, City of London, EC 4 A
这栋有三百年历史的联排屋是塞缪尔·约翰逊博士在编纂《英语大辞典》时的住所。今天，这座房子是一所博物馆兼学术图书馆，会举办一些活动、讲座和威士忌试饮会。
周一至周六 11∶00—17∶30

维尔德利父子书店 WILDY & SONS LTD.
舰队街16号，EC 4 Y
16 Fleet Street, EC 4 Y
为内殿律师学院和林肯律师学院的律师们服务的两家专业法律书店之一，另一家位于凯里街的林肯律师学院拱廊。
周一至周五 9∶00—18∶00

水石书店 WATERSTONES
舰队街176号，EC 4 A
176 Fleet Street, EC 4 A
众多水石连锁书店中位于伦敦市中心的一家。
周一至周五 9∶00—19∶00

圣伯莱德图书馆 ST BRIDE'S LIBRARY
圣伯莱德基金会，伯莱德巷14号，EC 4 Y
St Bride Foundation, 14 Bride Lane, EC 4 Y
圣伯莱德基金会位于一座氛围独特的维多利亚时代风格二级保护建筑内，是一间致力于收藏印刷、字体排印和平面设计书籍的图书馆。它最初服务于舰队街上的纸媒，目前阅览室已向公众开放。不过如果借阅的书籍需要从库房中调出的话，读者可能要为此付一小笔费用。由于图书馆空间有限，建议访客提前电邮告知（library@sbf.org.uk）。
大多数月份的第一个和第三个周三的12∶00到20∶00之间开放。

奥利弗·哥德史密斯 OLIVER GOLDSMITH

红酒办庭院6号，EC4A
6 Wine Office Court, EC4A
奥利弗·哥德史密斯当年住在这里的时候，几乎付不起这里的房租。他的朋友和邻居塞缪尔·约翰逊鼓励他出售自己的一部手稿。很快，哥德史密斯出版了《威克菲尔德的牧师》，也付清了自己的房租。

老公鸡酒馆 YE OLDE COCK TAVERN

（前）舰队街190号；现舰队街22号，EC4Y
(Formerly) 190 Fleet Street; currently 22 Fleet Street, EC4Y
塞缪尔·佩皮斯、查尔斯·狄更斯和阿尔弗雷德·丁尼生勋爵都曾是这里的常客。最初的酒馆在1887年为了给英格兰银行的一家支行腾出位置而被拆，后在街对面重开了一家。T. S. 艾略特常去那里用午餐。

柴郡干酪酒吧 YE OLDE CHESHIRE CHEESE

舰队街145号，EC4A
145 Fleet Street, EC4A
这间古老的小酒馆与文学圈有着千丝万缕的联系。它原是一家1538年开张的酒吧，在1666年伦敦大火期间被烧毁，之后又很快重建了——现存的建筑里有一部分的历史还可以追溯到那个年代。据传，塞缪尔·约翰逊、奥利弗·哥德史密斯、查尔斯·狄更斯、G. K. 切斯特顿、阿尔弗雷德·丁尼生勋爵、阿瑟·柯南·道尔爵士和P. G. 伍德豪斯都曾是这里的常客。由W. B. 叶芝和欧内斯特·里斯在1890年建立的韵客俱乐部也时常在这里聚会。俱乐部的成员还包括奥斯卡·王尔德，尽管他更喜欢这个组织的另一个聚会地点——皇家咖啡馆。这家小酒馆还被写入了好几部小说，其中包括查尔斯·狄更斯的《双城记》、安东尼·特罗洛普的《拉尔夫的继承人》，以及阿加莎·克里斯蒂和罗伯特·路易斯·史蒂文森的若干短篇小说。

每日快报 DAILY EXPRESS

舰队街120号，EC4Y
120 Fleet Street, EC4Y
《每日快报》编辑部在1933年从圣伯莱德街23号的旧办公室搬进了这栋专门设计的未来主义和装饰艺术风格大楼。在上个世纪二三十年代，大量尚未成名的作家在这里工作过，萨基、雷蒙德·钱德勒、艾伦·穆尔黑德和伊夫林·沃等人都是其中一员——伊夫林·沃的这段经历后来成为了他的小说《独家新闻》的素材。芭芭拉·卡德兰二十二岁开始为《每日快报》撰稿，说她的雇主比弗布鲁克勋爵曾告诉她："我不会向你求婚，但我会让你成为全世界最重要的记者。"她后来澄清说："当然，这里头也是有条件的。我拒绝了。"

艾尔维诺酒馆 EL VINO

舰队街47号，EC4YA
47 Fleet Street, EC4YA

这家1879年开张的小酒馆这一百四十多年以来几乎没怎么变样。它在约翰·莫蒂默的"法庭上的鲁波尔"系列小说中曾留下身影，却因为被G. K. 切斯特顿视为心头好而更加声名在外。切斯特顿曾在这里"痛饮与沉思"过。

塞缪尔·约翰逊 SAMUEL JOHNSON

内殿巷1号，EC4Y
1 Inner Temple Lane, EC4Y

这位著名的词典编纂者曾住在这里，今天我们看到的这栋以他名字命名的建筑是在旧楼原址新建的。约翰逊博士从乔治三世那里获得了一份退休金后，在这里的陋室里住了五年。

"啊，先生，您看，没有哪个知识分子愿意离开伦敦。如果一个人厌倦了伦敦，那他也厌倦了生活；因为伦敦有生活所能给予的一切。"

—— 塞缪尔·约翰逊
摘自鲍斯韦尔《塞缪尔·约翰逊传》

查尔斯和玛丽·兰姆
CHARLES AND MARY LAMB

内殿巷2号和4号，EC4Y
Nos. 2 and 4 Inner Temple Lane, EC4Y

玛丽从精神病院出院后，姐弟二人合著的儿童读物《莎士比亚戏剧故事集》大获成功，他们搬回了自己的出生地内殿。二人先在米特庭16号住了一段时间，那栋楼现在已经拆了，后来搬去了内殿巷2号，又很快换到了4号，在那里住了近十年。在这里，他们继续合作了若干儿童读物，查尔斯也完成了他的几篇备受推崇的文学批评理论论著。他们的家变成了艺术界名人时常聚会的地点，其中包括他的童年老友柯勒律治，与他同辈的威廉·华兹华斯和威廉·哈兹里特，以及其他戏剧界知名人士。查尔斯被誉为"英国文坛最可爱的人物"，在哈兹里特结婚时还做了他的伴郎。

埃德加·华莱士
EDGAR WALLACE

舰队街与拉德盖特广场交界处，EC4Y
Corner of Fleet Street and Ludgate Circus, EC4Y

在舰队街和拉德盖特广场交界处的北角，有一块并不显眼的牌子，纪念着埃德加·华莱士这位二十世纪初期的畅销作家。他十二岁时曾在这里卖过报纸。这块牌子上如是写道："埃德加·华莱士，记者，1875年出生于伦敦，1932年在好莱坞去世。报纸制作者公司创始人。他体验过贫穷和富有；曾与皇室并肩同行，却仍保持着自己的方向。他把自己的才华都献给了创作 —— 却把他的心留在了舰队街。"

塞缪尔·佩皮斯
SAMUEL PEPYS

索尔兹伯里庭，EC4Y
Salisbury Court, EC4Y

1633年2月23日，这位伦敦最有名的日记作家在索尔兹伯里庭的一栋房子里出生。佩皮斯是一个裁缝的儿子，有八个兄弟姐妹，都在附近的圣伯莱德教堂受洗。这座教堂时至今日还存在着。佩皮斯生活的年代十分动荡，发生了许多伦敦历史上的大事，包括查理一世被处决、伦敦大瘟疫、伦敦大火、荷兰人入侵、斯图亚特王朝复辟和光荣革命。他的个人经历也极为丰富多彩。在他六十年的人生里，佩皮斯担任过私人秘书、公务员、议会成员和皇家学会会长 —— 这些仅仅是他从事过的社会角色的一小部分。佩皮斯同时还是一位藏书家，在1660年到1669年间，他记下了大量的日记，为自己的生活和十七世纪的伦敦留下了重要的记录和观察。

记者、作家、剧作家和影视编剧埃德加·华莱士的纪念牌。

考文特花园、河岸区和查令十字街

　　考文特花园的中心区域曾是一个蔬果市场,现在则已成为伦敦一大观光胜地,高端商店、酒吧和餐馆散布其中。它毗邻苏活区和布鲁姆斯伯里,与河岸区和查令十字街一起构成了伦敦西区这一剧院区的核心地带。这个区域还拥有伦敦皇家歌剧院、特拉法加广场,以及包括国家美术馆和国家肖像馆在内的几家知名博物馆。查令十字街把这个区一分为二,它一度以涉猎广阔的各色书店闻名,海伦·汉芙甚至以这里为灵感写下了经典的《查令十字街84号》。附近的塞西尔巷里目前仍有十多家专营图书的店铺,是藏书家们的必访之地。

知名书店和博物馆

禁忌星球 FORBIDDEN PLANET
沙夫茨伯里大道179号,WC2H
179 Shaftesbury Avenue, WC2H
店内有很棒的科幻小说和漫画。
周一至周二 10:00—19:00
周三至周六 10:00—19:30
周日 12:00—18:00

岩浆 MAGMA
肖茨花园29号,WC2H
29 Shorts Gardens, WC2H
出售视觉艺术、时装和设计类商品。
周一至周六 11:00—19:00
周日 12:00—18:00

国家肖像馆 NATIONAL PORTRAITS GALLERY
圣马丁坊2号,WC2H
2 St Martin's Place, WC2H
国家肖像馆馆藏的作家肖像多到无法一一尽数,在此我们仅列举一些目前永久陈列的肖像和胸像:简·奥斯汀、阿弗拉·贝恩、勃朗特姐妹、威尔基·柯林斯、约瑟夫·康拉德、阿瑟·柯南·道尔、E. M. 福斯特、雷德克利夫、霍尔、托马斯·哈代、阿道司·赫胥黎、石黑一雄、亨利·詹姆斯、多丽丝·莱辛、艾丽斯·默多克、玛丽·雪莱、伊迪丝·西特韦尔和罗伯特·路易斯·史蒂文森。馆内会举办一些活动,也有多种书籍在售,以艺术类为主。
每日开放(周五以外)10:00—18:00
周五 10:00—21:00

史丹佛书店 STANFORDS
默瑟道7号,WC2H
7 Mercer Walk, WC2H
从1853年开始,这家书店一直在考文特花园销售地图和旅行书籍。
周一至周六 9:00—20:00
周日 11:30—18:00

塞西尔巷 CECIL COURT
WC2N
这条位于查令十字街和圣马丁街之间的步行街至今仍是全球最负盛名的爱书人天堂。它目前仍属于塞西尔家族,街边的店面也已经有一个世纪没有变过了。在这里,近二十家贩售书籍、地图、印刷品和古董的店铺分立于街道两侧,初版《爱丽丝漫游奇境》和罕见的二十世纪七十年代朋克杂志比邻而置。在因书店出名之前,塞西尔巷是英国早期的电影工业基地,因而被称为"闪光巷"。在几个世纪前的1764年,神童莫扎特曾住在现在的塞西尔巷9号。

1/3号	斯托里的店(STOREY'S):专营地图和印刷品
6号	腾德尔书店(TENDERBOOKS):艺术类书店兼画廊
7号	布赖亚尔斯-布赖亚尔斯(BRYARS & BRYARS):珍本书和古董书、地图和印刷品
9号	马克·沙利文(MARK SULLIVAN):罕见商品
11号	往事之趣(PLEASURES OF THE PAST):与"大众与小众"文化相关的书籍和藏品
12号	克里斯托弗·圣詹姆斯(CHRISTOPHER ST JAMES):古董珠宝
16号	杏仁饼书店(MARCHPANE BOOKS):儿童书和插画书
17号	特拉维斯和埃默里(TRAVIS & EMERY):音乐书店,出售新旧书籍、乐谱散页和与音乐有关的藏品
18号	彼得·艾利斯(PETER ELLIS):现代的初版书
19/21号	沃特金斯(WATKINS):神秘主义、替代疗法、威卡教等相关
23/25号	戈尔兹伯勒书店(GOLDSBORO BOOKS):现代的初版书
27号	史蒂芬·普尔精品书店(STEPHEN POOLE FINE BOOKS):现代的初版书

英国广播公司（BBC）国际频道，布什大厦
BBC WORLD SERVICE, BUSH HOUSE

奥尔德维奇，WC2B
Aldwych, WC2B

布什大厦从1941年开始直到2012年都是英国广播公司国际频道的办公楼。1943年到1958年间，英国广播公司播出了《加勒比之声》节目，给了许多西印度作家发声的机会。在节目放送期间，三百七十多位参与者贡献了小说、剧作和文学批评，其中有七十多位是女性（高于那个时代常见的男女比例）。许多参与过这个节目的作家在那之后获得了更大的成功，约翰·菲格罗阿、V. S. 奈保尔、塞缪尔·塞尔文和德里克·沃尔科特都是其中的一员。在参与节目的同时，塞缪尔·塞尔文还在隔壁印度大使馆兼做职员，利用业余时间从事写作。

威尔咖啡馆
WILL'S COFFEE HOUSE

罗素街23号，WC2B
23 Russell Street, WC2B

这家咖啡屋由威廉·昂温在十七世纪后期开设，是全伦敦最有名的文学咖啡馆之一。它在《佩皮斯日记》中被数次提起，常客包括约翰·德莱顿、乔纳森·斯威夫特和丹尼尔·笛福。不过斯威夫特并不太喜欢这里，他曾说过："（我）人生中最糟糕的谈话就发生在威尔咖啡馆。"德莱顿去世后，《尚流》杂志的创始人之一理查德·斯蒂尔在新刊中写道："这里的人们曾经拥有歌集、警句和讽刺诗，现在他们的手里却只剩一沓纸牌。"1712年，威尔咖啡馆关门歇业。

托马斯·戴维斯书店
THOMAS DAVIES BOOKSELLER

罗素街8号，WC2B
8 Russell Street, WC2B

十八世纪中叶，在接连收获差评后，失败的演员托马斯·戴维斯放弃了自己的剧院生涯，转行成为了考文特花园的一位书商和出版商。他和当时好几位文学界名人成为了朋友，并为若干名家出了书——然而他最重要的成就是在1763年介绍詹姆斯·鲍斯韦尔和塞缪尔·约翰逊相识。约翰逊成为了鲍斯韦尔最重要的写作对象，最终成就了后者最负盛名的作品：《约翰逊传》。

简·奥斯丁
JANE AUSTEN

亨里埃塔街10号，WC2E
10 Henrietta Street, WC2E

亨利·奥斯丁是一家银行的合伙人，该银行一度就开设在这个地址的一层。在妻子伊丽莎去世后，亨利搬到了银行楼上居住。他的妹妹简在1813年前来拜访出版商时曾借宿于此。1814年，她为了《曼斯菲尔德庄园》的校样再访伦敦，又在这里住了一阵。

弓街地方法院
BOW STREET MAGISTRATES COURT

弓街19-20号，WC2E
19-20 Bow Street, WC2E

弓街地方法院开设于1740年，2006年关闭，曾占用了这条街上好几栋楼。它最初的地址在弓街4号，是当时一位威斯敏斯特的法官在自己家里设立的一个法庭。亨利·菲尔丁继承了他的事业，他同时也是包括《弃儿汤姆·琼斯史》在内数部知名小说的作者。在菲尔丁担任地方法官期间，他建立了英国最早的警察队伍，人称"弓街捕快"。面对愈演愈烈的酗酒案件，菲尔丁招募了一支能够帮助自己打击街头犯罪的队伍，直接向他在弓街的办公室汇报工作。我们今天看到的法院大楼是1881年建成的，许多名人都曾来过，有一些甚至曾被拘押在此。和这个法院相关的著名案件有关于 D. H. 劳伦斯的《彩虹》和雷德克利芙·霍尔的《孤寂深渊》的淫秽罪审判。在霍尔案中，包括弗吉尼亚·吴尔夫和生物学家朱利安·赫胥黎在内的多位名人都表示愿意为这部小说出庭辩护，但法官并没有传唤证人，直接禁了这本小说。

弓街法院最有名的文学官司发生于1895年，奥斯卡·王尔德在控告昆斯伯里侯爵诽谤罪失败后，被反诉严重淫秽罪出庭受审。当时已是伦敦名流的王尔德在狱中仍能从附近的塔维斯托克饭店订早饭，囚室里还铺了块地毯。所有报纸都报道了这场庭审；王尔德最后被判触犯了鸡奸和重度淫秽等六项罪名，服苦役两年。法官在他的总结陈词中将判决描述为"完全不充分"，并表示这是"（他）审过的最糟糕的案子"。弓街法院的前址经过修整，现在成为了拥有一百间房间的豪华酒店和警察博物馆。

托马斯·德·昆西 THOMAS DE QUINCEY

塔维斯托克街36号，WC2E
36 Tavistock Street, WC2E
1821年，在短暂的鸦片戒断间隙，德·昆西写下了自己的代表作《瘾君子自白》。这部作品在《伦敦杂志》连载时即大获成功。然而，德·昆西又把这笔急需的稿费花在了鸦片上。这栋建筑上的蓝色名人牌在1981年挂上时漏拼了他名字里的一个"e"。

约翰·德莱顿 JOHN DRYDEN

玫瑰街和拉曾比巷，WC2E
Rose Street and Lazenby Court, WC2E
1679年，约翰·德莱顿在玫瑰街和拉曾比巷交接处的羔羊与旗帜酒吧边上遇袭，当时他正在从威尔咖啡馆回家的路上。打手可能是罗切斯特伯爵或查理二世派来的，他们想要报复德莱顿的诗作《论讽刺》——这首诗抨击了沉迷于女色的伯爵和国王的情妇。没有人因此被捕，德莱顿也活了下来。两个世纪之后，查尔斯·狄更斯也成为了羔羊与旗帜的常客，这家酒吧至今还在原址营业。

加里克俱乐部 THE GARRICK CLUB

加里克街15号，WC2E
15 Garrick Street, WC2E
这家私人会员制俱乐部开业于1831年，曾接待过安东尼·特罗洛普、J. M. 巴里和金斯利·艾米斯等文学大师。它还是 A. A. 米尔恩作品的版权受益方，专门设了一间房间以纪念这位作家。
查尔斯·狄更斯和威廉·梅克匹斯·萨克雷这对好友曾为了从加里克俱乐部传出的私人八卦而决裂。这两位作家年龄仅相差一岁，交往甚密，一起合作过《贝特曼老爷的爱之歌谣》一书。然而，随着狄更斯获得更多的关注，作品销量日益增长，嫉妒让两位伟大的作家渐行渐远。狄更斯听说萨克雷在加里克俱乐部传播他出轨的八卦，作为报复，他找了一名叫埃德蒙·耶茨的记者，让他匿名写下了一篇抨击萨克雷作品的文章。得知耶茨是在狄更斯的帮助下写下了那篇东西之后，萨克雷要求对方道歉。由于三人都是加里克俱乐部的成员，而其中一部分私密谈话也是在俱乐部发生的，萨克雷将这一纠纷提请俱乐部委员会处理。当时狄更斯人在国外，试图插手此事却没有成功。俱乐部站在了萨克雷一边，取消了耶茨的会员资格，终身禁止他进入俱乐部。萨克雷一辈子都对这件事余恨难消，直到最后，二人偶然一日在附近的街头相遇，决定握手言和。几个月后，萨克雷便去世了。

常春藤餐厅 THE IVY

西街1-5号，WC2H
1-5 West Street, WC2H

常春藤餐厅开业于一个多世纪前的1917年，它久负盛名，就餐体验在伦敦堪称顶级。餐厅很受艺术圈青睐，诺埃尔·考沃德、杰姬·科林斯和A. A. 吉尔都是常客（吉尔还写了一本关于这家餐馆的书）。在那里，人们经常能碰见出版商、编辑和作家们尽情享用传统英国美食，或是目送他们消失在隔壁楼上的私人会员俱乐部里。

伏尔泰 VOLTAIRE

（前）白色假发，少女巷10号，WC2E
(Formerly) The White Peruke, 10 Maiden Lane, WC2E

1726年5月，为了免于被投入臭名昭著的巴士底狱服刑，时年三十二岁的伏尔泰获许来到伦敦，开始了一段长达两年半的流亡生活。这位法国作家大部分时间都住在熟人那里，但在1727年到1728年间住进了这栋叫作"白色假发"的楼里。当时这是一位法国老理发师和假发匠人的房子，现在它的原址上改建成了一间杂耍剧院。伏尔泰在伦敦期间学习了英文，并和伦敦社交圈内的顶尖人物交往，亚历山大·蒲柏、约翰·盖伊、乔纳森·斯威夫特、威廉·康格里夫、伊丽莎白·蒙塔古和马尔伯勒公爵夫人莎拉·丘吉尔都和他有过往来。在他住在少女巷的日子里，伏尔泰还经常出没于白色假发隔壁的贝德福德之首酒馆。

J. M. 巴里 J. M. BARRIE

罗伯特街3号，阿德尔菲，WC2N
3 Robert Street, Adelphi, WC2N

离婚后，巴里搬出了贝斯沃特的旧居，住进了罗伯特街上这栋小宅子里，就在他的朋友萧伯纳家附近。他的邻居还有约翰·高尔斯华绥和托马斯·哈代，H. G. 威尔斯也频繁到访。一战期间，他家还为一群躲避德国飞艇轰炸的作家提供了容身之处。

本杰明·富兰克林 BENJAMIN FRANKLIN

克雷文街36号，WC2N
36 Craven Street, WC2N

美国开国元勋之一、作家、学者、外交家和发明家本杰明·富兰克林在十八世纪中叶曾两度住在克雷文街上的这间公寓里。

赫尔曼·梅尔维尔 HERMAN MELVILLE

克雷文街25号，WC2N
25 Craven Street, WC2N
1849年秋天，赫尔曼·梅尔维尔在这间河岸区附近小街上的寄宿公寓里住了约两个月。当时这位刚刚崭露头角的作家正在向英国出版界自荐新作《白外套》，据说他在伦敦观赏了大量 J. M. W. 透纳的作品，其中一批描绘鲸鱼的作品为他后来创作《白鲸》带来了灵感。

国家美术馆 NATIONAL GALLERY

特拉法加广场，WC2N
Trafalgar Square, WC2N
1896年，约瑟夫·康拉德在国家美术馆入口躲雨时向杰西·乔治求婚。杰西是一名比康拉德年轻十六岁的工人阶级女孩，此前一直是他的打字员。康拉德对自己的妻子并没有太多的溢美之词，称她"平平无奇""相当普通"。然而奥托兰·莫雷尔夫人后来却说，"对（康拉德）这个高度敏感、神经兮兮的人而言，她像是个安定的缓冲垫。"
一战期间，E. M. 福斯特在国家美术馆做过藏品编目员。

鲁德亚德·吉卜林 RUDYARD KIPLING

维利尔斯街43号，WC2N
43 Villiers Street, WC2N
十九世纪后期，吉卜林在这里的一家腊肠店楼上租住了两年左右。在这两年里，他结了婚，完成了自己的处女作，也经历了一次精神崩溃。这部叫作《光之逝》的小说讲的是一个半自传性质的失恋故事；尽管最初在《利平科特月刊》上发表时评价不佳，这部作品直到现在还在不停再版中。

塞缪尔·佩皮斯 SAMUEL PEPYS

白金汉街12号，WC2N
12 Buckingham Street, WC2N
1679年，在担任海军部秘书期间，塞缪尔·佩皮斯被控涉海盗、宗教问题和通敌等多项罪名，不得不辞职。同年五月，他被关进了伦敦塔。这件案子最后由于证据不足被驳回了。被释放之后，无处容身的塞缪尔被他的朋友，同时也曾经是他男仆的威廉·修尔在白金汉街12号收留下来。在这里居住期间，佩皮斯进一步扩充了他的藏书，并在1684年官复原职之后，把这栋房子改成了一间办公楼。

"在这个世界上,有两个地方可以让人真正地消失 —— 伦敦城和南太平洋。"

—— 赫尔曼·梅尔维尔

阿德尔菲排屋 ADELPHI TERRACE

（前）约翰·亚当街，阿德尔菲，WC2N
(Formerly) John Adam Street, Adelphi, WC2N
1898年，萧伯纳和夏洛特·佩恩–汤申德结婚后搬来了这里，一直住到1906年才搬去了赫特福德郡。在这里，萧伯纳写下了《人与超人》《巴巴拉少校》和《医生的两难》。托马斯·哈代、约翰·高尔斯华绥和理查德·多伊里·卡特（萨沃伊酒店和剧院的拥有者 —— 剧院就在附近，上演过多部萧伯纳的剧作）都在阿德尔菲排屋住过。这片面朝泰晤士河的建筑已在上个世纪三十年代被拆，原址上现为装饰艺术风的阿德尔菲大厦。

皇家文学学会 ROYAL SOCIETY OF LITERATURE

萨默塞特宫，WC2R
Somerset House, WC2R
1820年，毕肖普·托马斯·伯吉斯在获得乔治四世批准后成立了皇家文学学会，用奖金表彰文学成就，也兼做一些慈善活动。学会早期的聚会是在哈查兹书店的一间内室里举行的。1830年，皇家文学学会在特拉法加广场拥有了第一处基地，但这栋楼因为要建国家肖像馆被拆除了。自此，学会几易其址，再也没能拥有自己的房产。在过去的二十年里，学会一直设在萨默塞特宫。

华伦鞋油厂 WARREN'S BLACKING FACTORY

（前）堤岸区维利尔斯街，WC2N
(Formerly) Villiers Street at Embankment, WC2N
因为家境贫困，查尔斯·狄更斯十二岁就被送去华伦鞋油厂当童工，在那里做油膏包装。这段艰难的人生经历成为了他包括《雾都孤儿》和《大卫·科波菲尔》在内多部经典作品的灵感来源。

萨沃伊礼拜堂 SAVOY CHAPEL

萨沃伊山，WC2R
Savoy Hill, WC2R
萨沃伊礼拜堂（全名萨沃伊区施洗者圣约翰女王礼拜堂）的历史可以追溯到1512年。它属于兰开斯特公爵郡（即属于在位的君主），而非主教的辖区。据称约翰·多恩1601年在这里和安妮·莫尔秘密结婚 —— 这个教堂当时因为举办秘密婚礼而声名狼藉，位置也和多恩的住处很近。伊夫林·沃在《故园风雨后》形容这里是"离过婚的人再结婚的地方 —— 又小又窄"。

萨沃伊酒店 SAVOY HOTEL

河岸区，WC2R
Strand, WC2R

萨沃伊酒店是奥斯卡·王尔德与他的同性情人们频繁约会时最爱的地点。在1895年他那桩与昆斯伯里侯爵的灾难性诉讼里，辩护律师着重提到了酒店的346和362号房。酒店服务员玛格丽特·柯塔作证说床单"总是处于极恶心的状态"，并称"许多送信的侍童都会被王尔德亲吻，然后他会给他们两先令六便士做小费"。

酒店现代装饰风格的美国吧十分出名，是欧洲最早提供美国风格鸡尾酒的场所之一。欧内斯特·海明威在那里喝过酒；酒店著名调酒师哈里·克拉多克写的《萨沃伊鸡尾酒手册》今时今日也还在不停再版。在萨沃伊酒店建成前，这里曾叫喷泉庭院。在庭院3号二层的两间小破房间里，威廉·布莱克度过了他生命里的最后几年，在1827年死于贫困。旧楼在十九世纪八十年代末被拆毁了，为今天河岸区这栋大酒店让位。

"哦，我爱伦敦的上流社会！它满是漂亮的白痴和聪明的疯子。上流社会正应如此。"

—— 奥斯卡·王尔德

圣詹姆斯和威斯敏斯特

整个圣詹姆斯区曾是一座与它同名的鹿园的一部分，由亨利八世建成供自己打猎。现在这个公园是这片居民区和隔壁威斯敏斯特区的分隔线。到了十七世纪六十年代，查理二世批准在这个地区建房，于是这里宏伟的广场和排屋连同考文特花园一起成为了伦敦城之外第一批有规划的城市开发项目。圣詹姆斯最出名的是这里的宫殿和私人绅士俱乐部，它们其中有许多家时至今日还在对外营业；拥有伦敦最雄伟建筑的蓓尔美尔街则是英格兰最早点上煤油灯的街道。与之成为鲜明对比的是蓓尔美尔街一侧的干草市场，那里有各种低俗剧院，曾是伦敦最著名的色情服务中心。费奥尔多·陀思妥耶夫斯基在1862年到访伦敦时遇见的那种人人喝到烂醉的景象今天已不复存在，但当时的见闻对他的小说《罪与罚》和《地下室手记》都产生了影响。

公园另一侧的威斯敏斯特曾经拥有的远不止一座大修道院和宫殿若干，但十六世纪宗教改革后，修道院被大量解散，大修道院也成为了大教堂，这个迷你教区成为了一个市级行政区（尽管它的面积和伦敦城完全无法相提并论）。今天的威斯敏斯特以政府大楼为主，也有一些更古老的住宅被保留了下来（特别是安妮女王之门和史密斯广场一带）。十一世纪以来，几乎每一任英国君主的加冕礼都在威斯敏斯特教堂举办。教堂里还有一个"诗人角"，有许多作家安眠于此，或是有纪念碑安置在这里。

知名书店和博物馆

泰特美术馆 TATE BRITAIN
米尔班克，SW1P
Millbank, SW1P
泰特美术馆建在一座监狱的旧址上，1897年起对外开放，主要展出英国本土艺术家的作品。布莱克厅里展有这位诗人和艺术家的画作、印刷品和水彩画，是泰特美术馆独一无二的收藏。
每日开放 10：00—18：00

当代艺术学院书店 ICA BOOKSHOP
林荫路，SW1Y
The Mall, SW1Y
当代创意和文化主题书店。
周二至周日 12：00—21：00

托马斯·赫尼奇艺术书店
THOMAS HENEAGE ART BOOKS
公爵街42号，SW1Y
42 Duke Street, SW1Y
一家专业艺术书店。
周一至周五 9：30—18：00或预约上门

阿苏利纳之家 MAISON ASSOULINE
皮卡迪利大街196a号，W1J
196a Piccadilly, W1J
这家华丽的店铺开在一家建于1922年的地标性质的老银行里，隔壁是圣詹姆斯教堂。店内除了出售法国阿苏利纳出版社的高端美术和摄影类书籍之外，在主书架的背后还藏有一个漂亮的鸡尾酒吧。店里也提供茶和一些小食。
周一至周六 10：00—20：00
周日 12：00—18：00

哈查兹书店 HATCHARDS
皮卡迪利大街187号，W1J
187 Piccadilly, W1J
哈查兹是伦敦历史最悠久的书店。当约翰·哈查德1797年在皮卡迪利大街上开设这家店时，他从未料到这家书店将会成为英格兰最重要的文学地标之一。从乔治三世时代起，哈查兹书店便和皇室保持着联系。乔治三世的妻子夏洛特皇后是最早光顾书店的一批客人之一。近两个世纪里的大文豪们都光顾过哈查兹，顾客们几乎每天都有机会在店里遇见名作家在浏览架上的书，或是在给自己的新书签名。英国女王伊丽莎白二世、国王查尔斯三世和埃尔顿·约翰都在店内开有账户。十九世纪初，乔纳森·坎普在创立出版社前曾在哈查兹做过跑腿。皇家文学学会1820年在书店的内室里举行了学会第一场聚会。书店有五层，从珍本到新书应有尽有，其中包括种类广泛的摄影和艺术书籍。书店的墙上挂有画和相片，诉说着书店的庄严历史。
周一至周六 9：00—20：30
周日 12：00—18：30

水石书店 WATERSTONES
皮卡迪利大街203-206号，W1J
203-206 Piccadilly, W1J
这家水石书店是全英格兰，甚至可能是全欧洲最大的书店，经常举办名作家和名人的签售会，近年来过的有J. K. 罗琳、村上春树和布鲁斯·斯普林斯汀。书店顶层是一家酒吧兼餐厅，地下则开了一家咖啡馆，常为有志投身于写作行业的人们举行一些工坊活动。
周一至周六 9：00—22：00

布铎斯俱乐部 BOODLE'S CLUB

圣詹姆斯街28号，SW1A
28 St James's Street, SW1A

这家1762年开张的私人绅士俱乐部是最常被文学作品提及的俱乐部之一，温斯顿·丘吉尔、伊恩·弗莱明和爱德华·吉本都是它的会员。拥有会员詹姆斯·邦德的"刀片俱乐部"其实就是稍加乔装的布铎斯俱乐部；奥斯卡·王尔德在《理想的丈夫》中提到过它；狄更斯在《荒凉山庄》中也参考了它。

格雷厄姆·格林 GRAHAM GREENE

圣詹姆斯街5号，SW1A
5 St James's Street, SW1A

二战结束后，格林搬到了他的朋友、军情九处的邓恩特里上校住过的公寓里。这间公寓同时还被设定为《恋情的终结》的故事发生地，这可能是因为格林的情人凯瑟琳·沃尔森当时就住在隔壁。

白金汉宫 BUCKINGHAM PALACE

威斯敏斯特，SW1A
Westminster, SW1A

很多作家都曾被召至白金汉宫接受王室表彰，但"桂冠诗人"可能是其中和在位君主关系最紧密的荣誉。意料之中的是，曾获这一头衔的群体涵盖了最著名也最受尊敬的几位诗人，如约翰·德莱顿、威廉·华兹华斯、阿尔弗雷德·丁尼生、特德·休斯和卡罗尔·安·达菲；但拒绝过这项殊荣的诗人名单也许更为惊人，沃尔特·司各特爵士和菲利普·拉金就在其列。拉金事后在给他朋友金斯利·艾米斯的一封信中评价道："一想到（自己）成为了特德（特德·休斯）葬在威斯敏斯特教堂的原因，就觉得难以忍受。"

威廉·哈兹里特 WILLIAM HAZLITT

小法国街（前约克街）19号，SW1H
19 Petty France (formerly York Street), SW1H

哈兹里特在这间约翰·弥尔顿故居里度过的日子是他人生中最辉煌的时光之一。他四处演讲，成为了一名记者，并和查尔斯·兰姆和玛丽·兰姆等多位作家和艺术家以朋友相称。这栋房子在1877年被拆。

"从早到晚,几乎每刻都有数以千计满身是泥的儿童在公园里爬来爬去,失业者们要么密密麻麻地躺在草地上,要么穿着制服般的油腻灯芯绒长裤躺在长椅上。"

—— 亨利·詹姆斯笔下
毗邻圣詹姆斯区的格林公园

奥斯伯特·西特韦尔 OSBERT SITWELL

阿灵顿街3号，SW1A
3 Arlington Street, SW1A

诗人、批评家和记者奥斯伯特·西特韦尔是西特韦尔三姐弟中唯一出生在他们父母在伦敦的家中的孩子，尽管三人都在这栋房子里住过一段时间。西特韦尔姐弟笔耕不辍，一生都奉献给了文学和艺术——他们的圈子一度与布鲁姆斯伯里团体齐名。尽管如此，他们也经常遭到嘲讽，特别是在温德姆·刘易斯的《上帝之猿》中；D. H. 劳伦斯的《查泰莱夫人的情人》里也能找到奥斯伯特的影子。

《旁观者》杂志 THE SPECTATOR

老皇后街22号，SW1H
22 Old Queen Street, SW1H

这份创刊于1828年的右翼周刊拥有一大批来自文学界的撰稿人，从格雷厄姆·格林、杰梅茵·格里尔和克里斯托弗·希钦斯到伊夫林·沃、菲利普·拉金和金斯利·艾米斯——艾米斯在1995年逝世之前，留下的最后几篇文章也都是在《旁观者》杂志上发表的。在1904年到1914年间，利顿·斯特雷奇一直在以笔名"伊格诺图斯"为杂志撰写书评和剧评。半个世纪后，杰弗里·伯纳德在《旁观者》上开设了他声名狼藉的专栏"下流生活"。

维多利亚皇宫剧院 VICTORIA PALACE THEATRE

维多利亚街，SW1E
Victoria Street, SW1E

在音乐剧《逊位》的一场演出上，九十六岁的小说家芭芭拉·卡德兰从头到尾不停地与人交谈，一度还大喊："我当时也在场！"——直到引座员不得不上前让她安静一些。

威廉·卡克斯顿 WILLIAM CAXTON

威斯敏斯特教堂，院长庭院，SW1P
Westminster Abbey, Dean's Yard, SW1P

威廉·卡克斯顿是一位作家，也是一位印刷商和书商。1476年，他租下了威斯敏斯特教堂隔壁的一间商铺，在那里开动了英国第一台印刷机。随着大众识字率的提高，他印了第一本书——乔叟的《坎特伯雷故事》。凭借从来自欧洲大陆的旅行者那里学习到的相关知识，他印刷并发行了大量书籍，算得上是英国史上第一位书商。

尽管这家商铺被拆很久了，但教堂内部的诗人角里仍留有一块纪念卡克斯顿的铭牌。1492年，他被埋葬于国会广场上的圣玛格丽特教堂，那里也有一块碑纪念着他。

约翰·济慈 JOHN KEATS

大学院街25号，SW1P
25 Great College Street, SW1P

济慈住在汉普斯特德的文特沃思坊（现常被称为济慈院）期间，这位病弱的年轻诗人与芬妮·布劳恩坠入爱河。尽管他们订了婚，但由于济慈健康状况每况愈下，两人并不能待在一起。为了疗养身体，济慈和雪莱夫妇前往罗马。在赴罗马之前，济慈搬来了大学院街，和他的爱人保持距离。不幸的是，1821年，济慈在罗马病逝，年仅二十五岁。

威斯敏斯特公学 WESTMINSTER SCHOOL

院长庭院，SW1P
Dean's Yard, SW1P

威斯敏斯特公学就在威斯敏斯特教堂附近，其悠久的历史可以一直追溯到十二世纪之前。学校著名校友包括首位桂冠诗人约翰·德莱顿、A. A. 米尔恩和爱德华·圣·奥宾。公学1846年到1855年间的校长亨利·李德尔有个女儿叫爱丽丝·李德尔，她被普遍认为是刘易斯·卡罗尔《爱丽丝漫游奇境》里爱丽丝的原型。时至今日，从院长庭院进入公学时经过的拱门上还刻着李德尔的名字。

T. E. 劳伦斯 T. E. LAWRENCE

巴顿街14号，SW1P
14 Barton Street, SW1P

尽管更多的是以"阿拉伯的劳伦斯"之名为人所知，T. E. 劳伦斯的战争经历已足以让他成为一名英雄——这位在和平时期注重隐私的军人在这栋房子的阁楼里住了好几年。他经常光顾画廊和书店，并和萧伯纳等好友会面。劳伦斯写《智慧七柱》时，第一稿被他落在了火车上，导致他不得不从头写起。

伊恩·弗莱明 IAN FLEMING

维多利亚广场16号，SW1W
16 Victoria Square, SW1W

伊恩·弗莱明在这个离白金汉宫不远的住处写下了詹姆斯·邦德系列的第一部——《皇家赌场》，并于1953年出版。此后，弗莱明一直住在维多利亚广场，直到十一年后去世。在这段时间里，他又写了十三部"007"系列小说。

"我很好,在巴顿街觉得很自在,这儿很美。只有千百次体验之后,才能真正地感受到这种巨大的混乱下一方小天地的静谧。当我不得不离开的时候,我将会很遗憾,但总的来说,能够在这里待这么久已经是件过分愉快的事了。"

——T. E. 劳伦斯

伦敦图书馆 THE LONDON LIBRARY

圣詹姆斯广场14号，SW1Y
14 St James's Square, SW1Y
由于不满大英博物馆（当时大英图书馆的所有方）的条款，托马斯·卡莱尔在1841年创办了伦敦图书馆。从开门纳客的第一天起，这里就成为了独立作家们的避风港，为他们的独处、研究和灵感创造条件。阿尔弗雷德·丁尼生勋爵、T. S. 艾略特和肯尼思·克拉克先后担任过伦敦图书馆的馆长，包括弗吉尼亚·吴尔夫、布莱姆·斯托克、阿加莎·克里斯蒂和石黑一雄在内数以千计的作家都曾到访过这里。图书馆的一部分毁于伦敦大轰炸，据称因此丢失了约一万六千册书，并因为税收问题被威斯敏斯特市政府找过麻烦——在1960年的一次筹款拍卖上，以仅仅两千八百英镑的价格出售了一份 T. S. 艾略特的《荒原》特别版，不过图书馆还是得以继续存留并发展。现在去访问这座图书馆的话，你有可能会碰见像维多利亚·希斯洛普或是弗吉尼亚·尼科尔森这样的小说家在桌边为自己最新的作品奋笔疾书。

圣詹姆斯教堂 ST JAMES CHURCH

皮卡迪利大街197号，W1J
197 Piccadilly, W1J
圣詹姆斯教堂是克里斯托弗·雷恩爵士在伦敦城外建造的三所教堂之一。威廉·布莱克于1757年在这座教堂里受洗；诗人和作家罗伯特·格雷夫斯1918年在此成婚。2010年，这座教堂举行了艺术家兼作家塞巴斯蒂安·霍斯利的葬礼，包括威尔·塞尔夫和史蒂芬·弗莱在内的四百多人前来悼念了他。

改良俱乐部 REFORM CLUB

蓓尔美尔街104号，SW1Y
104 Pall Mall, SW1Y
改良俱乐部是圣詹姆斯区最知名的私人俱乐部之一，通常接纳的是政治理念进步人士。俱乐部有名的文学界成员包括威廉·梅克匹斯·萨克雷和阿诺德·本涅特，而俱乐部本身也在多个文学事件中扮演了重要角色。1913年，在发现王尔德生前的情人阿尔弗雷德·道格拉斯勋爵为了窃取重要文件而和自己住进了同一栋楼后，王尔德的朋友和遗稿托管人罗比·罗斯逃到俱乐部避难。威尔弗雷德·欧文虽非会员，也曾和同为战争诗人的会员西格夫里·萨松在俱乐部共进午餐，而后者写过一首题为《在改良俱乐部写下的诗句》的诗，在1920年圣诞节时印发给了俱乐部会员。
改良俱乐部在文学作品中出现过若干次，最有名的当数儒勒·凡尔纳的《八十天环游地球》。故事主角菲莱亚斯·福格在和其他俱乐部会员打赌后启程环游世界，他的旅程最后也在俱乐部结束。

梅费尔

在圣詹姆斯、威斯敏斯特、苏活区，以及海德公园和格林公园巨大的绿地包围之下，这个曾经的上流社会住宅区现在仍拥有克拉里奇斯和丽兹这样的当今世界顶级的餐馆、商铺和酒店。无怪乎像芭芭拉·卡特兰、奥斯卡·王尔德和拜伦勋爵这样耀眼的文坛明星都时常出没于此，把这里视为家一样的存在。作家并不是唯一在这里找到家的艺术灵魂：吉米·亨德里克斯、"爸爸妈妈"乐队的"妈妈"凯丝·艾略特和"谁人"乐队的基思·穆恩都曾在梅费尔区生活，并都逝世于此。

在梅费尔中心附近有一个被称为"牧羊人市场"的小广场（一年一度的"五月集市"就是在这里举行的，整个地区也因此得名），在十八世纪曾是一个色情服务中心。一战之后，英国的一些上层阶级搬出了梅费尔，这个区内的一些宏伟建筑因而被改造成了外国使馆或是办公场所，另一些楼被废弃了，牧羊人市场却依然掌控着妓院生意。直到1987年，畅销书作家和政治家杰弗里·阿彻还卷入了一场和这个广场有关的性丑闻。

知名书店和博物馆

奎文斋 BERNARD QUARITCH
南奥德利街40号，W1K
40 South Audley Street, W1K
一家创立于1847年的珍本书商。
周一至周五 9:00—18:00

海伍德·希尔 HEYWOOD HILL
柯曾街10号，W1J
10 Curzon Street, W1J
在妻子和岳父的帮助下，海伍德·希尔1936年在柯曾街开了这家两层楼的书店。这家店很快吸引了奥斯伯特·西特韦尔和伊夫林·沃等名作家常来光顾。二战期间，南希·米特福德在这里做了三年店员，周薪三英镑。这家店的店主现为南希·米特福德的侄子德文郡公爵，书店的日常事务则由公爵的女婿尼基·邓恩打理。约翰·勒卡雷的名作《锅匠，裁缝，士兵，间谍》里中有一处故事场景就设在这里。
周一至周五 9:00—18:30

麦格斯兄弟书店 MAGGS BROS.
柯曾街46号，W1J
46 Curzon Street, W1J
一家开在乔治王朝时期联排大屋里的珍本和古董书店，在贝德福德广场也有分店。
周一至周五 10:00—18:00
周六 10:00—17:00

索瑟兰书店 SOTHERAN'S
萨克维尔街2号，W1S
2 Sackville Street, W1S
亨利·索瑟兰有限公司成立于1761年，是世界上历史最悠久的古董书店。书店的地下室里出售精美的印刷品。
周一至周五 9:30—18:00
周六 10:00—16:00

彼得·哈灵顿 PETER HARRINGTON
多佛街43号，W1S
43 Dover Street, W1S
主营初版书、珍本和古董书，在肯辛顿也有分店。
周一至周五 10:00—19:00
周六 10:00—18:00

凯尼格书店（蛇形湖店）
KOENIG BOOKS (SERPENTINE)
蛇形画廊，肯辛顿花园，W2
出售大量现代艺术、摄影和建筑类刊物。
周二到周日 10:00—18:00

"伦敦尚存的时尚和智慧的中心。"

—— 伊夫林·沃如是形容海伍德·希尔书店

奥尔巴尼 ALBANY

皮卡迪利大街，W1J
Piccadilly, W1J

这座建于1777年的三层住宅楼隐藏在伦敦最繁华的地区深处，位于康迪特街和皮卡迪利大街之间。住在这里的人可以轻松地穿过马路去街对面的福南梅森商场买日常用品。拜伦勋爵、布鲁斯·查特文、约翰·理查德森、J. B. 普里斯特利、约翰·雷恩、康普顿·麦肯齐、格雷厄姆·格林、乔吉特·海尔、泰伦斯·拉提根和回忆录作家兼演员特伦斯·斯坦普都曾以此为家。这座建筑也在好几部著名的小说中出现过，其中包括《我们共同的朋友》（狄更斯）、《道连·格雷的画像》（王尔德）和《太空城》（弗莱明）。二战期间，西比尔·贝德福德的资产被纳粹冻结，她向好友阿道司·赫胥黎求助，在他奥尔巴尼的公寓里住了一段时间。著名的"隐士"、演员葛丽泰·嘉宝也曾用布朗小姐的假名住在这里。

最初，奥尔巴尼只允许单身汉入住，直到上个世纪才修改了规定。然而，尽管这里现在已允许女士入住，十四岁以下的儿童和宠物还是被严格禁止的。

目前，奥尔巴尼的一间小房间起价约为两百万英镑。

范妮·伯尼 FANNY BURNEY

博尔顿街11号，W1J
11 Bolton Street, W1J

在丈夫去世后，小说家和日记作家范妮·伯尼（后称达布莱夫人）回到了伦敦。为了离自己唯一的儿子近一些，她住到了博尔顿街上。宅子前的铭牌设于1885年，是现存最早的一块伦敦官方为女性所设的铭牌。

拜伦勋爵 LORD BYRON

皮卡迪利大街139号，W1J
139 Piccadilly, W1J

1812年，年仅二十四岁的乔治·戈登·拜伦（亦被浪漫地称为拜伦勋爵）出版了他的第一本书，成为了伦敦的焦点。盛名之下，拜伦勋爵倚仗着自己的青春美貌和文字天赋，百般放纵。在经历了数桩丑闻之后，他试图通过婚姻收敛自己拈花惹草的行为，娶了一位女继承人安妮·"安娜贝拉"·米尔班克，二人育有一女奥古斯塔（她后来有了一个更出名的身份：数学家阿达·洛芙莱斯），在皮卡迪利大街这栋大宅子里安顿下来。然而，婚姻并没能驯服拜伦，安娜贝拉不得不承认整个伦敦都患上了"拜伦狂热症"。一年后，他的妻子要求分居，一系列私事在公众视野中爆发，其中包括他的诸多风流韵事、传闻中的同性交往、高筑的债台和与他同父异母的妹妹（巧的是也叫奥古斯塔）往来的绯闻。1816年，拜伦勋爵逃往国外，再也没有回来——然而，他作为浪漫主义领袖留下的遗产延续了下来。皮卡迪利大街139号目前正在修缮中，将会拥有八间卧室、桑拿房和游泳池。

芭芭拉·卡德兰 BARBARA CARTLAND

半月街，W1J
Half Moon Street, W1J

芭芭拉·卡德兰一生写了七百二十三本书，其中包括一百六十本未出版作品，是她那个时代最受欢迎的作家之一。一战结束后，卡德兰搬到了伦敦，很快因为替报纸写社会八卦出名，并于1925年出版了她的第一本小说，非常畅销。不久后，这位年轻的作家结婚了，在梅费尔区置业。卡德兰婚后继续写作流行小说，但这段婚姻只持续了五年，两人之间出现了出轨传闻，因此分开了。离婚后，卡德兰的生活发生了巨大的改变：梅费尔的房子卖了，劳斯莱斯也卖了。她带着自己的女儿，也就是未来戴安娜王妃的继母，搬进了半月街上的这间小公寓里。这位浪漫小说家把自己的部分经历稍加修饰，写进了1932年的小说《梅费尔的少女》中。这部小说讲述了一位初入社交场合的年轻女子在伦敦社交界的际遇，包括皮卡迪利的夜总会和"险恶的"切尔西家庭。卡德兰在近五十年后评论道："那些故事里的夜总会和大部分人物都是真实的，气氛也没错。"

威廉·哈兹里特 WILLIAM HAZLITT

半月街4号，W1J
4 Half Moon Street, W1J

哈兹里特在这里住过一阵，当时的他接近赤贫，一边写着四卷的《拿破仑传》，一边写一些毫不起眼的杂志文章。

亨利·詹姆斯 HENRY JAMES

皮卡迪利大街81号（前博尔顿街3号），W1J
81 Piccadilly (formerly 3 Bolton Street), W1J

这个位置上曾经矗立着一栋大楼。1869年，出生于美国的亨利·詹姆斯移居伦敦，最初就落脚在这栋楼的一间小公寓里。在梅费尔区的日子里，亨利·詹姆斯写下了《黛西·米勒》《华盛顿广场》和《一位女士的画像》。凭借这些作品的成功，詹姆斯搬进了肯辛顿一间更宽敞的公寓。

W. 萨默塞特·毛姆 W. SOMERSET MAUGHAM

切斯特菲尔德街6号，W1J
6 Chesterfield Street, W1J

在经历了西区同时上演他四部剧作的巨大成功后，毛姆在梅费尔区买下了这栋房子。在这里，他写下了《人生的枷锁》和《月亮与六便士》。

皇家艺术学院 ROYAL ACADEMY SCHOOLS

伯林顿府，皮卡迪利大街，W1J
Burlington House, Piccadilly, W1J

在完成他夸张的超现实主义作品"歌门鬼城"三部曲前，马尔文·皮克在皇家艺术学院就读，并有一幅画作在1931年获得了学院展出资格。1945年后，他成为了一位公认的战争艺术家。再早一个世纪前，威廉·布莱克也曾是皇家艺术学院的学生，不过当时学院还在旧址萨默塞特宫。

约翰·斯坦贝克 JOHN STEINBECK

雅典娜神庙酒店，皮卡迪利大街116号，W1J
The Athenaeum, 116 Piccadilly, W1J

这家酒店建于上个世纪三十年代，最初是一栋装饰艺术风的公寓楼。1943年，约翰·斯坦贝克担任《纽约先驱论坛报》的战地记者，在这栋楼的一间公寓里住了六个月。在给妻子格温的信里，他描述了从住处能看到的风景，说"那里有我所读过的关于伦敦的一切"。

威廉·布莱克 WILLIAM BLAKE

莫尔顿南街17号，W1K
17 South Molton Street, W1K

莫尔顿南街上的这座建筑是布莱克在伦敦多处故居中唯一留存至今的。在所谓的"伦敦之外"（只是兰贝斯区而已！）小住了几年之后，布莱克和他的妻子凯瑟琳回到了城里，在莫尔顿南街住了近二十年。尽管他的作品在圈内广受赞誉，布莱克的作品并未给他带来任何收入。夫妇二人饱受财务问题之困，诗人因此患上了妄想症。后来，布莱克搬离了莫尔顿南街，不久后于1827年在贫困中去世。

休·沃波尔 HUGH WALPOLE

皮卡迪利大街90号，W1J
90 Piccadilly, W1J

在1909年至1941年间，休·沃波尔共写了三十六部小说，五部短篇小说集、两部戏剧和三卷回忆录——然而今天很少有人听说过他。尽管他的很多作品非常畅销，但它们并未经受住时间的考验——也许有一部分原因是毛姆对他的文学声誉大肆攻击，包括露骨地在自己的小说《寻欢作乐》中丑化了沃波尔的形象（可能是为了报复沃波尔数年前夺走了毛姆的男友）。沃波尔有许多作品都是在这间皮卡迪利大街和半月街交界处的公寓里写下的。这栋楼一直留存到了今天，虽然在伦敦大轰炸期间它的天花板和墙面都被炸毁过。当时沃波尔正在外出，并随后搬到了附近的多切斯特饭店。

凯莱德酒店 CONNAUGHT HOTEL

卡洛斯坊，W1K
Carlos Place, W1K

凯莱德酒店开业于1815年，最初叫作萨克森-科堡王子酒店，后来在一战期间改成了现在这个听起来"不那么德国"的名字。1957年，T. S. 艾略特在日记中提到在凯莱德酒店和他当时的秘书瓦莱丽见面。几周后，他们便结婚了。彼得·梅尔在1991年的书《有关品味》里也专门写了一章关于这家酒店的内容。

这块铭牌标记着布莱克曾经住过近二十年的地方。在这里,他工作过,生活过,却几乎从未被欣赏过。

莫兰德烟草公司 MORLAND & CO.

(前)格罗夫诺街83号,W1K
(Formerly) 83 Grosvenor Street, W1K

尽管莫兰德烟草公司已不复存在,但他们在这条梅费尔区的时髦街道上一直保留着一家店。伊恩·弗莱明抽莫兰德烟,因此,他笔下最著名的人物詹姆斯·邦德也毫无悬念地成为了一名莫兰德香烟爱好者。和我们从现代007电影中熟知的那些令人血脉偾张的动作片主角不同的是,《皇家赌场》的第一章里提到邦德点燃了他一天中的第七十根烟,而在《雷霆万钧》中,特勤医务官在一份报告中点评了他一天六十支烟的习惯,指出莫兰德香烟中的尼古丁含量比一般廉价品牌要高得多。莫兰德公司从这一品牌曝光中获利颇丰,在弗莱明的允许下开始生产"詹姆斯·邦德特别款1号"烟。弗莱明因长年吸烟酗酒去世之后,他们还一直在销售这款香烟,直到公司在二十世纪七十年代倒闭。

维奥莱特·特莱弗西斯 VIOLET TREFUSIS

格罗夫诺街16号，W1K
16 Grosvenor Street, W1K

维奥莱特是爱丽丝·凯佩尔（爱德华七世公开的情妇）之女，在华丽又道德败坏的皇家世界长大。1918年，二十四岁的特莱弗西斯住在父母位于格罗夫纳街上的房子里。在这期间，她拜访了童年好友薇塔·萨克维尔－韦斯特家的乡间别墅朗恩谷仓，二人自此展开了一段长达三年的激恋。为了躲避薇塔的丈夫和维奥莱特的母亲，两人经常一起出门度假，常去的是休·沃波尔在康沃尔的小屋，也在法国待过很长一段时间。在那里，二人会扮成吉卜赛人，称对方为"米佳"（薇塔）和"卢施卡"（维奥莱特）。薇塔开始穿灯芯绒长裤，并剪短头发，好让自己看起来像个男人——在这期间，薇塔写了小说《挑战》，在书中将自己和维奥莱特描写成了朱利安和夏娃这对恋人。这段恋情在维奥莱特结婚后结束了，但她后来在影射小说《马德拉刺绣》中留下了这段感情的记录。弗吉尼亚·吴尔夫在她虚构的薇塔传记《奥兰多》中也描述了这段恋情，用俄国公主萨莎这个角色影射了特莱弗西斯。维奥莱特还是南希·米特福德《爱在寒冬》中蒙多尔夫人这个角色的原型。米特福德曾说过（也许听起来有些阴暗），特莱弗西斯的自传应取名为《维奥莱特·特莱弗西斯躺在此处》。

"我的一生用一个词便能写尽：挥霍 —— 挥霍爱情，挥霍才华，挥霍事业。"

—— 维奥莱特·特莱弗西斯

P. G. 伍德豪斯 P. G. WODEHOUSE

邓雷文街17号（前诺福克街），W1K
17 Dunraven Street (formerly Norfolk Street), W1K

佩勒姆·格伦维尔·伍德豪斯爵士住在这里时，这个地址还叫诺福克街17号。当时的他正处于自己写作生涯的巅峰。在1927年到1934年间，他在这栋二级保护建筑里出版了十部小说。与此同时，他还与杰罗姆·科恩和科尔·波特等音乐剧大师合作，在美国做了很多工作。然而，这种往返于英美工作的行为让两国税务部门找上了他。1934年，伍德豪斯搬到了法国北部的勒图凯。二战爆发后，法国陷落，伍德豪斯同其他敌国男性关押在一起。也正是在此期间，他被迫通过德国电台向美国播出了五集题为《如何在零培训的情况下成为一名战俘》的广播节目，内容主要是他基于狱中经历写的一些幽默段子和对抓走他的人冷嘲热讽。节目在英国播出后，伍德豪斯被打成了叛徒、纳粹合作者和懦夫。军情五处调查后，认为他的行为是"不明智"的，但没有对他采取任何行动。尽管如此，伍德豪斯再也没有回到英国，而是选择在战后移居美国，最终于1975年在美国去世。

1988年，伊丽莎白王太后在邓雷文街17号为伍德豪斯的铭牌揭幕，她说："我很高兴受邀为这块铭牌揭幕，因为多年以来我一直是P. G. 伍德豪斯的热心读者。事实上，我可以很自豪地说，他的第一本书《奖杯猎人》就是献给我的家庭成员的。"

这栋舒适小楼的顶层在2006年以三百一十万英镑售出，时装设计师亚历山大·麦昆在2009年买下了它的低层部分，一年后在这里去世。整栋房子近期的市价是八百五十万英镑。

布朗酒店 BROWN'S HOTEL

多佛街23号，W1S
23 Dover Street, W1S

拜伦勋爵的管家在1830年开了这家酒店，是作家们到访伦敦时的最爱，马克·吐温和伊迪丝·华顿都在此列。

劳伦斯·斯特恩 LAURENCE STERNE

老邦德街41号，W1S
41 Old Bond Street, W1S

1759年，出版了《项狄传》前两卷的斯特恩声名鹊起。因此，他每年都会在伦敦待一段时间，在每一次有新书出版的时候（在八年内总共又出了七本）接受众人盛情款待。与肺结核搏斗数年后，斯特恩在他的住处病逝，当时他的最后一本书《多情客游记》才出版了不到一个月。

奥斯卡·王尔德 OSCAR WILDE

阿尔伯马尔俱乐部,(前)阿尔伯马尔街13号,W1S
Albemarle Club, (formerly) 13 Albemarle Street, W1S

1874年开业的阿尔伯马尔俱乐部是当时伦敦少数同时接受男性和女性入会的私人俱乐部之一。虽然俱乐部在妇女权利方面的进步观点曾为其招致了一些非议,但让它声名狼藉的真正原因是一起发生在1895年的事件,它引发了俱乐部最著名的成员奥斯卡·王尔德的那场诉讼丑闻。

1895年2月28日,昆斯伯里侯爵冲进了阿尔伯马尔俱乐部,要求见王尔德,因为他得知王尔德与他的儿子阿尔弗莱德·道格拉斯勋爵(又称波西)有染。被门童挡在门外的侯爵无法进入俱乐部,便给这位剧作家留下了一张纸条,上面写着"给奥斯卡·王尔德,装模作样的鸡奸者"。王尔德以诽谤罪对侯爵提起自诉——然而,侯爵的律师在庭审期间发现了对王尔德不利的证据,王尔德别无选择,只能放弃指控。之后,王尔德自己反而被逮捕,并被控犯有鸡奸和严重淫秽罪。经过两轮审判之后,这位名作家被判有罪,罚两年苦役。

"我是不敢道出自己名字的爱。"

——阿尔弗莱德·道格拉斯勋爵,又名波西

梅费尔

奥斯卡·王尔德和波西在1893年的合影。两年后,王尔德对昆斯伯里侯爵发起了那场倒霉的诽谤诉讼。

终章

逝去的伦敦书店

诗籍铺 THE POETRY BOOKSHOP

博斯韦尔街（前德文郡街）35号，考文特花园，WC1N
35 Boswell Street (formerly Devonshire Street), Covent Garden, WC1N

诗人兼《诗歌评论》的初代编辑哈罗德·门罗在1913年开了诗籍铺。除了推广诗歌、举办朗诵会和出版作品集外，这个地方偶尔还为有抱负的诗人们在楼上提供住宿。威尔弗雷德·欧文和威尔弗里德·威尔逊·吉布森都曾在此落脚，罗伯特·弗罗斯特、埃兹拉·庞德和T. S. 艾略特等名人也是这里的常客。然而，由于他更专注于推广同行作家的作品，门罗自己的创作受到了影响，个人经济状况很快恶化。1926年，在不得不关闭这家店的情况下，他开始酗酒，之后被诊断出患有肺结核，于1932年去世。

更好书店 BETTER BOOKS

查令十字路94号，考文特花园，WC2H
94 Charing Cross Road, Covent Garden, WC2H

托尼·戈德温在1946年成立了这家知名先锋出版品牌。在戈德温访问旧金山后，这家店成为了上个世纪六十年代伦敦蓬勃的反文化运动中心。传记作家、出版商和书商巴里·迈尔斯加入了更好书店，并促成了1965年"垮掉派"大师艾伦·金斯堡的到访。不久之后，迈尔斯参与建立了印迪卡书店与画廊。

印迪卡书店与画廊 INDICA BOOKS AND GALLERY

曼森庭院6号，公爵街，圣詹姆斯，SW1Y
6 Mason's Yard, Duke Street, St James's, SW1Y

这家店由音乐人彼得·亚设、策展人约翰·邓巴和作家巴里·迈尔斯共同经营。巴里·迈尔斯以自己之前的更好书店为蓝本创建了这家店，亚设和邓巴则从艺术和音乐方面影响了它。当时，邓巴正在与歌手玛丽安娜·菲斯福尔约会，而亚设的妹妹简正在和披头士乐队的保罗·麦卡特尼约会。因此，这家店成为了上个世纪六十年代中期反文化运动者的必访之地——麦卡特尼正是书店的第一位顾客。一年后的1966年，店内的图书业务搬到了附近的布鲁姆斯伯里，留下了印迪卡画廊在原处（几个月后，约翰·列侬在这里遇见了小野洋子）。在麦卡特尼的资助下，巴里·迈尔斯负责经营印迪卡书店，并在地下室给前卫杂志《IT（国际时报）》帮忙。

帕顿书店 THE PARTON BOOKSHOP

帕顿街4号，布鲁姆斯伯里，WC1R
4 Parton Street, Bloomsbury, WC1R

在上个世纪三十年代，大卫·阿彻曾是这家位于布鲁姆斯伯里的店铺的合伙人，并在地下室经营着帕顿出版社和超现实主义杂志《当代诗歌与散文》。这家店以非商业化闻名：顾客往往把书借走，而不是买下它们。狄兰·托马斯经常流连店中。1934年，阿彻的合伙人获得了这家店的控制权，并将其更名为新新书店。此后，书店在帕顿街上的痕迹被彻底抹去了，取而代之的是圣马丁艺术学院（现在的中央圣马丁艺术与设计学院）。

阿彻书店 ARCHER'S BOOKSHOP
希腊街35号，苏活区，W1D
35 Greek Street, Soho, W1D

这家破破烂烂却又很特别的书店兼售新旧书籍，是当时伦敦反文化运动的中心之一。店的后半部分有一个咖啡吧，地下室里则有一个画廊。大卫·阿彻的闻名之处在于，如果他临时决定把某本书留给自己，那他就会当即拒绝出售。阿彻对金钱不太在乎，经常建议顾客到附近的福伊尔斯书店购买。最后，钱财散尽的他穷困潦倒，死在了一家专为老人和无家可归者而设的旅舍里。

书迷角 BOOKLOVER'S CORNER
南端路1号，汉普斯特德，NW3
1 South End Road, Hampstead, NW3

在写这本书的时候，南端路和庞德街交界处已被"每日面包"烘焙咖啡馆占领，但如果把时间倒退回上个世纪三十年代，你会在这里发现"书迷角"的存在。乔治·奥威尔在1934年到1935年间曾在这里工作，当时他就住在店铺楼上的一间公寓里。在此期间，奥威尔写下了《让叶兰继续飘扬》；小说中的书店灵感来源于他以前的工作地点。奥威尔在《书店轶事》一文中描述了他在书迷角书店工作的经历，以及书店经营的一些"副业"，如二手打字机和"由某个自称预言了日本大地震的人编写的廉价占星术"。

> "在最为周到又鼓舞人心的主人哈罗德·门罗的经营下，诗籍铺成为了一个极好的聚会场所。"
>
> —— 奥斯伯特·西特韦尔

马里波恩

这个区的名字来自一座泰伯恩河边供奉圣玛丽的教堂,"溪上(Bourne)的圣玛丽"最终简化为马里波恩。这里最初的街道和住宅区建于十八世纪,当时的街区和现在一样时髦。但它眼下最出名的恐怕还是区内的一位虚构居民:夏洛克·福尔摩斯。马里波恩也因其众多的医务工作者而闻名,尤其是温坡街和哈利街一带;夏洛克·福尔摩斯的创造者阿瑟·柯南·道尔曾在上温坡街2号开过眼科诊所。

知名书店和博物馆

档案书店 ARCHIVE BOOKSTORE
贝尔街83号，NW1
83 Bell Street, NW1
出售二手书和乐谱散页。
周一至周六 10：30—18：00

夏洛克·福尔摩斯博物馆
SHERLOCK HOLMES MUSEUM
贝克街237-241号，NW1
237-241 Baker Street, NW1
众所周知，夏洛克·福尔摩斯住在贝克街221号B，但在当时，现实中并不存在这个地址。由于柯南·道尔的这个作品系列实在太受欢迎了，地方市政延长了这条街，把门牌号排到了221号之后（在此之前，这里叫作上贝克街，而贝克街本身的门牌号只排到了85号）。1932年，阿比国民房屋抵押贷款协会搬到了这里，主动承担起了代福尔摩斯回信的工作。2005年协会停止营业后，写给这位大侦探的信件便改由坐落在贝克街237-241号的夏洛克·福尔摩斯博物馆代收。博物馆名正言顺地（虽然也许同时会略使人困惑）在门上挂上了221号B。
每日开放 9：30—18：00

当特书店 DAUNT BOOKS
马里波恩高街83-84号，W1U
83-84 Marylebone High Street, W1U
一家专门设有旅游书籍门类的综合书店，拥有绝美的爱德华时代橡木画廊和天窗。
周一至周六 9：00—19：30
周日 11：00—18：00

杜莎夫人蜡像馆 MADAME TUSSAUDS
马里波恩路，NW1
Marylebone Road, NW1
杜莎夫人蜡像馆的历史可以追溯到两百多年前，它目前是英国的著名景点，在本土其他城市和全球各国都陆续开设了分馆。馆中蜡像栩栩如生，展出的文学人物包括查尔斯·狄更斯、昆廷·克里斯普、F.斯科特·菲茨杰拉德和威廉·莎士比亚。
周一至周六 9：00—18：00（大多数情况下）

乐施会门店 OXFAM SHOP
马里波恩高街91号，W1U
91 Marylebone High Street, W1U
像乐施会这样的慈善商店里通常会有不少二手书精品，这家位于马里波恩高街上的店在这个方面尤为出众。
周一至周五 10：00—18：00
周日 11：00—17：00

华莱士典藏馆 THE WALLACE COLLECTION
赫特福府，曼彻斯特广场，W1U
Hertford House, Manchester Square, W1U
这家免费开放的博物馆坐落在赫特福德侯爵生前的府邸里。馆中的艺术藏品以文艺复兴末期到法国大革命前的旧制度时期风格为主。博物馆商店里出售的书籍主要是历史和艺术方向的。
每日开放 10：00—17：00

阿诺德·本涅特 ARNOLD BENNETT

奇尔特恩庭97号，NW 1
97 Chiltern Court, NW 1
1930年，本涅特搬进了奇尔特恩庭97号。一年后，他由于在巴黎直接从自来水龙头里喝了水，回到伦敦后在这间公寓里死于伤寒。

查尔斯·狄更斯 CHARLES DICKENS

马里波恩路15号（前德文郡排屋1号），NW 1
15 Marylebone Road (formerly 1 Devonshire Terrace), NW 1
1839年，狄更斯的妻子怀上了第三胎，他需要一栋更大的宅子来容纳这个日益扩员的家庭。据传记作者所述，由于狄更斯的《雾都孤儿》和《匹克威克外传》大获成功，这位作家的财力已足够买下一栋"拥有大花园的漂亮房子"。在这里，狄更斯写下了《圣诞颂歌》等更多的名作。这栋宅子里的多数新家具都购于托特纳姆庭路上的希尔斯商场，这家店至今仍在营业中。到了1850年，狄更斯举家搬至塔维斯托克广场时，他已经有九个孩子了。
狄更斯在马里波恩的房子在上个世纪五十年代被拆除了，代替它的是现在人们看到的那座办公大楼。这栋建筑的侧面有一幅浮雕壁画，描绘了狄更斯笔下最著名的一些人物。

H. G. 威尔斯 H. G. WELLS

奇尔特恩庭47号，NW 1
47 Chiltern Court, NW 1
在第二任妻子简去世两年后，H. G. 威尔斯于1927年搬到了这栋位于马里波恩北部的时髦大厦里。威尔斯在这里写下了《未来世界》等作品。

乔治·奥威尔 GEORGE ORWELL

多赛特内庭18号，查格福德街，NW 1
18 Dorset Chambers, Chagford Street, NW 1
奥威尔在1940年到1941年间住在这里，当时他在为英国广播公司工作，制作针对印度地区的战时宣传广播。

马里波恩

查尔斯·狄更斯在伦敦许多地方都住过。随着他的文学成就日益辉煌，他的每一处住所都比上一处更气派。

《纪事报》/ 埃拉米图片社

爱德华·李尔
EDWARD LEAR

斯特拉福德巷15号，W1C
15 Stratford Place, W1C
这位作家、插画家和音乐家把这里作为他的工作室近十年之久。在这里，他为丁尼生勋爵的作品谱写了若干首伴奏，它们也是丁尼生唯一认可的配乐。

伊丽莎白·巴雷特·勃朗宁
ELIZABETH BARRETT BROWNING

温坡街50号，W1G
50 Wimpole Street, W1G
饱受慢性病之苦的巴雷特在温坡街50号四楼的一个房间里度过了她大部分的人生。不过那并不是今天你看到的那栋房子，因为原来的十八世纪建筑在1935年被拆除了。虽然疾病缠身，巴雷特还是出版了一本名为《诗》的集子，获得了广泛的认可。一年后，她遇到了一位狂热的粉丝罗伯特·勃朗宁，二人不顾女方父亲的反对私奔了。据说勃朗宁曾到温坡街拜访巴雷特达九十余次之多。在这段激烈的求爱期间，巴雷特写下了她最著名的作品之一《葡萄牙人的十四行诗》。

阿瑟·柯南·道尔爵士
SIR ARTHUR CONAN DOYLE

上温坡街2号（前德文郡道2号），W1G
2 Upper Wimpole Street
夏洛克·福尔摩斯之父在这个位置开过一家眼科诊所，但根据他的自传，并不曾有病人上门。

威尔基·柯林斯
WILKIE COLLINS

新卡文迪什街11号，W1G
11 New Cavendish Street, W1G
小说家威廉·"威尔基"·柯林斯1824年出生在梅费尔，但仅在那里住了短短几年，又搬到汉普斯德住了一阵，最后六岁时在贝斯沃特安顿了下来。柯林斯一共在伦敦的二十多个地方住过，最后在附近的温普尔街82号去世，享年六十五岁。

T. S. 艾略特
T. S. ELIOT

克劳福德大厦18号，克劳福德街，W1H
18 Crawford Mansions, Crawford Street, W1H
T. S. 艾略特于1916年搬到此地。在这间公寓里，他度过了在伦敦最初的四年，为劳埃德银行工作。在此期间，他大部分的时间都在抱怨这里的噪音。

安东尼·特罗洛普
ANTHONY TROLLOPE

蒙塔古广场39号，W1H
39 Montagu Square, W1H
安东尼·特罗洛普一生共写下了四十七部长篇小说，以及一些短篇小说和若干旅行书籍，这其中有许多是他住在此地时写下的。在这里，他度过了自己生命的最后九年。这些出版作品里包括他的讽刺小说《如今世道》。这本书虽然在当时并不受欢迎，但被后世认为是他的代表作。

伊丽莎白·巴雷特·勃朗宁
ELIZABETH BARRETT BROWNING

格罗斯特坊99号，W1U
99 Gloucester Place, W1U

伊丽莎白·巴雷特，即后来的伊丽莎白·巴雷特·勃朗宁，和她的家人在1835年从德文搬到了格罗斯特坊，在这里住了三年后，又搬去了温坡街。

爱德华·吉本 EDWARD GIBBON

本廷克街7号，W1U
7 Bentinck Street, W1U

吉本住在这里的时候，参加了包括约翰逊博士的文学俱乐部在内的各种文学聚会。也正是在这段时间里，他开始陆续出版自己长达六卷的巨著《罗马帝国衰亡史》。在书的第四卷问世前，他搬去了一栋更大的宅子，十年后在那里去世。

威尔基·柯林斯
WILKIE COLLINS

格罗斯特坊65号，W1U
65 Gloucester Place, W1U

威尔基·柯林斯在伦敦住的几十年间几易其址，最后才在这里安顿下来，断断续续地住了二十年。这位与狄更斯往来甚密的小说家同十年前相识的一位名叫卡洛琳的寡妇以及她的女儿哈丽特住进了这所房子。或许是由于过度沉溺于鸦片和鸦片酊，柯林斯的视力开始衰退，于是他便让哈丽特记录下自己的口述内容。就在这个临时家庭搬来格罗斯特坊的同一年，柯林斯在诺福克认识了一位更年轻的名叫玛莎的女性，并说服年仅十九岁的她搬来伦敦，方便他们更接近彼此。和玛莎在一起时，柯林斯化名为威廉·道森。"威廉"与玛莎生了三个孩子，而在此期间，他还与卡洛琳和哈丽特一直住在一起。

> "我用我灵魂所能达到的最大深度、广度和高度去爱你……"

—— 伊丽莎白·巴雷特·勃朗宁
《我怎样去爱你》

菲茨罗维亚

由于菲茨罗维亚区毗邻苏活区和布鲁姆斯伯里区,许多想要拓展饮酒版图的作家们会选择光顾这里。弗吉尼亚·吴尔夫和萧伯纳都曾居于此,这里也是英国广播公司总部所在地;狄兰·托马斯、朱利安·麦克拉伦-罗斯和乔治·奥威尔当年时常光顾这一带的酒吧,它们其中有很多家直到今天尚在营业。

知名书店和博物馆

皇家建筑师协会书店 RIBA BOOKSHOP
波特兰坊66号,菲茨罗维亚区,W1B 1AD
66 Portland Place, Fitzrovia, W1B 1AD
坐落在皇家建筑师协会内,拥有大量设计和建筑类书籍。
周一至周五 9:30—17:30
周六 10:00—17:00

卡通博物馆 THE CARTOON MUSEUM
威尔斯街63号,W1A 3AE
63 Wells St, W1A 3AE
这家于2019年重新开放的博物馆记录了卡通和漫画艺术的历史及其对英国文化的影响。除展览外,博物馆还开设绘画、故事表达和动画工坊,并对崭露头角的艺术家提供支持。博物馆的商店出售一系列图画小说和卡通制作相关的书籍。
周二至周三,周五至周六 10:30—17:30
周四 10:30—20:00
周日 12:00—16:00

菲茨罗伊之家 FITZROY HOUSE
菲茨罗伊街37号,W1T 6DX
37 Fitzroy Street, W1T 6DX
这是一家纪念科学教创始人L. 罗恩·哈伯德其人其作的博物馆。据《吉尼斯世界纪录大全》,他是全球发行作品最多的作家,馆内陈列了数百本他的书籍。
全年11:00—17:00开放,可通过预约参观

广播大厦
BROADCASTING HOUSE

波特兰坊，W1A
Portland Place, W1A

这栋位于波特兰坊的著名装饰艺术建筑出现在小说中的次数并不亚于曾为英国广播公司总部工作过的作家人数。狄兰·托马斯曾定期为英国广播公司播音，佩内洛普·菲茨杰拉德则把自己在广播大厦工作的经验写入了她的第四部作品《人类之声》，小说主角在二战期间同样在那里工作。不过也许广播大厦与文学最著名的联系是关于乔治·奥威尔和他的反乌托邦小说《一九八四》的。尽管理事会大厦（二战时英国政府信息部所在地）才是小说中"真理部"的灵感来源，但"101号房"却得名于广播大厦中的一间房间。在奥威尔二战时为英国广播公司工作期间，他曾在这间屋子里熬过一场又一场冗长乏味的会议。现在广播大厦外立有一尊奥威尔的青铜像。

詹姆斯·鲍斯韦尔 JAMES BOSWELL

大波特兰街122号，W1A
122 Great Portland Street, W1A

著名律师和日记作家詹姆斯·鲍斯韦尔在这里（现为"詹姆斯·鲍斯韦尔之家"）工作、生活直至去世。在附近的考文特花园有一家托马斯·戴维斯书店，鲍斯韦尔曾在这里与他的传记巨著主人公塞缪尔·约翰逊见面。

弗朗西丝·霍奇森·伯内特
FRANCES HODGSON BURNETT

波特兰坊63号，W1A
63 Portland Place, W1A

1893年，弗朗西丝·霍奇森·伯内特在波特兰坊购入一套大宅。这套宅子对她的小说《名媛》影响很大，在《名媛》中她写到，会客室有一种"生活、交谈和思考的氛围"。伯内特的父亲早逝，她在美国长大，家境贫寒。出版事业上的成功改变了她的命运，她随之过上了舒适的生活。然而，尽管在文学上成就斐然，她赚取的财富并不足以支撑她的生活方式。在1898年，她不得不从伦敦搬到乡下去住。

乔治·奥威尔的塑像俯视着路过的英国广播公司总部广播大厦里的工作人员,他本人亦曾是这里的员工。
PjrStatues/ 埃拉米图片社

菲茨罗维亚

"我只能说我从未远离真实。战时的广播大厦里有另一个维度的人生。"

—— 佩内洛普·菲茨杰拉德

朗廷酒店 LANGHAM HOTEL

波特兰坊1号,W1B
1 Portland Place, W1B

这家时髦的伦敦酒店于1865年开业,查尔斯·狄更斯、亨利·朗费罗、马克·吐温、阿瑟·柯南·道尔、奥斯卡·王尔德和诺埃尔·考沃德等多位文学大师都光顾过它。1867年,浪漫小说家奥维达搬进了朗廷酒店,在这里住了三年之久。她经常在自己的房间里举行文学聚会,罗伯特·勃朗宁和威尔基·柯林斯都曾是她的座上宾。据酒店宣传手册所述,她会放下黑色的天鹅绒窗帘挡住阳光,点起蜡烛,在紫色鲜花环绕的床上写作。朗廷酒店在二十世纪经营陷入困境,成为一街之隔1932年启用的英国广播公司广播大厦的附属楼。从1965年到1986年间,酒店都归英国广播公司所有。当时英国广播公司把参考阅览室、员工酒吧和餐室都设在了这栋楼里。1955年,在英国广播公司设于朗廷的自由撰稿人室里,V. S. 奈保尔花了五周时间写下了短篇小说集《米格尔大街》。

鲁伯特·布鲁克故居 RUPERT BROOKE

(前)夏洛特街76号,W1T
(Formerly) 76 Charlotte Street, W1T

尽管鲁伯特·布鲁克一生短暂,他在剑桥期间就已出版了自己的诗作,并开始与布鲁姆斯伯里团体结交。他来伦敦时经常去参观大英博物馆,就住在博物馆附近的夏洛特街上(尽管当时的房子已经不复存在了)。布鲁克是一战诗人的一员,在加里波第登陆行动中不幸被蚊子叮咬而引发败血症身亡。

约克公爵酒吧 DUKE OF YORK

拉斯伯恩坊47号,W1T
47 Rathbone Place, W1T

据传在1943年的一个晚上,一伙本地黑帮手持利刃洗劫了这个酒吧。当时安东尼·伯吉斯和他的妻子也在场,他从这一暴力事件里获取灵感,创作了小说《发条橙》。

埃菲尔铁塔酒店 THE EIFFEL TOWER HOTEL

（前）珀西街1号，W1T
(Formerly) 1 Percy Street, W1T

1909年，身为催生了意象派运动的诗人俱乐部一员，埃兹拉·庞德常在埃菲尔铁塔酒店出没。温德姆·刘易斯（他当时住在同一条街上）、阿道司·赫胥黎、伊夫林·沃和萧伯纳等人都是酒店白塔餐厅的常客。有传闻说凯特琳·麦克纳马拉在嫁给狄兰·托马斯之前，曾与奥古斯塔斯·约翰在这家酒店里有过一段短暂的风流韵事。麦克纳马拉和托马斯也光顾过这家酒店——不过他们把账单寄给了奥古斯塔斯·约翰。

麦捆酒吧 THE WHEATSHEAF

拉斯伯恩街25号，W1T
25 Rathbone Place, W1T

1936年4月的第一周，狄兰·托马斯在这里对凯特琳·麦克纳马拉一见钟情。这位金发碧眼的爱尔兰姑娘年方二十二岁，正在离家出走中，想要成为一名舞者。十八岁时，她在伦敦守护神剧院参加过合唱团。当时二人是由奥古斯塔斯·约翰介绍相识的。据凯特琳所述，他们在接下来的五六天都待在了附近的埃菲尔铁塔酒店里，由约翰替他们支付账单——当时约翰和她仍保持着若即若离的情人关系。酒吧当时的常客还包括乔治·奥威尔、埃德温·缪尔和亨弗莱·詹宁斯，他们和托马斯一起并称为"麦捆作家"。这些年来，作家兼超现实主义诗人菲利普·奥康纳、尼娜·哈姆内特、朱利安·麦克拉伦-罗斯、昆廷·克里斯普和安东尼·伯吉斯等人都光顾过这间酒吧。

温德姆·刘易斯 WYNDHAM LEWIS

珀西街4号，W1T
4 Percy Street, W1T

艺术家兼作家温德姆·刘易斯1914年时住在珀西街4号，后来在上个世纪三十年代搬到了30号。阿道夫·希特勒同父异母的哥哥就住在刘易斯家前方的大楼里——这位后来的独裁者曾登门拜访。

菲茨罗伊酒馆 THE FITZROY TAVERN

夏洛特街16号，W1T
16 Charlotte Street, W1T

这家店最初开张时还是菲茨罗伊咖啡馆，后来在1883年转做酒精饮品生意。酒馆曾改名"一百马克"，1919年前后又改回了菲茨罗伊酒馆。乔治·奥威尔和狄兰·托马斯频繁光顾这里，直到今天，酒馆的墙上还挂着这两位作家的肖像。

科林·麦金尼斯 COLIN MACINNES

托特纳姆街28号，W1T
28 Tottenham Street, W1T

"伦敦三部曲"（《黑人之城》《崭新的开端》和《爱与公正先生》）的作者麦金尼斯曾带着他简单的行囊在无数单人房之间辗转生活。他的生活经历影响了创作；麦金尼斯的笔下有苏活区、东区和诺丁山，也有文化多元的伦敦城里青少年叛逆的萌芽。麦金尼斯和他的出版商马丁·格林一直一起住在这个托特纳姆街上的地址，直到他去世。

萧伯纳 GEORGE BERNARD SHAW

菲茨罗伊广场29号，W1T
29 Fitzroy Square, W1T

这位爱尔兰剧作家在1887年到1898年间住在这里，写下了包括《华伦夫人的职业》和《凯撒和克莉奥佩特拉》在内的好几部剧作。在他搬走不到十年后，另一位文学大师弗吉尼亚·吴尔夫住了进来。

弗吉尼亚·吴尔夫 VIRGINIA WOOLF

菲茨罗伊广场29号，W1T
29 Fitzroy Square, W1T

1907年，弗吉尼亚·吴尔夫（当时名为弗吉尼亚·斯蒂芬）和她的弟弟亚德里安搬出了与姐姐凡妮莎和哥哥索比在戈登广场合住的房子，住进了菲茨罗伊广场29号。这里的空间更大，弗吉尼亚能够独自拥有整个三楼。在她的房间里，"书本像金字塔般摞在一起，它们之间弥漫着半是灰尘、半是香烟烟气的薄雾"。弗吉尼亚和亚德里安在这里继续举办他们的"星期四之夜"活动，招待布鲁姆斯伯里团体的其他成员，他们其中有一部分人就在这个广场上工作与生活。

也正是住在菲茨罗伊广场期间，弗吉尼亚、亚德里安和他们其他几位朋友策划了"无畏号恶作剧"事件。1910年2月7日，这群包括邓肯·格兰特在内的好友假扮成了阿比西尼亚皇帝和他的随从（其中弗吉尼亚把自己脸涂黑，戴上假胡子，扮成了"门达克斯王子"）前往韦茅斯，在那里获得了仪仗队和海军乐队奏演阿比西尼亚国歌的礼遇。虽然这个计划纯属即兴，十分随意，他们还是成功骗过了海军上将和舰队指挥官（他们其中有两位是指挥官的亲戚，却并没有被认出来）。这群人被带去参观了海军最新的战舰"无畏号"，在这一过程中，他们不断大喊"邦加邦加！"以示赞赏。事后，《每日镜报》揭发了这一恶作剧，整个皇家海军沦为笑柄，音乐厅纷纷写歌嘲讽。

1911年，弗吉尼亚和亚德里安离开了菲茨罗伊广场，搬回位于布鲁姆斯伯里的布伦瑞克广场38号。今天，无论是布伦瑞克广场，还是这对姐弟曾与邓肯·格兰特、梅纳德·凯恩斯和伦纳德·吴尔夫（弗吉尼亚后来的丈夫）合住过的房子，都已经不复存在了。

多丽丝·莱辛 DORIS LESSING

朗廷街25号，W1W
25 Langham Street, W1W

上个世纪五十年代，多丽丝·莱辛住在朗廷街上的霍尔拜因大厦，这间公寓是她从自己的出版商那里以每周五英镑的价格租来的。在此期间，她写下了大师之作《金色笔记》。正是在这间公寓里，亨利·基辛格登门拜访了她。基辛格当时想要见一些核裁军运动组织的成员，莱辛的公寓是他们定期会面的场所。
由于参与共产主义聚会、反种族主义活动和反核武器运动，莱辛引起了英国军情五处和军情六处的注意。在她去世多年以后，有五卷关于莱辛的秘密档案被公之于众。

但丁·加百利·罗塞蒂和克里斯蒂娜·罗塞蒂
DANTE GABRIEL AND CHRISTINA ROSSETTI

哈勒姆街110号（前夏洛特街38号），W1W
110 Hallam Street (formerly 38 Charlotte Street), W1W

在1828年和1830年，诗人兼艺术家但丁·加百利·罗塞蒂和他的妹妹诗人克里斯蒂娜·罗塞蒂在这座房子里先后出世。后来他们又搬到了附近的夏洛特街50号。1851年，在经历了一次财政危机后，罗塞蒂全家离开了夏洛特街，迁至环境差一些的卡姆登镇。

萨基 SAKI

莫蒂默街97号，W1W
97 Mortimer Street, W1W

追随着父亲的脚步，赫克托·休·芒罗加入了印度帝国警察，驻扎在今天的缅甸一带。然而，持续不断的高烧让他不得不重新考虑自己的职业，转而立志成为一名作家。1896年，芒罗移居伦敦，为《威斯敏斯特公报》担任驻外记者，并开始使用萨基这个笔名。后来，他先后又为《每日快报》和《晨报》工作，先是去了巴尔干半岛，然后去了俄国，在那里亲历了发生在圣彼得堡的1905年革命。1904年，他出版了第一部短篇小说集《雷金纳德》，又在1910年出版了《雷金纳德在俄罗斯》。此后，他陆续又创作了两部短篇小说集和两部小说。这些作品都是芒罗住在这间菲茨罗维亚的公寓时写下的。一战爆发后，他报名入伍，成为了一名普通士兵，一次次带着伤病回到战场继续作战。1916年11月，他在昂克尔河战役中被德军狙击手射中身亡。

"公寓非常小,总共有六个小房间,整栋建筑也很丑,楼梯是光秃秃的灰色水泥。到了五楼,打开一扇门,门后是一条窄窄的过道,把整套公寓一分为二。正对着门的是一间极小的厨房,隔壁是浴室,里头有一台咝咝作响的煤气热水器,边上还有两个小房间。我的小卧室在临街的那一侧,边上还有一个大一点的房间作为起居室。整套公寓勉强还过得去,但没什么可以改善的空间了。"

—— 多丽丝·莱辛
如是形容朗廷街 25 号

苏活区、中国城和莱斯特广场

在苏活，通向酒馆、酒吧和俱乐部的入口可能比区内居民人数还要多，这也正是这个街区的独特之处。在十六世纪中叶，这里还是一片田园牧歌的景象，直到十七世纪伊始才开始渐渐以苏活广场和圣安妮教堂为原点得到开发，这两处至今仍是本地区重要的地标。到了十九世纪中期，1854年时暴发了一场大规模霍乱，大部分居民或命丧黄泉，或逃离了这个地区，只有极少数勇者和穷人留了下来。在布劳维克街和波兰街的拐角处，如今仍可以找到当年水污染源头的那个水泵。

在十九世纪后期和二十世纪初期，苏活区成为了英国大多数大电影公司的基地。这里同时也是"布料贸易"（即服装业）的基地，设计师们通常在这里采购配材和面料。苏活区的夜生活赫赫有名，最早的历史可以追溯到风车剧院，它是最早提供"现场舞女表演"的剧场之一；音乐俱乐部也是它重要的一部分，如华盖俱乐部、罗尼·斯科特爵士俱乐部和钉子口袋俱乐部，埃拉·菲茨杰拉德和吉米·亨德里克斯等巨星都在那里演出过。苏活区活力四射的酒吧和会员俱乐部也吸引着众多作家，他们之中甚至有一些人把睡觉以外的时间都泡在酒吧里。

有如此之多的作家频繁光顾，也难怪苏活区在不计其数的小说和回忆录里频繁出现。作为常客之一，查尔斯·狄更斯在好几部小说中都提到了这里。苏活广场附近的马内特街就是因《双城记》中的马内特医生得名。

今天的苏活区街道已经不复当年的喧闹。但像法国之家和意大利酒吧这样的地方留存了下来，维持着这个区的活力，也延续了它的传统。

知名书店和博物馆

福伊尔斯书店 FOYLES
查令十字街107号，WC2H
107 Charing Cross Road, WC2H
威廉和吉尔伯特·福伊尔兄弟退学后打算出售自己的旧课本，他们发现有好几位买家都表示感兴趣。在这件事的启发下，1903年，他们在塞西尔巷16号开了福伊尔斯书店，专门销售教科书。书店迅速获得了成功，搬到了面积大一些的查令十字街135号，后来又搬到更宽敞的119号，向求书心切的公众介绍新书和二手书。

有很长一段时间，福伊尔斯书店采用的是一种非传统的经营方式。如果顾客想买一本书，要排好几次队：先排队提出需求，再排队付款，最后排队取书。店内书籍也是按出版商分类，顾客很难找到所需的书。上世纪九十年代末，书店终于启用了新的柜台和书籍分类，迈入了现代化。2014年，在查令十字街119号这个店址经营了近一百年后，福伊尔斯书店卖掉了这栋楼，搬到隔壁的圣马丁艺术学院旧址。经过一番改造，店铺宽敞明亮，直到今天还生意兴旺。这家店与曾经的福伊尔斯几乎已经毫无相似之处，不过它仍是满足读者爱书之情的最佳场所之一。
周一至周六 9：30—20：00
周日 11：30—17：00

第二书架 THE SECOND SHELF
史密斯庭14号，W1D
14 Smiths Court, W1D
一家漂亮的现代书店，出售珍本和现代初版书，同时致力于发掘女性作者作品中的遗珠。
周二至周三 11：00—18：00
周四至周六 11：00—19：00

米纳利马之家 HOUSE OF MINALIMA
希腊街26号，W1D
26 Greek Street, W1D
2016年，皇宫剧院开始上演热门舞台剧《哈利·波特与被诅咒的孩子》，而正是在这家剧院的拐角处，有着一家令人心情愉快的四层建筑。对所有热爱着J. K. 罗琳笔下的巫师男孩和整个魔法世界的人们来说，那里就是购物天堂。这家画廊和商店里供应美术印刷制品、海报、小玩具、文具和丰富的书籍。
周一至周日 10：30—19：00

老天爷漫画 GOSH COMICS
伯威克街1号，W1F
1 Berwick Street, W1F
最棒的绘本书店，出售商品包括连环画和日本漫画。
周一至周日 10：30—19：00

摄影师影廊书店
THE PHOTOGRAPHERS' GALLERY BOOKSHOP
拉米利斯街16-18号，W1F
16-18 Ramillies Street, W1F
店内有丰富的摄影书籍和杂志。
周五至周三 10：00—18：00
周四 10：00—20：00

苏活独家书店 SOHO ORIGINAL BOOKSHOP
布鲁尔街12号，W1F
12 Brewer Street, W1F
一家独一无二、仅在苏活区开设的地下室书店，未成年人禁入。
周一至周六 10：00—1：00
周日 11：00—21：00

多少随意书店 ANY AMOUNT OF BOOKS
查令十字街56号，WC2H
56 Charing Cross Road, WC2H
一家有些简陋却内容极好的二手书店。有一些现代的初版书。
每日开放 10：30—21：30

亨利·波兹书店 HENRY PORDES BOOKS
查令十字街58-60号，WC2H
58-60 Charing Cross Road, WC2H
出售二手和珍本书，地下室里有减价处理书。
周一至周六 10：30—19：30

星轨漫画廊 ORBITAL COMICS & GALLERY
大新港街8号，WC2H
8 Great Newport Street, WC2H
一家漫画书店。
周一至周六 10：30—19：00
周日 11：30—17：00

昆托与弗朗西丝·爱德华兹书店
QUINTO & FRANCES EDWARDS
查令十字街72号，WC2H
72 Charing Cross Road, WC2H
一家二手书和珍本书店。
周一至周六 9：00—21：00
周日 12：00—20：00

皇家咖啡馆（现皇家咖啡馆酒店）
CAFÉ ROYAL (NOW THE HOTEL CAFÉ ROYAL)

摄政街68号，W1B
68 Regent Street, W1B

皇家咖啡馆自1865年开始营业，是人们来伦敦的必访之地。奥斯卡·王尔德、格雷厄姆·格林、D. H. 劳伦斯、弗吉尼亚·吴尔夫、温斯顿·丘吉尔和萧伯纳等名人都是它的常客。在十九世纪九十年代，咖啡馆楼下的多米诺厅曾是W. B. 叶芝创办的诗酒社团韵客俱乐部的聚会地点。《玉女神驹》的作者伊妮德·拜格诺德也透露过，自己的初夜就是在皇家咖啡馆楼上的房间里度过的。2008年，皇家咖啡馆关门歇业。四年后，这栋楼重新开张为一间五星级豪华酒店，拥有一百六十间房间和一间充满文艺气息的奥斯卡·王尔德休息室。

布莱克俱乐部 BLACK'S CLUB

迪恩街67号，W1D
67 Dean Street, W1D

这栋楼建成于1732年。1764年，评论家塞缪尔·约翰逊、大卫·加里克和乔舒亚·雷诺兹在这里成立了一个非正式的晚餐俱乐部。受这类活动启发，约两百年后，布莱克俱乐部诞生了。这家私人会员制俱乐部很快以吸引酒鬼而闻名，不过如今这里变得文雅多了，仅面向会员提供高档餐饮服务。

意大利酒吧
BAR ITALIA

弗里思街22号，W1D
22 Frith Street, W1D

从1949年开业至今，这家咖啡馆一直在波莱德里家族手中经营。它是夜猫子们的最爱，几乎每位踏足过苏活区的作家都曾是这里的常客。威尔·塞尔夫曾在他第二部短篇小说集《灰色地带》中提到这家店。

法国之家 THE FRENCH HOUSE

迪恩街49号，W1D
49 Dean Street, W1D

当法国之家1891年刚开张时，它用的名字是"约克大教堂"。但在二战期间，酒吧获得了法国抵抗运动组织的资助。传闻戴高乐将军会把二楼的餐厅作为会议室，因此当地人和老顾客们都会把它叫作"那个法国人的地盘"。从开张伊始，作家们就是这里的常客，直到今天，他们还常常在它的酒吧里饮酒——同时，法国之家也仍是苏活区居民们的最爱。马尔科姆·劳里、伊尔玛·库尔茨、约翰·莫蒂默和布伦丹·贝汉都常登门光顾，据说西尔维娅·普拉斯在这里签署了《爱丽尔》的出版合同。
有一个经常被提起的故事是关于老顾客狄兰·托马斯的，说的是他有一次痛饮之后走得过于匆忙，忘记了他（唯一的）《牛奶树下》的手稿。后来，他回到了店里，在吧台后面找到了手稿。店内墙上挂着萨缪尔·贝克特和狄兰·托马斯的照片——但不要坐在这里等你的出版商给你打电话，因为这里不允许使用手机。

苏活区、中国城和莱斯特广场

法国之家，作家们的最爱。凯莉·卡尼亚

马车与马酒吧 COACH & HORSES

希腊街29号，W1D
29 Greek Street, W1D

马车与马是杰弗里·伯纳德这位嗜酒如命的作家最爱的酒吧，也是基斯·沃特豪斯的舞台剧《杰弗里·伯纳德身体不适》的故事发生地。酒吧的另外一位常客是彼得·奥图尔，他1989年时在苏活区的阿波罗剧院担当这部剧的主演，八年后，杰弗里·伯纳德去世。

肮脏的白人小子 DIRTY WHITE BOY

（前）老康普顿街50号，W1D
(Formerly) 50 Old Compton Street, W1D

这家开在街角的店曾是一家男同性恋时装店，老板是克莱顿·利特尔伍德和他的搭档豪尔赫·贝当古。利特尔伍德常在店里待着，写他的《肮脏的白人小子》。这本书详细描述了他在苏活区的生活、爱情和邻居们。

托马斯·德·昆西 THOMAS DE QUINCEY

希腊街61号，W1D
61 Greek Street, W1D

托马斯·德·昆西在青春期时离家出走，其间就住在这里。白天的时候，这位未来的作家和一位叫作安的妓女好友在苏活区的街上游荡。"每天晚上六点钟她（安）都会在提契菲尔德大街的尽头等我；以前我俩每每在牛津街走散时，都会在那里碰面。"

格劳乔俱乐部 THE GROUCHO CLUB

迪恩街45号，W1D
45 Dean Street, W1D

这家1985年开张的会员制俱乐部虽然相对历史不那么悠久，但已吸引了若干文学圈内的翘楚。尼尔·盖曼、斯蒂芬·弗莱、扎迪·史密斯、费伊·韦尔登和埃文·威尔什都经常光顾——还有苏活区达人弗朗西斯·培根（画家）、丹尼尔·法森和杰弗里·伯纳德，即使在自己声名最鼎盛的时候，他们也会在吧台前捧场。如果有人给他们其中一人送酒，伯纳德就会大喊："你这个该死的贱货！你不能只给一个人送酒，你得给三个人各送一杯酒！"为了表示强调，他还可能会扔玻璃杯。

威廉·哈兹里特 WILLIAM HAZLITT

弗里思街6号，W1D
6 Frith Street, W1D

这位散文家1830年在自己苏活区的家中去世，当时他在这栋楼里的一套寒酸的公寓中住了才不到一年。今天，这栋楼已经被改造成了一家迷人的酒店，酒店的名字就叫作哈兹里特。

克特纳餐厅 KETTNER'S

罗米利街29号，W1D
29 Romilly Street, W1D

克特纳餐厅开张于1867年，传闻店主是拿破仑三世的前主厨。这家店是苏活区重要的存在，自开张以来几乎不曾休息。餐厅位于法国之家附近的街角，是伦敦最早供应法餐的餐厅之一，奥斯卡·王尔德、詹姆斯·乔伊斯和阿加莎·克里斯蒂都曾是这里的常客。

塞巴斯蒂安·霍斯利 SEBASTIAN HORSLEY

梅阿尔街7号，W1F
7 Meard Street, W1F

这栋楼的黑色大门上挂着一块牌子，上书"这里不是一家妓院，也没有妓女"。这话也许只对了一半。作家、艺术家、日记作家和花花公子塞巴斯蒂安·霍斯利曾住在这栋楼的二楼，离他常去饮酒的迪恩街殖民地房间俱乐部和他常吃早餐的沃道尔街布鲁诺酒吧仅一步之遥。2010年，苏活剧院上演了一部基于他的回忆录改编的剧，名为《地下世界的花花公子》。首演当晚，霍斯利在这间公寓里疑因服药过量去世。第二天，他的尸体被抬出公寓，附近的"职业女郎"们在门外列队哀悼。在被送往皮卡迪利的圣詹姆斯教堂举行葬礼之前，霍斯利的棺材被裹在红纸中装入了一架维多利亚式马车里。马车载着他的遗体绕苏活区一周，为这位苏活区最后的大师之一送行。

卡尔·马克思 KARL MARX

迪恩街28号，W1D
28 Dean Street, W1D

卡尔·马克思在1851年到1856年间住在迪恩街28号，过着被他自己形容为"资产阶级式痛苦"的生活。这一地址现在已是"你往何处去"餐馆兼会员制俱乐部。在他不写作，也不去大英博物馆阅览室做研究的时候，马克思通常会去光顾苏活区一带的酒吧和俱乐部（它们之中有许多被用来作为马克思所在的共产主义小组和工人社团的聚会场所）。

海格力斯之柱 PILLARS OF HERCULES

希腊街7号，W1D
7 Greek Street, W1D

这个位置至少从1733年起就一直开着一家酒吧，但今天这家酒吧是1910年前后建的。马丁·艾米斯、朱利安·巴恩斯、伊恩·麦克尤恩和克莱夫·詹姆斯都是近年店内的文学圈常客。克莱夫·詹姆斯的第二本文学评论集就是以酒吧的名字命名的，因为这里是他受托、交付和写下书中大部分文章的地方。

学院俱乐部 THE ACADEMY

列克星敦街46号，W1F
46 Lexington Street, W1F

《文学评论》编辑伊夫林·沃是学院俱乐部的创建者和经营人。最初，俱乐部开在比克街上的杂志编辑部地下室里，会员主要是编辑、出版商和作家，餐单十分亲民。食评家杰伊·雷纳曾评论说："他们搞到了一台新的微波炉，于是最近供应了好多千层面和牧羊人派。"后来，学院俱乐部搬到了列克星敦街拐角处的新址。现在，俱乐部在安德鲁·爱德蒙兹餐厅的楼上营业，供应楼下出品的一切菜品——与微波炉时代相比已是大大的进步了。目前俱乐部依然仅对会员开放，而且必须要有门路才能成为会员。

圣安妮教堂 ST ANNE'S CHURCH

迪恩街55号，W1D
55 Dean Street, W1D

教堂在1940年伦敦大轰炸期间被毁，仅留下了一个焦黑的外框。1951年到1958年间，尽管建筑本身消失了，存留下来的圣安妮协会却加深了文学界和英格兰教会之间的关系。阿加莎·克里斯蒂、T. S. 艾略特、阿诺德·本涅特和 C. S. 刘易斯都是圣安妮协会的成员。威廉·哈兹里特在1830年葬在了教堂墓地中，多萝西·L. 塞耶斯的骨灰也保存在了教堂里。这位犯罪小说家长期担任该教区的教会执事，是圣安妮协会的重要成员。上个世纪九十年代初，教堂得到了重建。

威廉·布莱克 WILLIAM BLAKE

马歇尔街8号（前布罗德街），W1F
8 Marshall Street (formerly Broad Street), W1F

幻想派诗人兼艺术家威廉·布莱克1757年在这里呱呱坠地。尽管他出生的那栋房子已经不复存在了，现在这个位置上的战后建筑依然被命名为"威廉·布莱克之家"。布莱克经常搬家，这在他的那个年代是常事。在父亲去世后，布莱克回到了自己出生的房子里，开始卖印刷制品为生，并和他的妻子一起住在楼上的公寓里。后来印刷店倒闭了，布莱克夫妇搬到了附近的波兰街28号，在那里一直住到1791年。在那里，他发明了图文结合的印刷技术。

杰弗里·伯纳德 JEFFREY BERNARD

肯普居45号公寓，伯威克街，W1F
Flat 45 Kemp House, Berwick Street, W1F

杰弗里·伯纳德以他在《旁观者》上的每周专栏"下流生活"而闻名，他的所见所闻都是自己写作的素材。从上世纪五十年代到伯纳德去世，酗酒一直是苏活区的代名词，住在苏活区的他也目睹了——并亲身参与了——酗酒活动。伯纳德与狄兰·托马斯以及他的酒友们走得很近，后来又有了自己的圈子。众所周知，他经常出入苏活区和菲茨罗维亚的酒吧，当他不在状态无法交稿时，杂志仅会简单地写一句"杰弗里·伯纳德身体不适"。后来，基斯·沃特豪斯写了一部关于他的舞台剧，就拿这句话做了剧名。几十年的严重酗酒为伯纳德带来了糖尿病和胰腺炎，让他因此失去了一条腿。当时的报纸上写道："杰弗里·伯纳德的腿被砍了。"1997年，这位作家在他位于伯威克街的公寓里离开人世。

《文学评论》LITERARY REVIEW

列克星敦街44号，W1F
44 Lexington Street, W1F

《文学评论》是爱丁堡大学英文系的系主任在1979年开办的，然而直到伊夫林·沃的大儿子奥伯伦·沃（他本人也是作家）接任编辑后，这份杂志才开始吸引外界的目光。奥伯伦把编辑部搬到了苏活区的比克街，主持杂志的工作近十五年。戴安娜·阿西尔、金斯利·艾米斯、马丁·艾米斯、A.S.拜厄特、尼克·霍恩比、约瑟夫·奥尼尔和琳恩·巴伯都曾为杂志供过稿。1993年，沃还参与设立了《文学评论》最糟性描写奖，获奖者有梅尔文·布拉格、A.A.吉尔和莫里西。

珀西·比希·雪莱 PERCY BYSSHE SHELLEY

波兰街15号，W1F
15 Poland Street, W1F

1811年在牛津学习时，雪莱和他的朋友兼同学托马斯·杰斐逊·霍格印发了一本题为《论无神论之必要性》的小册子。二人因此被学校开除，搬到伦敦，在波兰街找了住处。三个星期后，霍格离开伦敦前往约克。在给这位朋友的信中，雪莱描述了自己在苏活区的生活："当然，这儿有点孤独。但一个人只要和他自己在一起，就不可能彻底孤独，所以我过得很好。我雇了我自己写诗，而由于我八点钟就上床睡觉了，所以时间过得相对更快些。"

华盛顿·欧文 WASHINGTON IRVING

阿盖尔街8号，W1F
8 Argyll Street, W1F

这位经典小说《睡谷的传说》和《瑞普·凡·温克尔》的作者是第一批在欧洲出版作品并获得广泛认可的美国作家之一。他在苏活区住了两年，然后回到了美国。

利宝百货公司 LIBERTY OF LONDON

（前）摄政街218号（现阿盖尔街），W1B
(Formerly) 218 Regent Street (currently Argyll Street), W1B

这家店1875年在摄政街218号开业，不久后奥斯卡·王尔德便成了它的常客。他曾如此评论："利宝百货是有艺术品位的消费者们的购物天堂。"创始人亚瑟·利宝去世几年后，商店在1924年搬到了现在位于阿盖尔街的位置。艺术家兼作家威廉·莫里斯曾与利宝百货合作了一些图案设计，它们一直在店中被沿用至今。

詹姆斯·鲍斯韦尔 JAMES BOSWELL

杰拉德街22号，W1D
22 Gerrard Street, W1D

由于嫌邻里太过吵闹，这位传记和日记作家在这里仅仅住了很短一段时间。二百五十多年后的今天，这里还是那么吵闹。

突厥人之首旅店 THE TURK'S HEAD INN

（前）杰拉德街9号，W1D
(Formerly) 9 Gerrard Street, W1D

突厥人之首旅店曾立于这个位置，塞缪尔·约翰逊和画家乔舒亚·雷诺兹正是于1764年在这里创办了"俱乐部"（即文学俱乐部），成员们每周一晚上七点都要在这里碰面。

约翰·德莱顿 JOHN DRYDEN

杰拉德街43号，W1D
43 Gerrard Street, W1D

在十七世纪末期，这个位置（今天中国城的中心地带）曾是著名诗人、戏剧家和评论家约翰·德莱顿的家。德莱顿在这里度过了人生最后的十四年，于1700年去世。几个世纪后，43号俱乐部开在了这个地址上。这是一家声名狼藉的堕落夜总会，据说会被德莱顿的鬼魂骚扰，奥斯卡·王尔德是它的常客。原建筑在1901年被拆除。

范妮·伯尼 FANNY BURNEY

圣马丁街35号，WC 2H
35 St Martin's Street, WC 2H

范妮·伯尼曾和她父亲在这里住过，当时房子还属于艾萨克·牛顿爵士，现在已经不复存在了。在此期间，她写下了自己的第一部小说《伊夫莱娜》（又名《一个少女进入社会的经过》），以匿名的形式于1778年出版——尽管伯尼很快被发现是小说的作者。此后，她又继续创作了若干小说，大获好评，甚至和塞缪尔·约翰逊成为了朋友。三十四岁时，伯尼仍待字闺中，被任命为夏洛特王后的"衣饰管理人"，在这个职位上工作了四年。

她和父亲所住的宅子在1825年被拆毁，为今天立于此地的图书馆让位。

勃朗峰餐厅 MONT BLANC RESTAURANT

(前)杰拉德街16号，W 1D
(Formerly) 16 Gerrard Street, W 1D

停业已久的勃朗峰餐厅曾是作家兼出版商爱德华·加内特定期举行周二午餐会的地方。D. H. 劳伦斯、约瑟夫·康拉德、约翰·高尔斯华绥、希莱尔·贝洛克和G. K. 切斯特顿都是他的座上宾。

法国巴黎圣母院 NOTRE DAME DE FRANCE

莱斯特径5号，WC 2H
5 Leicester Place, WC 2H

在这座位于伦敦西区中心的法国天主教圣母礼拜堂里，有诗人、作家、设计师兼剧作家让·科克托绘制的壁画。1959年，他只花了一个多星期的时间便完成了这些壁画。当时礼拜堂在二战中被炸毁，科克托的画作正是修复工程的一部分。

"夜复一夜的无爱……为彼此买茶,为彼此梳头,试用彼此的唇膏。"

—— 昆廷·克里斯普如是描述黑猫咖啡馆

"对艺术家、作家、音乐家、演员和他们的朋友们来说,它一直是一个充满活力、独特且历史悠久的酒馆。世界上没有其他地方比得上它。从培根到贝克特,从兰波到罗顿,'殖民地'不能被遗忘。"

—— 塞巴斯蒂安·霍斯利
如是形容殖民地房间俱乐部

泡吧时间到

苏活区逝去的酒馆（* 以及一家梅费尔的酒馆）

黑猫 BLACK CAT
老康普顿街72号，W1D
72 Old Compton Street, W1D

这家私下被称为黑猫（正式名称为法语的黑猫咖啡馆）的地方是作家、艺术家和男妓等苏活区常客的最爱。为了体验真正的生活，昆廷·克里斯普曾在这里被"恶棍们"揍过。

金牛山洞 * THE CAVE OF THE GOLDEN CALF*
赫登街9号，W1B
9 Heddon Street, W1B

这家1912年开业的地下夜总会又闷热又燎人，隐匿于繁华的摄政街，只开了短短两年便破产了。那段时间，文艺圈人士经常在这里聚会，温德姆·刘易斯、凯瑟琳·曼斯菲尔德和埃兹拉·庞德都在其列。俱乐部歇业六十年后，大卫·鲍伊站在俱乐部门前，拍了专辑《齐吉·星尘与火星蜘蛛的兴衰》的封面。

殖民地房间俱乐部 THE COLONY ROOM CLUB
迪恩街41号，W1D
41 Dean Street, W1D

1948年，在这栋毫不起眼的建筑的二楼，殖民地房间俱乐部开张了。这家会员制小酒馆前后存在了几十年，老板是名声不太好的缪丽尔·贝尔。作家狄兰·托马斯、路易斯·麦克尼斯、科林·麦金尼斯、威廉·巴勒斯、塞巴斯蒂安·霍斯利和威尔·塞尔夫都常登门光顾。如果你有幸获许进入，你或许还能认出其他一些面孔——例如弗朗西斯·培根、卢西安·弗洛伊德、乔·斯特拉莫和达米安·赫斯特。尽管遭到抗议，殖民地房间还是在2008年停业了。

曼德拉草俱乐部 THE MANDRAKE CLUB
梅阿尔街4号，W1F
4 Meard Street, W1F

对那些想在苏活区找一家在常规时间之外营业的俱乐部的人来说，这条小巷地下室里的曼德拉草俱乐部就是个好地方。在这里，经常可以看到上个世纪五十年代风格的爵士乐手们拖着乐器从狭窄的台阶上走下来，或是撞上像朱利安·麦克拉伦-罗斯和巴里·迈尔斯这样的作家。俱乐部的吧台可以兑支票，但前提是拿它一半的金额买酒。

蟹树俱乐部 CRAB TREE CLUB
希腊街17号，W1D
17 Greek Street, W1D

蟹树俱乐部由艺术家奥古斯塔斯·约翰在1914年创建，当时主要是艺术家、学生和艺术家的模特们的领地。不过，也有一些作家会来照顾生意。俱乐部开在R&J普尔曼皮革仓库的楼上，破旧已经是对它最客气的形容了；醉汉们经常会从进门必经的狭窄楼梯上被扔下来。文学界的顾客包括康普顿·麦肯齐和年轻时的简·里斯。里斯当时是一名艺术家的模特，经常在那里饮酒跳舞到天亮（之后经常会去吃一顿香肠早餐，然后回家睡一整个白天）。在她的自传中，她回忆说，那是一个"颓废的地方……到处都是喝着苦艾酒的瘦弱青年，他们努力想变得恶狠狠的，希望自己看起来像法国人"。

石像鬼俱乐部 GARGOYLE CLUB
迪恩街69号（大门朝梅阿尔街方向开），W1D
69 Dean Street (door on Meard Street), W1D

大卫·坦南特在1925年开了这家私人俱乐部，他是社交名流，还是一战诗人爱德华·坦南特的弟弟。俱乐部发展迅速，开张后诺埃尔·考沃德、W. 萨默塞特·毛姆、狄兰·托马斯和弗吉尼亚·吴尔夫等文坛名流很快便登门光顾。对一家私人俱乐部而言，石像鬼的规则并不严格。在由名誉会员亨利·马蒂斯提供装饰的房间里，会员们可以一直痛饮到天亮。1952年，坦南特以五千英镑的价格出售了俱乐部，但俱乐部继续营业了下去，为包括丹尼尔·法森和安东尼娅·弗雷泽在内的新一代苏活区流浪者们提供酒精。从那时起，这栋建筑经历了好几次转型，比如成为了一家推出过若干知名喜剧演员的喜剧俱乐部，以及举办在二十世纪八十年代初吸引了众多新浪漫主义者的"蝙蝠洞"俱乐部之夜活动。如今这栋楼是迪恩街公馆酒店，与坦南特时代相比，它干净了许多，也贵了许多。

休刊

伦敦逝去的期刊和杂志

《一年四季》ALL THE YEAR ROUND MAGAZINE

威灵顿街26号,考文特花园,WC2E
26 Wellington Street, Covent Garden, WC2E

查尔斯·狄更斯离开《家常话》杂志后,在1859年创办了这份期刊。他在杂志上连载了《双城记》和《远大前程》,并为安东尼·特罗洛普和威尔基·柯林斯等作家发表作品。在狄更斯晚年,他把杂志交给了儿子小查尔斯·狄更斯经营。每当他从乡间住所来到伦敦时,都会住在这家店楼上。杂志于1895年倒闭。

《自我主义者》THE EGOIST

奥克利之家,布鲁姆斯伯里街,WC1B
Oakley House, Bloomsbury Street, WC1B

杂志创办于1911年,本来是一本妇女参政杂志。1914年,在特约编辑埃兹拉·庞德和他的赞助人约翰·古尔德·弗莱彻的影响下,杂志改名为《自我主义者》。该杂志自称"百无禁忌",温德姆·刘易斯、威廉·卡洛斯·威廉斯、H. D.(希尔达·杜立特尔)和D. H. 劳伦斯都曾在上面发表过文章。最值得一提的是,T. S. 艾略特的《J. 阿尔弗雷德·普罗弗洛克的情歌》就发表于《自我主义者》,詹姆斯·乔伊斯的《尤利西斯》的早期章节也在这里首发。杂志于1919年关停,当时订阅规模缩水至不到五百人。

《英语评论》THE ENGLISH REVIEW

荷兰公园大道84号,荷兰公园,W11
84 Holland Park Avenue, Holland Park, W11

1908年,福特·马多克斯·福特创办了《英语评论》,它先后刊登过H. G. 威尔斯、温德姆·刘易斯、约瑟夫·康拉德、埃兹拉·庞德、亨利·詹姆斯、列夫·托尔斯泰和托马斯·哈代的新作。由于当时没有其他杂志愿意刊登哈代的诗作,尽管《英语评论》获得了评论界的赞誉,在商业上却遭遇了滑铁卢。这个地址上的公寓就是当年福特创办《英语评论》的地方,楼下是家禽店和鱼贩子(访客们要进来的话,必须通过这些店,小心地穿过动物尸体、血迹和盐水)。尽管气味难闻,常有已成名的和未来的作家前来投稿。福特自己经常在这里过夜,直接睡在地板上。

《观察家》THE EXAMINER

塔维斯托克街38号,考文特花园,WC2E
38 Tavistock Street, Covent Garden, WC2E

《观察家》是一份周报,从1808年开始发行,1886年停刊。周刊由约翰·亨特创办,他的兄弟、诗人利·亨特负责编辑。作为一份评论型报纸,亨特兄弟拿威廉·布莱克等作家做靶子,称这位诗人为"江湖骗子";布莱克则回应说,《观察家》的办公室不过是"恶棍的巢穴"。亨特兄弟还批评了乔治四世,直接导致二人被告上法庭,入狱两年。报纸发表了拜伦勋爵、珀西·比希·雪莱、威廉·哈兹里特和约翰·济慈的投稿;在"后亨特时代",威廉·梅克匹斯·萨克雷和查尔斯·狄更斯也投过稿。

《风度》杂志 FLAIR MAGAZINE

奥尔巴尼,皮卡迪利大街,梅费尔,W1J
The Albany, Piccadilly, Mayfair, W1J

1950年,芙勒尔·考尔斯创办了《风度》杂志。杂志的风貌正如其名;考尔斯也因为在自己奥尔巴尼的住所举办奢华的娱乐活动而声名大噪。遗憾的是,考尔斯意识到杂志制作成本过高,无法持续发行。因此,在度过了难忘的一年后,杂志休刊了。《风度》共十二期,主要以设计著称,吸引了许多身份非凡的撰稿人,其中包括 W. H. 奥登、让·科克托、柯莱特、西蒙娜·德·波伏娃、奥格登·纳什、葛洛丽亚·斯旺森、田纳西·威廉斯、安格斯·威尔逊和温莎公爵夫人沃莉斯·辛普森。

《地平线》HORIZON
兰斯当排屋2号,布鲁姆斯伯里,WC 1N
2 Lansdowne Terrace, Bloomsbury, WC 1N

二战期间,西里尔·康诺利创立了《地平线》杂志,并担任其编辑。在其发行的十一年间,杂志共出版了一百二十期,刊登那些"随着战争的推进,日益无法抗拒写作冲动的年轻作家们"的作品。杂志编辑部在这里工作了八年,先后刊载过乔治·奥威尔、斯蒂芬·斯彭德、伊夫林·沃、W. H. 奥登、保罗·鲍尔斯、亨利·米勒和弗吉尼亚·吴尔夫的稿件。

《夜与日》NIGHT AND DAY
圣马丁巷97号,考文特花园,WC 2N
97 St Martin's Lane, Covent Garden, WC 2N

格雷厄姆·格林在1937年创办了《夜与日》,试图打造英国的《纽约客》。杂志拥有伊夫林·沃和阿道司·赫胥黎等作家,格林则负责撰写影评。在对秀兰·邓波尔的电影《威莉·温基》的评论里,格林暗示了她的性魅力,被这位还不到十岁的年轻演员和她的工作室以诽谤罪起诉。邓波尔胜诉,并获得了三千五百英镑的巨额赔偿,杂志社很快就倒闭了。

《河岸》杂志 THE STRAND MAGAZINE
伯利街,考文特花园,WC 2E
Burleigh Street, Covent Garden, WC 2E

《河岸》是一份月刊,在1891年到1950年间共出版了七百一十一期,刊登短篇小说和读者感兴趣的文章。最早的夏洛克·福尔摩斯系列就是在这里发表的。在连载《巴斯克维尔的猎犬》期间,杂志的发行量飙升至三万册的巅峰水平。热情的读者们在杂志社外排成长龙,希望能尽早读到最新的期刊。

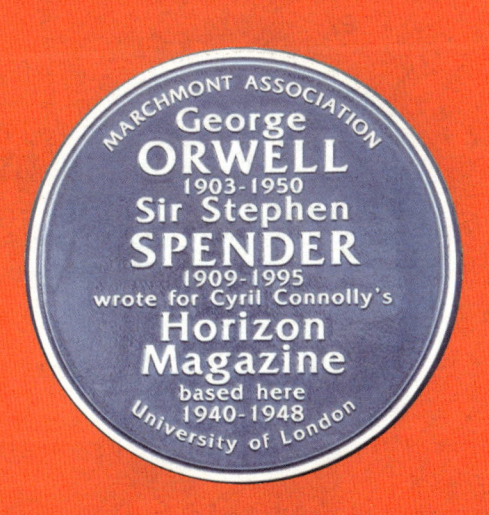

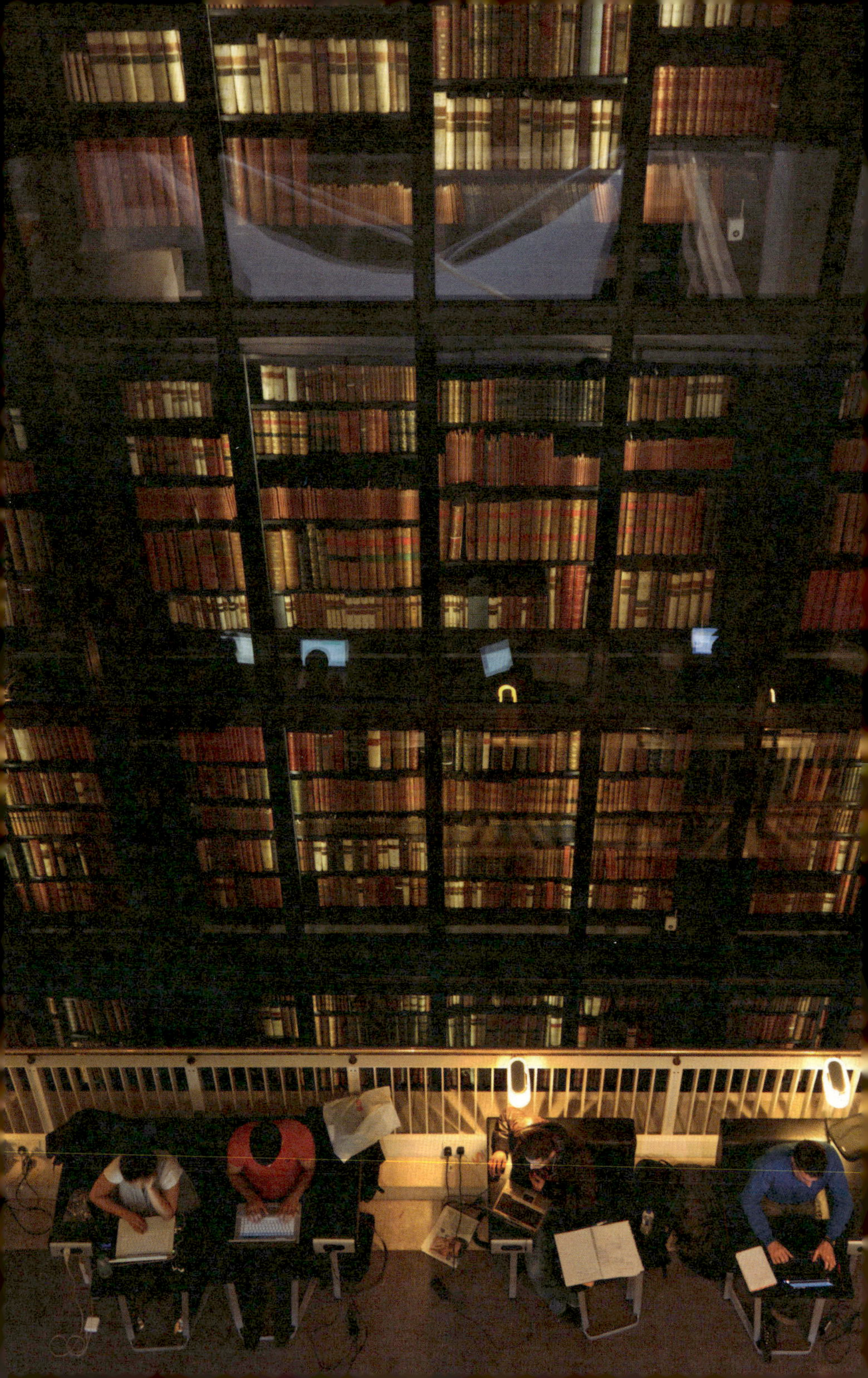

西北部

摄政公园 | 卡姆登镇、苏默斯镇和肯蒂什镇 | 樱草山 | 汉普斯特德和戈尔德斯格林 | 圣约翰伍德、基尔伯恩和西汉普斯特德

推荐阅读

《散步》 海伦·辛普森
Constitutional, Helen Simpson
《德拉库拉》 布莱姆·斯托克
Dracula, Bram Stoker
《丑闻笔记》 卓伊·海勒
Notes on a Scandal, Zoë Heller
《一天》 大卫·尼克斯
One Day, David Nicholls
《白牙》《西北》 扎迪·史密斯
White Teeth and *NW*, Zadie Smith

1997年,大英图书馆大迁至目前这处专门为其打造的馆址。
罗伯特·斯坦福斯/埃拉米图片社

摄政公园

这座以摄政王（即后来的乔治四世）命名的皇家公园建于十九世纪初期，四周环绕着全伦敦最优雅的排屋，也是伦敦动物园的所在地。这一带的房产极为抢手，美国驻英大使的住所和沙特王室的私人宅邸都在其中。除了曾在这里居住过的作家，公园本身也曾出现在许多小说中，包括多迪·史密斯的《101只斑点狗》和弗吉尼亚·吴尔夫的《达洛维太太》。

伊丽莎白·鲍恩 ELIZABETH BOWEN

克拉伦斯排屋2号，摄政公园，NW 1
2 Clarence Terrace, Regent's Park, NW 1
在近二十年的时间里，伊丽莎白·鲍恩在她位于摄政公园的那栋美丽宅子里写下了多部小说和短篇小说，也在那里款待过文学界友人。这座住宅在她1938年的小说《心之死》中占有重要地位，她在书中写道："那是伦敦最适合居住的地方……那些房子是直接从国王那里租来的，门前景色堪比白金汉宫。"

伦敦新艺术实验室 LONDON NEW ARTS LAB

罗伯特街1号，摄政公园，NW 1
1 Robert Street, Regent's Park, NW 1
1970年4月3日，星期五，伦敦新艺术实验室推出了一场名为"撞毁的车"的展览，展出小说家 J. G. 巴拉德的新雕塑作品。巴拉德彼时已是一位成功的作家，出了好几本书。这次艺术展探讨的主要是日益增多的与汽车相关的伤亡，以及整个西方文化对汽车的依赖。他评论说："车祸是我们一生中除了自己的死亡之外，可能会遇到的最具戏剧性的事件了。"展览轰动一时，参观者受到极大的冲击，甚至转而付诸破坏和暴力。在开幕式上，作为展览的一部分，一位裸露上身的模特在展品间游荡，将性与暴力的概念联系在一起。据称她当时遭到了性侵犯。巴拉德从展览的结果和余波中得到灵感，三年后出版了自己最著名的小说《撞车》。2010年，J. G. 巴拉德档案被收入大英图书馆。

H. G. 威尔斯 H. G. WELLS

汉诺威排屋13号，摄政公园，NW 1
13 Hanover Terrace, Regent's Park, NW 1
威尔斯于1937年搬进了这所房子，在这里一直住到1946年去世。一年后，奥森·威尔斯播出了由H. G. 威尔斯的小说《世界大战》改编的广播剧，引起了听众的恐慌。乔治·奥威尔和他的妻子一度住在威尔斯车库楼上的公寓里，但威尔斯在1941年时要求他们离开，因为他觉得这对夫妇在背后说自己的闲话。

安东尼·鲍威尔 ANTHONY POWELL

切斯特门1号，摄政公园，NW 1
1 Chester Gate, Regent's Park, NW 1
1936年，安东尼·鲍威尔和他的妻子维奥莱特·帕肯汉姆搬来此处，住了长达十七年。在这里，他开始筹划自己长达十二卷的巨著《随时间之乐起舞》，并完成了其中的头两卷。

伦敦动物园 ZSL LONDON ZOO

外环，摄政公园，NW 1
Outer Circle, Regent's Park, NW 1
1915年到1934年间，伦敦动物园里住着一只来自加拿大的名叫维尼伯的小黑熊。A. A. 米尔恩喜欢带着他的儿子克里斯托弗·罗宾去看这只有名的小熊，小男孩还因此把自己的泰迪熊改名为维尼。今天，公园里有一尊初代"维尼"的塑像，小熊紧紧挨着把它捐赠给了伦敦动物学会的科尔布恩上尉。

卡姆登镇、苏默斯镇和肯蒂什镇

　　常被简称为卡姆登的卡姆登镇曾经是它北边肯蒂什镇的一部分。二十世纪中期之前,这片区域都没什么吸引力。查尔斯·狄更斯在卡姆登镇度过了他的童年,并把这里设定为小说《圣诞颂歌》中的鲍勃·克拉奇和《大卫·科波菲尔》中的威尔金斯·米考伯生活的街区。约翰·勒卡雷的《锅匠,裁缝,士兵,间谍》中倒数第二个场景也发生在卡姆登。南边的苏默斯镇常年在翻修施工,这个区域被通往圣潘克拉斯和尤斯顿火车站的铁轨包围着,中间是大英图书馆。

知名书店和博物馆

黑鸥书店 BLACK GULL BOOKS
卡姆登洛克道70号,卡姆登,NW 1
70 Camden Lock Place, Camden, NW 1
店里有整整齐齐两个房间的二手书,内容涉猎广泛。在东芬奇利也开有分店。
每日开放 10:00—18:00

瓦尔登书店 WALDEN BOOKS
哈穆德街38号,卡姆登,NW 1
38 Harmood Street, Camden, NW 1
店内出售二手书和珍本书,以文学和视觉艺术为主。
周二至周日 10:30—18:30

豪斯曼书店 HOUSMANS BOOKSHOP
卡利多尼亚路5号,国王十字,N 1
5 Caledonia Road, King's Cross, N 1
一家颇有历史的激进书店,出售全新和二手的进步政治刊物。
周一至周六 10:00—18:30

插画之家 HOUSE OF ILLUSTRATION
格拉纳里广场2号,国王十字,N1C
2 Granary Square, King's Cross, N1C
店内专营儿童绘本和图像小说。
周二至周六 10:00—17:30
周日 11:00—17:30

大英图书馆 THE BRITISH LIBRARY

尤斯顿路96号，苏默斯镇，NW 1
96 Euston Road, Somers Town, NW 1

大英图书馆是目前全世界最大的国家图书馆。它成立于1973年，之前设在大英博物馆内部，是博物馆的一部分。在承担传统图书馆功能之外，大英图书馆也会定期举办一些展览和活动。馆内还藏有若干世界级的珍贵手稿。在这里，你可以看到《爱丽丝漫游奇境》《劝导》和莎士比亚第一对开本的原稿，以及《古登堡圣经》和当世唯一现存的《贝奥武甫》手稿。大英图书馆还拥有大量的档案，包括 J. G. 巴拉德档案、劳伦斯·达雷尔资料集，以及1840年以来几乎所有的英国报纸记录。

WH 史密斯 WHSmith

尤斯顿火车站，尤斯顿路，NW 1
Euston Station, Euston Road, NW 1

1792年，亨利·沃尔顿·史密斯和他的妻子安娜（婚前姓伊斯托）在小格罗夫诺街开了一家报摊。当时的他们并不曾料到，几个世纪后，WH 史密斯这个名字会成为英国最大的零售商，在全国拥有一千三百多家分店。不幸的是，亨利在第一家报摊开业的几个月后便去世了，留下安娜独自经营这份产业。1816年，安娜去世，他们的儿子威廉·亨利和亨利·爱德华继承了家业。几十年后，威廉的儿子（又一位威廉·亨利）兼了若干书商，把店名改成了 WH 史密斯父子，在尤斯顿火车站开了一家书亭。书亭于1848年11月1日开业，也正是在这一年，夏洛蒂·勃朗特出版了《简·爱》。靠出售报纸和平价版热门小说，书亭很快获得了成功。

圣潘克拉斯老教堂 ST PANCRAS OLD CHURCH

潘克拉斯路，苏默斯镇，NW 1
Pancras Road, Somers Town, NW 1

1797年，作家玛丽·沃斯通克拉夫特在这座古老的教堂里与哲学家兼小说家威廉·戈德温成婚。虽然他们的遗体后来被移去他处，这里仍然可以找到这对夫妇的纪念墓。在他们下葬几十年后，珀西·比希·雪莱和玛丽·雪莱（婚前姓沃斯通克拉夫特·戈德温）曾在后者母亲的坟头密谋私奔。

十九世纪六十年代中期，年轻的托马斯·哈代是建筑师亚瑟·布卢姆菲尔德的学生。当时圣潘克拉斯火车站正在施工，他负责监管工程中一部分的墓园开挖工作。现存的墓碑之间有一棵白蜡树，正是哈代在那里工作时移过去的。这棵树现在以他的名字命名，并被选入了"伦敦大树"名录。

与之形成强烈对比的是，查尔斯·狄更斯在《双城记》里也提到了这家教堂的名字，称这里是个盗尸场所，专为伦敦医学院校提供可解剖的尸体。

圣潘克拉斯老教堂里,大挪移后的墓碑群中立着"哈代树"。CiSK 066

卡姆登镇、苏默斯镇和肯蒂什镇

贝里尔·班布里奇
BERYL BAINBRIDGE

阿尔伯特街42号，NW1
42 Albert Street, NW1

五获布克奖提名的贝里尔·班布里奇曾和自己的孩子们住在这里，而她的前夫则和新婚妻子住在楼下的公寓里。在前夫终于搬走后，班布里奇在这栋房子里继续住了近四十年，直到2010年去世。当记者们上门拜访时，迎接他们的是一堆巨大的毛绒动物（其中包括一头水牛）、厨房桌前坐着的真人大小的人偶"纳威"和被她来访的婆婆在楼梯上打穿的一个弹孔。她后来解释说，自己的婆婆来的时候，"从包里掏出一把刀来，所以我可怜的孩子们，没有一个在包里给他们找糖吃的奶奶，只会在她翻包的时候赶紧趴倒在地"。

阿兰·本奈特 ALAN BENNETT

格罗斯特弯道23号，卡姆登，NW1
23 Gloucester Crescent, Camden, NW1

这位剧作家在卡姆登的旧居出现在了由他的作品《住货车的女士》改编的同名电影里。这部剧本身就是根据发生在这里的真人真事创作的。

查尔斯·狄更斯 CHARLES DICKENS

贝汉姆街141号，卡姆登，NW1
141 Bayham Street, Camden, NW1

狄更斯十岁时举家迁来此地。卡姆登后来成为了《圣诞颂歌》和《大卫·科波菲尔》小说中的故事场景。

玛丽·沃斯通克拉夫特
MARY WOLLSTONECRAFT

多角街29号，苏默斯镇，NW1
29 The Polygon, Somers Town, NW1

在出版了具有开创性意义的《女权辩护》一书后，玛丽·沃斯通克拉夫特离开英格兰前往法国。在那里，她遇到了已婚的美国外交官、投机分子和作家吉尔伯特·伊姆莱，开始了一段不幸的关系。沃斯通克拉夫特与伊姆莱生下了一个孩子，取名范妮，但他最终离开了她。回到英格兰后，玛丽先后两次试图自杀（其中第二次是试图从帕特尼桥上跳下去）。此后，她开始与哲学家兼小说家威廉·戈德温交往。两人于1797年结婚，并搬到了多角街29号——这是两栋相邻的房子，让二人彼此之间保持一定的独立。同年八月，玛丽生下了第二个女儿：未来的小说家玛丽·雪莱。由于分娩时胎盘破裂，玛丽不幸患上了产褥感染。在痛苦中煎熬了几天后，她死于败血症。

国王十字火车站
KING'S CROSS STATION

尤斯顿路，N1
Euston Road, N1

菲利普·拉金在诗集《降灵节婚礼》的同名诗（当时全英国最受欢迎的诗歌）里，记叙了自己1955年在降灵节的周六从赫尔到国王十字车站的一次火车旅行。然而，这座主干线上的火车站最出名的，至少在文学方面，是它与"哈利·波特"系列小说的交集。众所周知，小说中的霍格沃茨特快列车是从国王十字车站的 $9\frac{3}{4}$ 站台出发的。出发大厅的西侧有一个象征着这个站台的标志，它由手推车、行李箱和一个一半消失在墙另一边的鸟笼组成。

狄兰·托马斯 DYLAN THOMAS

德兰西街54号，卡姆登，NW 1
54 Delancey Street, Camden, NW 1

在大约十五年的时间里，这位威尔士诗人和他的妻子凯特琳以及他们的三个孩子在伦敦几易其居，直到1951年搬进了德兰西街54号的这间地下室公寓。在那之前，他们在伦敦都要借住在朋友家，挤在几乎无法住人的房间里，在苏活区和菲茨罗维亚的酒吧里度过的时间比在家里还要多。1946年，《死亡与入口》出版后，迪伦声名鹊起。到1950年他结束第一次美国之旅后，玛格丽特·泰勒（一位富有的赞助人）买下了德兰西街的公寓，试图挽留他不要离开伦敦。她甚至在花园的尽头安装了一个大篷车，让他可以远离家庭的喧嚣，保留自己的创作空间。然而这个计划并没有成功，托马斯翌年又回到美国，进行了为期五个月的旅行。在那之后，他再也没有回到德兰西街，后来还将这套公寓形容为他的"伦敦恐怖屋"。

阿蒂尔·兰波和保罗·魏尔伦
ARTHUR RIMBAUD AND PAUL VERLAINE

皇家学院街8号（前大学院街），卡姆登，NW 1
8 Royal College Street (formerly Great College Street), Camden, NW 1

当法国诗人阿蒂尔·兰波和保罗·魏尔伦相遇时，兰波只有十七岁。他们的恋情始于1871年11月，年轻的兰波来到了巴黎，与二十七岁的魏尔伦和他怀孕的妻子同住。很快，他们这段被苦艾酒、鸦片和大麻催化的关系成为了一段丑闻。魏尔伦抛弃了他的妻子和刚出生的孩子，和兰波一起私奔。二人先是去了布鲁塞尔，然后便来到了英格兰，在1872年9月抵达伦敦。

最初，他们住在菲茨罗维亚的豪兰街34号（这栋楼已被拆除，原址上现在矗立着的是邮政塔[1]）。这对诗人很快就和苏活区的流亡无政府主义者和异见分子打得火热——这并不是因为他们二人中有人特别关心政治，而是因为这与他们受酒精支配的混乱生活方式完美契合。兰波的《彩画集》和《地狱一季》中有一部分是在伦敦创作的，其中《地狱一季》的诗句中还记录了一部分他与魏尔伦的关系："有好几夜，我被他的魔鬼缠住，我们四处翻滚，我们厮打角斗！——他常常在夜里喝得大醉，躺在街上或是屋里，把我吓得半死……"

1873年5月，这对情侣搬到了大学院街8号顶楼的两个房间里。在接下来的几个月里，两人本已失调的关系进一步恶化，升级为无情的争吵和肢体暴力，甚至好几次用刀互残。一切结束在一个温暖的7月早晨。当时，魏尔伦醉醺醺地从卡姆登市场回来，手里提着一条新鲜的鲱鱼和一些食用油。据说，兰波从楼上的窗口俯视下来，嘲笑了他的情人，用法语喊道："你看起来真像个婊子！"在后世流传下来的故事里，魏尔伦用鱼抽了这个年轻人一耳光——这也许有一定杜撰成分，但可以肯定的是，魏尔伦当即收拾行李去了码头，坐上了回欧洲的船。几天后，兰波也回了欧洲。当两人在布鲁塞尔重逢时，事态变得更糟。魏尔伦向兰波开了两枪，其中一枪打伤了十九岁的兰波的手臂。因此，魏尔伦被判了两年监禁。

注：
[1] 邮政塔亦为曾用名，这座塔现在叫英国电信塔（BT Tower）

贝里尔·班布里奇和她的人偶"纳威"坐在她在阿尔伯特街的住处门口。班布里奇常年住在这里。
迈克尔·沃德 / 标志图片社

卡姆登镇、苏默斯镇和肯蒂什镇

"在卡姆登镇坐电梯上行时,人们能捕捉到这里最正宗的味道:小便和薯条味儿。"

——阿兰·本奈特

乔治·奥威尔、迈克尔·塞耶斯和雷纳·赫彭斯托尔
GEORGE ORWELL, MICHAEL SAYERS AND RAYNER HEPPENSTALL

劳福德路50号,肯蒂什镇,NW 5
50 Lawford Road, Kentish Town, NW 5

乔治·奥威尔与爱尔兰诗人兼评论家迈克尔·塞耶斯,以及后来的小说家、诗人和英国广播公司制作人雷纳·赫彭斯托尔三人曾在这里合住。赫彭斯托尔对酒吧很熟,与狄兰·托马斯、朱利安·麦克拉伦-罗斯等其他专业酒鬼是好友。一晚,外出归来的赫彭斯托尔动静太大,奥威尔不得不从自己的房间里出来。两人打了一架,其间甚至动用了折叠手杖,闹得伤痕累累。第二天,赫彭斯托尔搬了出去。多年以后,赫彭斯托尔为英国广播公司广播部制作了奥威尔《动物农场》的一个版本较早的广播剧。

哈罗德·品特 HAROLD PINTER

伯利路38号,肯蒂什镇,NW 5
38 Burghley Road, Kentish Town, NW 5

1962年到1969年间,哈罗德·品特和记者兼电台主播琼·贝克维尔在这里租了一套公寓,作为他们在这七年里偷情相会的地方。后来这套公寓被出售了,二人便在汉普斯特德的帕克山花园又租了一处。品特的话剧《背叛》正是在这段情事的基础上创作的。

樱草山

  樱草山位于摄政公园以北,两者中间以阿尔伯特亲王路为分界。山的最高处海拔六十三米,山顶有一块刻着威廉·布莱克诗句的约克石,上面写着:"我曾与太阳之神交谈,我看见他就在这樱草山上。"山坡上有一棵名为"莎士比亚之树"的橡树,最初栽于1864年,用以纪念莎士比亚诞辰三百年(后于1964年被一棵新树取代)。樱草山周围的街区是伦敦最美好,亦是最富裕的区域。

知名书店和博物馆

樱草山书店 PRIMROSE HILL BOOKS
摄政公园路134号,樱草山,NW1
134 Regent's Park Road, Primrose Hill, NW1
伦敦最好的独立书店之一,新书和二手书兼有。
周一至周五 9:30—18:00
周六 10:00—18:00
周日 11:00—18:00

西尔维娅·普拉斯
SYLVIA PLATH

菲茨罗伊路23号，樱草山，NW 1
23 Fitzroy Road, Primrose Hill, NW 1

1962年11月，由于丈夫特德·休斯和诗人大卫·韦维尔的妻子阿西娅私通，西尔维娅·普拉斯的婚姻破裂，她回到了伦敦。她带着女儿弗里达和同年早些时候在德文郡出生的儿子尼古拉斯，搬到了菲茨罗伊路23号的这栋小屋。起初，普拉斯非常勤奋，每天凌晨四点起床写作，在接下来的几个月里完成了诗集《爱丽尔》。但在1963年初，折磨她一生的抑郁症又复发了。2月11日，在安顿孩子们睡下后，按照精心制订的计划，普拉斯把自己的头埋进煤气炉里，自杀身亡。

特德·休斯和西尔维娅·普拉斯
TED HUGHES AND SYLVIA PLATH

查尔科特广场3号，樱草山，NW 1
3 Chalcot Square, Primrose Hill, NW 1

1956年结婚后，特德·休斯和西尔维娅·普拉斯先后在英国剑桥、西班牙和美国马萨诸塞州待过一段时间，最终于1960年在伦敦定居。他们租下了查尔科特广场3号的一间一居室小公寓。在这里，普拉斯写下了《钟形罩》。但对于夫妇二人和他们幼小的女儿来说，这里太过逼仄。1961年底，他们将房子转租给了加拿大诗人大卫·韦维尔和他的妻子阿西娅，搬到了德文郡的一座更大的宅子里。

W. B. 叶芝 W. B. YEATS

菲茨罗伊路23号，樱草山，NW 1
23 Fitzroy Road, Primrose Hill, NW 1

从西尔维娅·普拉斯的时代再向前拨回近一百年，年轻的威廉·巴特勒·叶芝曾和自己的家人在1867年到1872年间住在这栋房子里。当时他们一家为了支持父亲的艺术家生涯，从爱尔兰搬到了英格兰。

弗里德里希·恩格斯 FRIEDRICH ENGELS

摄政公园路122号，樱草山，NW 1
122 Regent's Park Road, Primrose Hill, NW 1

弗里德里希·恩格斯拥有工商业主之子、哲学家和记者等多重身份。他和他的妻子在这里过着舒适的生活，同时还在经济上给予了他的朋友卡尔·马克思一定的帮助。马克思当时住在附近的苏活区，生活相对贫苦。

H. G. 威尔斯 H. G. WELLS

菲茨罗伊路12号，樱草山，NW 1
12 Fitzroy Road, Primrose Hill, NW 1

1888年到1889年间，H. G. 威尔斯在基尔伯恩的亨利之家学校担任助教，和他的伯母玛丽以及堂姐伊莎贝尔·玛丽·威尔斯住在这里。1891年，威尔斯与伊莎贝尔成婚。据称，威尔斯就是在这里生活的时候开始着手写《星际战争》的。

马丁·艾米斯 MARTIN AMIS

摄政公园路238号，NW 1
238 Regent's Park Road, NW 1

著名小说家马丁·艾米斯最近将他这栋能够欣赏到摄政公园的五层小楼挂牌出售，报价超过了七百五十万英镑。

"这条街和这栋房子……都是我一直最想要住的地方……这是 W. B. 叶芝的房子——门上有块蓝色的铭牌,说他曾经在这里住过。"

—— 西尔维娅·普拉斯

汉普斯特德和戈尔德斯格林

这一大片丘陵区域以与艺术界联系紧密而闻名,它拥有整个伦敦地区最昂贵的房产,以及汉普斯特德荒野这片面积达三百多英亩的广阔绿地。包括 D. H. 劳伦斯和利·亨特在内的多位小说家都曾经在汉普斯特德荒野住过;它也经常出现在小说中,比如约翰·勒卡雷的《史迈利的人马》和威尔·塞尔夫的《戴夫之书》——它甚至是《德拉库拉》中一个恐怖场景的所在地:新转生为吸血鬼的露西·韦斯特拉最喜欢在这里捕食儿童。

知名书店和博物馆

卡姆登艺术中心书店
CAMDEN ARTS CENTRE BOOKSHOP
阿克莱特路,汉普斯特德,NW3
Arkwright Road, Hampstead, NW3
店内出售艺术家们的专著和插画书。
周二至周日 10:00—18:00(周三营业至21:00)

济慈故居 KEATS HOUSE
济慈林10号,汉普斯特德,NW3
10 Keats Grove, Hampstead, NW3
这栋建筑原为两座连在一起的半独立式房屋;约翰·济慈在1818年到1820年间和他的朋友查尔斯·布朗住在其中一座。与济慈相爱并订婚的芳妮·布劳恩则和她的家人住在另一座相连的房子里。济慈在这里度过的几年是他最为高产的日子,据说《夜莺颂》就是他在花园里的一棵李树下写就的。1838年,这两座房子被合并到了一起。1925年,这里作为济慈纪念馆对公众开放。
周三至周日 11:00—17:00

基斯·福克斯书店 KEITH FAWKES
弗拉斯克道1/3号,汉普斯特德,NW3
1/3 Flask Walk, Hampstead, NW3
店内出售英语、俄语和法语的小说和非虚构类作品。
周一至周六 10:00—17:30
周日 12:00—17:30

阿加莎·克里斯蒂 AGATHA CHRISTIE

艾索康公寓，劳恩路，汉普斯特德，NW3
Isokon Flats, Lawn Road, Hampstead, NW3
在肯辛顿的公寓毁于伦敦大轰炸之后，阿加莎·克里斯蒂搬来了这里，成为了这栋现代建筑的首批住客之一。克里斯蒂这么写道："我爱这栋楼，不光因为它建筑上的完整感，还因为它代表着对自由生活的承诺。"不过，历史后来表明，同一时期，剑桥五人组（一个在战争期间背叛英国的间谍组织）的成员也住在这个街区。

斯黛拉·吉本斯 STELLA GIBBONS

菲兹约翰大道67号，汉普斯特德，NW3
67 Fitzjohn's Avenue, Hampstead, NW3
吉本斯在为《女士》杂志工作时曾在此居住。也正是在这里，她写下了自己的第一部，也可以说是她最著名的一部小说《令人难以宽慰的农庄》。

达夫妮·杜穆里埃 DAPHNE DU MAURIER

卡农舍，卡农径14号，汉普斯特德，NW3
Cannon Hall, 14 Cannon Place, Hampstead, NW3
这栋豪宅令人印象深刻，它的历史可以一直追溯到1730年。在2015年，它以两千八百万英镑的价格被售出。一战期间，年轻的达夫妮·杜穆里埃曾与家人在此间居住。

阿道司·赫胥黎 ALDOUS HUXLEY

汉普斯特德花园18号，汉普斯特德，NW3
18 Hampstead Gardens, Hampstead, NW3
在获得了一份为《雅典娜神庙》杂志写作的工作后，赫胥黎于1919年和妻子一起搬到了这里。仅仅一年后，他们又搬到了帕丁顿。

约翰·高尔斯华绥 JOHN GALSWORTHY

树丛小屋，海军上将道，汉普斯特德，NW3
Grove Lodge, Admiral's Walk, Hampstead, NW3
剧作家、小说家和国际笔会首任主席约翰·高尔斯华绥在这里度过了他人生中的最后十五年。1932年，他获得了诺贝尔文学奖。在那之后仅过了几个月，他就在这里去世了。

利·亨特 LEIGH HUNT

山谷小屋，健康谷，汉普斯特德，NW3
Vale Lodge, Vale of Health, Hampstead, NW3
诗人利·亨特曾因编辑《观察家》时因诋毁摄政王（即后来的乔治四世）获罪入狱。出狱后，他搬了汉普斯特德。在这里，他成为了所谓"亨特圈"的中心，济慈、雪莱、查尔斯·兰姆、威廉·哈兹里特和拜伦勋爵都是他的好友和伙伴。

杰克·斯特劳城堡 JACK STRAW'S CASTLE

北端道，汉普斯特德，NW3
North End Way, Hampstead, NW3

杰克·斯特劳城堡本是一家酒馆，在伦敦大轰炸期间被炸毁了。现在所能看到的同名建筑是上个世纪六十年代在原址上重建的。查尔斯·狄更斯、威廉·梅克匹斯·萨克雷和威尔基·柯林斯都曾是酒馆常客。在布莱姆·斯托克的《德拉库拉》中，亚伯拉罕·范海辛和约翰·斯图尔特在圣玛丽墓地过夜，以确认露西·韦斯特拉是否已经成为了吸血鬼。在那之前，范海辛曾邀请约翰·斯图尔特在杰克·斯特劳城堡共进晚餐。杰克·斯特劳城堡背后的那片汉普斯特德荒野是一处著名的同性恋聚会场所。1976年，托姆·冈恩用这个名字作为他一本诗集的标题，他在其中谈到了自己的性取向。这位在汉普斯特德长大的作家写了他曾如何在这片荒野里"与邻居的孩子们玩捉迷藏，成年后又和男性群体玩耍"。

D. H. 劳伦斯 D. H. LAWRENCE

拜伦别墅1号，健康谷，汉普斯特德，NW3
1 Byron Villas, Vale of Health, Hampstead, NW3

在与妻子住在健康谷期间，劳伦斯出版了小说《虹》。虽然评论家对他评价不高，但他还是吸引了阿道司·赫胥黎、E. M. 福斯特和伯特兰·罗素等名人到访。然而夫妇二人并不喜欢他们的新家，他们很快在1915年搬去了康沃尔。

D. H. 劳伦斯 D. H. LAWRENCE

韦尔道32号，汉普斯特德，NW3
32 Well Walk, Hampstead, NW3

尽管劳伦斯夫妇一度希望康沃尔会欢迎自己，但他们在那里仅仅住了两年便被赶了出来，因为当地人觉得这对奇怪的夫妇是间谍。回到伦敦后，他们在这里住下，同住的还有诗人"多莉"卡洛琳和欧内斯特·拉德福德夫妇。

罗伯特·威尔逊·林德 ROBERT WILSON LYND

济慈路5号，汉普斯特德，NW3
5 Keats Grove, Hampstead, NW3

评论家、编辑、记者和文学活动主持人罗伯特·威尔逊·林德与妻子小说家西尔维娅·林德自1924年起便一直住在这栋优雅的摄政时期风格的小楼里，直到1949年罗伯特去世。这对夫妇曾在这里接待过 J. B. 普里斯特利、休·沃波尔和杰罗姆·K. 杰罗姆等名人。詹姆斯·乔伊斯和诺拉·巴纳克尔在肯辛顿登记处宣过誓后，在林德家中办了婚礼午宴。

凯瑟琳·曼斯菲尔德 KATHERINE MANSFIELD

荒野东路17号，汉普斯特德，NW3
17 East Heath Road, Hampstead, NW3

在经历了外遇、婚姻破裂和流产之后，分分合合的凯瑟琳·曼斯菲尔德和约翰·米德尔顿·默里夫妇搬到了汉普斯特德，希望这里的新鲜空气能对凯瑟琳的身体有好处。T. S. 艾略特、D. H. 劳伦斯、弗吉尼亚·吴尔夫和曼斯菲尔德曾经的情人艾达·贝克都曾登门拜访过这对夫妇。被诊断出患有肺结核后，凯瑟琳移居国外，后于1923年去世，年仅三十四岁。

约翰·莫蒂默 JOHN MORTIMER

普赖尔大厦,荒野东路,汉普斯特德,NW3
The Pryors, East Heath Road, Hampstead, NW3

小说家、剧作家和电台主播约翰·莫蒂默于1923年出生在这里。他的代表作"鲁波尔"系列基本取材于自己的律师经历。他曾在1968年和1973年分别为《布鲁克林黑街》的出版商和《同志新闻》辩护,也在1977年为维珍唱片和性手枪乐队使用"瞎扯蛋"一词辩护过。

伊迪丝·西特韦尔 EDITH SITWELL

格林希尔42号公寓,汉普斯特德高街,NW3
Flat 42 Greenhill, Hampstead High Street, NW3

伦敦有许多与这位先锋派的诗人兼作家相关的地址,这里便是其中之一。西特韦尔从1961年开始住在这里,直到1964年去世,享年七十七岁。西特韦尔始终不懈地支持着年轻作家,丹顿·韦尔奇和狄兰·托马斯都得到过她的帮助。不过,她在文学圈内的争斗也同样赫赫有名。据说她曾计划散布一个谣言,说伊妮德·布莱顿是D. H. 劳伦斯的笔名。

乔治·奥威尔 GEORGE ORWELL

华威大厦3号,庞德街37号,NW3
3 Warwick Mansions, 37 Pond Street, NW3

笔名乔治·奥威尔的埃里克·亚瑟·布莱尔在出版了《巴黎伦敦落魄记》和《缅甸岁月》两本书后,于1934年搬回了伦敦,在这间公寓住下。由于写作的收入还不足以糊口,他同时在楼下的二手书店工作,赚一些外快。

罗伯特·路易斯·史蒂文森 ROBERT LOUIS STEVENSON

阿伯西内居,弗农山7号,NW3
Abernethy House, 7 Mount Vernon, NW3

1874年夏天,这位苏格兰小说家、旅行作家和散文家与他的朋友西德尼·科尔文在这里住了一个月。史蒂文森在他自己的时代就已成名,作品受到许多作家的推崇。他经常去伦敦,在这座城市的文学生活中扮演着积极的角色——但作为一个狂热的旅行者,对史蒂文森来说,伦敦通常只是他去其他地方途中的一个中转站。在伦敦时,他常住在查令十字街的克雷文酒店,去萨维尔俱乐部的话通常也可以找到他。

"二十年前,伦敦于我是刺激、刺激加刺激,是一切冒险中宽广又悸动的心脏。"

——D. H. 劳伦斯

H. G. 威尔斯 H. G. WELLS

教堂街17号,汉普斯特德,NW3
17 Church Row, Hampstead, NW3

1909年8月,威尔斯和他的妻子简带着两个儿子搬进了汉普斯特德的这所房子。这次搬家是为了让这段不那么传统的婚姻在经历了一段动荡之后有一个全新的开始:几个月前,威尔斯与安珀·里夫斯爆出了婚外情丑闻。尽管有这个所谓的新开始,威尔斯仍与安珀有来往,简似乎也并不甚在意。她为已经怀孕的安珀提供了许多情感关怀,甚至在安珀在伦敦期间,派两个儿子去陪伴安珀。1909年12月,安珀生下了威尔斯的女儿安娜·简。然而,此时安珀的新婚丈夫乔治·里弗斯·布兰科·怀特厌倦了这种情况,他要求威尔斯离开他的妻子,彻底结束这段婚外情,否则他就要采取法律行动了。后来,安珀·布兰科·怀特成为了一名受尊敬的学者,也为英国女权主义运动贡献了重要的力量;她与丈夫又生了两个孩子,但她与威尔斯所生的女儿直到十八岁才知道了自己父亲的真实身份。威尔斯和简一直住在教堂街,直到1927年简去世。几年后,威尔斯搬去了马里波恩的一套公寓。

汉普斯特德和戈尔德斯格林

H. G. 威尔斯在他汉普斯特德寓所的书桌前写作,他在这里住了近二十年。
波普尔图片社 / 盖蒂图片社

伦敦大学学院中学
UNIVERSITY COLLEGE SCHOOL

弗罗格纳尔,汉普斯特德,NW3
Frognal, Hampstead, NW3

这所非寄宿制的独立学校是由伦敦大学学院在1830年建立的,最初是伦敦大学学院布鲁姆斯伯里校区的一部分。学校于1907年搬到现址,但仍保留了其创办机构进步和世俗化的理念。诗人斯蒂芬·斯彭德、小说家兼记者威尔·塞尔夫、作家兼记者乔纳森·弗里德兰以及演员和小说家德克·博加德都曾在这所学校就读。

伊夫林·沃 EVELYN WAUGH

北端路145号,戈尔德斯格林,NW11
145 North End Road, Golders Green, NW11

1907年,年仅三岁的伊夫林·沃和全家一起搬到了父亲建在北端路上的"山下屋"。1910年,他成为了荒野口预备学校的学生。这所学校当时就在汉普斯特德,离他家不远。在学校里,沃以欺负弱小而闻名,年轻的塞西尔·比顿就是受害者之一。在青少年时期,这位未来的作家常步行去公牛和灌木酒吧附近的邮筒寄信,因为从那里寄出的信上会盖上更时髦的NW3区邮戳。

多丽丝·莱辛
DORIS LESSING

贡达尔花园24号,西汉普斯特德,NW6
24 Gondar Gardens, West Hampstead, NW6

在创作了五十多部小说并获得了诺贝尔奖之后,多丽丝·莱辛在这里去世,享年九十四岁。

扎迪·史密斯 ZADIE SMITH

汉普斯特德学校,韦斯特比尔路,西汉普斯特德,NW2
Hampstead School, Westbere Road, West Hampstead, NW2

这所公立综合学校培养了许多以伦敦为创作背景的小说名家,托拜厄斯·希尔和卓伊·海勒都在此列,但他们之中最有名的绝对是扎迪·史密斯。史密斯出生在附近的威尔斯登,她最著名的两部小说都是以自己长大的街区为故事背景的。2012年,史密斯出版了《西北(NW)》。在这部可能是史上唯一一部以邮编命名的获奖小说中,绝大部分情节都是在伦敦西北展开的。史密斯的处女作《白牙》的故事则发生在威尔斯登,它重点描述了当地英国白人社群和来自前英国殖民地的社群之间的关系。这本书迅速热销,获奖无数,也开启了扎迪·史密斯的文学事业。现在,她频繁往返于美洲和女王公园之间,对,就是位于伦敦西北部的那座女王公园。

汉普斯特德和戈尔德斯格林

1992年，多丽丝·莱辛站在她西汉普斯特德的花园的花丛中留影。
乔纳森·普莱耶 / 快门图片社

圣约翰伍德、基尔伯恩和西汉普斯特德

圣约翰伍德是板球（罗德板球场）和披头士乐队（阿比路录音室）的地盘，东邻摄政公园，南接时髦的马里波恩区，包括阿加莎·克里斯蒂和乔治·奥威尔在内的多位著名小说家都在这个区域住过。这里还是霍华德·雅各布森在2010年获得了布克奖的小说《芬克勒问题》的故事发生地。

"多打板球和高尔夫，少去跳舞、泡电影院和熬夜。"

—— 阿瑟·柯南·道尔
对儿子丹尼斯的建议

阿加莎·克里斯蒂 AGATHA CHRISTIE

诺斯维克排屋5号，圣约翰伍德，NW8
5 Northwick Terrace, St John's Wood, NW8

一战结束后，新婚宴尔的阿加莎和阿奇·克里斯蒂在圣约翰伍德的这栋宅子里住下。阿加莎在这里创作并出版了她的第一批小说，其中包括《斯泰尔斯庄园奇案》(赫尔克里·波洛在这部小说中初次登场)。

凯瑟琳·曼斯菲尔德 KATHERINE MANSFIELD

劳登路5号，圣约翰伍德，NW8
5 Loudoun Road, St John's Wood, NW8

随着一战爆发，凯瑟琳和她的丈夫约翰·默里于1915年搬到了这里。她和好友 D. H. 劳伦斯办了一本名为《签名》的杂志，并开始为老牌文学杂志《雅典娜神庙》做编辑工作，为它写了一百多篇评论和文章。在凯瑟琳心爱的弟弟于前线阵亡后，同时考虑到凯瑟琳的身体健康每况愈下，这对烦恼不断的夫妇搬去了附近的汉普斯特德，打算重新开始。

罗德板球场 LORD'S

圣约翰伍德路，圣约翰伍德，NW8 8QN
St John's Wood Road, St John's Wood, NW8 8QN

1902年，在英国板球圣地罗德板球场，一支由阿瑟·柯南·道尔和 P. G. 伍德豪斯率领的"作家队"进行了一场名为"作者对战出版商"的比赛。"作家队"成立于1891年，至今还在活跃中，队员包括道尔、伍德豪斯、J. M. 巴里，以及近年来的塞巴斯蒂安·福克斯和汤姆·霍兰等名人。

乔治·奥威尔 GEORGE ORWELL

兰福德庭111号，阿比路，圣约翰伍德，NW8
111 Langford Court, Abbey Road, St John's Wood, NW8

1941年，乔治·奥威尔夫妇从汉诺威排屋 H. G. 威尔斯家车库楼上的公寓搬走，来到了这里。他们是应威尔斯的要求搬走的，因为威尔斯认为对方在说自己的闲话。为了修补关系，奥威尔邀请威尔斯到他的新家用餐。席间，威尔斯问起奥威尔为什么如此突然地离开了汉诺威排屋。更奇怪的是，那餐饭之后（当时威尔斯吃了双份的咖喱和李子蛋糕），他写信给奥威尔抱怨说："你明明知道我病了，正在节食，却故意不断给我添酒加菜。我再也不想见到你了。"据说兰福德庭是《一九八四》中胜利大厦的原型。

斯蒂芬·斯彭德 STEPHEN SPENDER

劳登路15号，圣约翰伍德，NW8
15 Loudoun Road, St John's Wood, NW8
1963年，诗人、小说家和散文家斯蒂芬·斯彭德一家搬进了这座宅子，当时他和妻子钢琴演奏家娜塔莎·利特温的儿子刚出世不久。他们在这里一直住到1995年斯彭德去世。W. H. 奥登经常上门拜访。

杰姬·科林斯 JACKIE COLLINS

汉密尔顿排屋138号，圣约翰伍德，NW8
138 Hamilton Terrace, St John's Wood, NW8
上个世纪七十年代末到八十年代间，作品颇丰的小说家杰姬·科林斯与她的丈夫、夜店大亨奥斯卡·莱尔曼住在这里，生活十分奢靡。这套房子有六间卧室和一座面积达一百一十二英尺的迷人花园，最近在市面上以一千一百五十万英镑的价格挂牌出售。

亨利之家学校 HENLEY HOUSE SCHOOL

莫蒂默弯道6-7号（前莫蒂默路），基尔伯恩，NW6
6-7 Mortimer Crescent (formerly Mortimer Road), Kilburn, NW6
这座小小的亨利之家学校的校长是 A. A. 米尔恩的父亲。1889年，这位未来的作家在这里迎来了一位年轻的科学教师，他的名字叫 H. G. 威尔斯。

"我是个讲故事的人。我既不是一个文学作家,也不想成为什么文学作家。"

—— 杰姬·科林斯

WORKERS OF ALL LANDS
UNITE
KARL MARX
THE PHILOSOPHERS HAVE
INTERPRETED THE WORLD
VARIOUS WAYS. — THE
HOWEVER IS TO

北部

伊斯灵顿 | 海格特 | 霍洛韦、海布里和斯托克纽因顿 | 北部以北

推荐阅读

《小人物日记》 乔治和威登·格罗史密斯
The Diary of a Nobody, George and Weedon Grossmith
《她的镜像幽灵》 奥德丽·尼芬格
Her Fearful Symmetry, Audrey Niffenegger
《乌有乡》 尼尔·盖曼
Neverwhere, Neil Gaiman
《回家的路》 罗丝·特里梅因
The Road Home, Rose Tremain
《二等公民》 布奇·埃梅切塔
Second-Class Citizen, Buchi Emecheta
《男孩·男人》 尼克·霍恩比
About a Boy, Nick Hornby

卡尔·马克思之墓,位于海格特公墓东区。
巴锡基维

伊斯灵顿

总体来说,伊斯灵顿是一个由多户住宅和联排别墅组成的住宅区。过去,这一地区对伦敦的贫困群体很有吸引力,十九世纪时有许多家庭搬来了这里。伊斯灵顿在若干著名的现代小说中都出现过,其中包括尼尔·盖曼的《乌有乡》和尼克·霍恩比的《男孩·男人》。

知名书店和博物馆

水石书店 WATERSTONES
伊斯灵顿格林11号,安吉尔,N1
11 Islington Green, The Angel, N1
一家颇具规模的水石书店分店,尤其是对这个没有什么书店的区域而言。
周一至周六 9:00—20:00
周日 11:00—17:00

故事部 MINISTRY OF STORIES
霍克斯顿街159号,霍克斯顿,N1
159 Hoxton Street, Hoxton, N1
这里由尼克·霍恩比在2010年创办,是一家慈善写作中心,致力于指导、帮助和培养儿童对文学和写作的热爱。中心常常举办各种活动和研讨会。在中心门口还有一家名叫"怪兽补给站"的商店,向爱吃甜食的顾客们出售"火龙小饼"和"巨兽牙线"。

B. S. 约翰逊 B. S. JOHNSON

克莱尔蒙特广场34号，伊斯灵顿，N1
34 Claremont Square, Islington, N1

尽管实验小说家和电影制片人B. S. 约翰逊在评论家中很受尊重，塞缪尔·贝克特和安东尼·伯吉斯也对他赞誉有加，但在大众视野中，他几乎毫无存在感。约翰逊告诉他的经纪人说："我死以后会更出名。"第二天他就自杀了，年仅四十岁。他的朋友作家巴里·科尔在他的公寓里发现了他的尸体，并在半瓶白兰地上找到一张纸条，上面写着："巴里——喝完这个。"四十多年后，已经出版了许多有关约翰逊的传记（其中有一本是乔纳森·科invalid的），人们还成立了一个B. S. 约翰逊协会。他的文字作品被重新出版，电影作品得到了修复，大英图书馆还收藏了他的文学论文。无论从哪方面看来，约翰逊都是对的。

奇斯克迪中心 KESKIDEE CENTRE

（前）吉福德街64号，伊斯灵顿，N1
(Formerly) 64 Gifford Street, Islington, N1

奇斯克迪中心创办于1971年，1991年歇业，是英国第一家黑人艺术中心。中心为各类艺术家提供支持，也举办戏剧、音乐会和读书会活动。在此期间，十一岁时从牙买加移民到布里克斯顿的诗人林顿·奎西·约翰逊出任了艺术中心首位带薪的图书馆和资源负责人。他后来成为了第二位在世时作品便已入选企鹅现代经典系列的诗人。

查尔斯·兰姆 CHARLES LAMB

教堂市场36号和45号，伊斯灵顿，N1
36 and 45 Chapel Market, Islington, N1

在姐姐玛丽杀害了自己的母亲之后，查尔斯和父亲搬到了伊斯灵顿，好离关着玛丽的精神病院近一些。父亲去世后，查尔斯保释了玛丽，担下了自己姐姐的监护责任。

路易斯·麦克尼斯 LOUIS MACNEICE

卡农伯里公园52号，伊斯灵顿，N1
52 Canonbury Park, Islington, N1

这位诗人在这里住了近五年。他当时为英国广播公司工作，狄兰·托马斯和J. B. 普里斯特利都是他的酒友。

乔治·奥威尔 GEORGE ORWELL

卡农伯里广场27b号，伊斯灵顿，N1
27b Canonbury Square, Islington, N1

乔治·奥威尔在1944年到1947年间一直断断续续地住在这里。在此期间，他和妻子艾琳收养了一个男婴。然而，第二年，艾琳在接受子宫切除手术时不幸去世。在妹妹艾薇尔的帮助下，奥威尔开始独自抚养儿子。他在这里写下了《动物农场》，此书于1945年出版。接着，奥威尔开始动笔写作《一九八四》，而后离开伦敦前往内赫布里底群岛的侏罗岛。2016年，奥威尔的儿子理查德·霍雷肖·布莱尔在这里为父亲的铭牌揭幕。

乔·奥顿 JOE ORTON

诺埃尔路25号,伊斯灵顿,N1
25 Noel Road, Islington, N1

诺埃尔路25号三楼这套小小的单间公寓名声不佳,因为剧作家乔·奥顿就是在这里被情人肯尼斯·哈利维尔残忍杀害的。这对情侣从1959年起就一直在这里同居,直到二人双双离世。奥顿和哈利维尔在皇家戏剧艺术学院学习时相识,合作过几个项目,但都没有获得真正意义上的成功。二十世纪六十年代初,奥顿开始独立创作剧本。1963年,奥顿迎来了编剧事业的突破——英国广播公司买下了他的广播剧《楼梯口的小混混》。自那之后,奥顿一夜成名。他的《款待斯隆先生》和《人赃俱获》两部剧在西区上演,他也被誉为那一代最重要的年轻作家之一。奥顿当时的日记披露了这对情侣在诺埃尔路25号的私人生活(包括奥顿的滥交细节,以及哈利维尔对抗抑郁药和巴比妥类药物的日益依赖)。也许是奥顿的成功让哈利维尔感到了威胁和孤独,1967年8月9日,肯尼斯·哈利维尔抡起锤子,朝三十四岁的奥顿头部重击九次,随后服下过量的耐波他自杀。

奥利弗·哥德史密斯 OLIVER GOLDSMITH

卡农伯里大楼,卡农伯里道6号,N1
Canonbury Tower, 6 Canonbury Place, N1

这栋楼建于十六世纪早期,一度属于托马斯·克伦威尔。1762年前后,爱尔兰小说家、诗人和剧作家奥利弗·哥德史密斯曾为躲债在这里住了两年。几十年后,华盛顿·欧文也在这里住过。

伊夫林·沃 EVELYN WAUGH

卡农伯里广场17a号,伊斯灵顿,N1
17a Canonbury Square, Islington, N1

伊夫林·沃和他的第一任妻子伊夫林·加德纳在1928年成婚,不久之后搬进了这间位于伊斯灵顿区的公寓。这对被朋友们称为"男伊夫林"和"女伊夫林"的夫妇仅过了一年多就由于女方承认出轨离婚了。搬走后,伊夫林·沃表示已经厌倦了自己不得不反复向朋友们解释为什么要住在这么一个可怕的街区。他住在这里的时候出版了《衰落与瓦解》,大获成功。

威登·格罗史密斯 WEEDON GROSSMITH

旧屋,卡农伯里道5号,N1
The Old House, 5 Canonbury Place, N1

威登·格罗史密斯在这栋伊斯灵顿区的大宅中住过,当时他在戏剧界声名鹊起,无论是演员还是剧作家的工作都成绩斐然。在演出间隙,威登和他的哥哥、喜剧演员和作曲家乔治在杂志《潘趣》合作了一个幽默小专栏,记录虚构人物查尔斯·普特尔的生活。这个专栏取得了巨大成功,格罗史密斯兄弟在1892年把它结集成书出版,题为《小人物日记》。

"与伊夫林在丽兹酒店共进晚餐。求婚了。(她) 不置可否。"

—— 伊夫林·沃日记，1927年12月12日

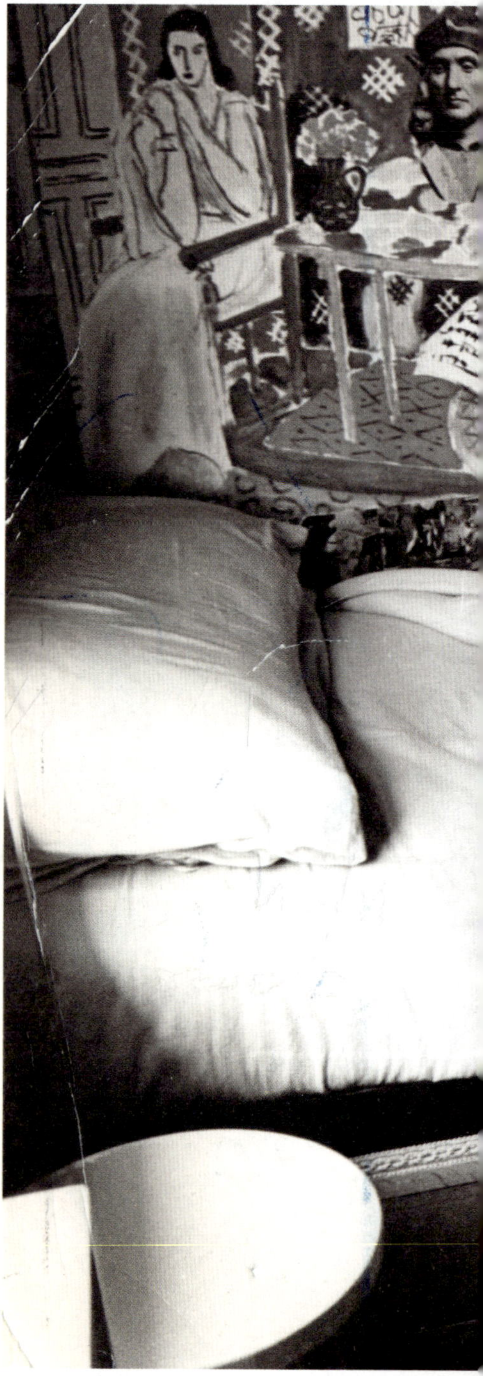

1964年，乔·奥顿懒洋洋地躺在伊斯灵顿的家里；三年后，他在这里被杀害。
乔治·伊拉姆/《每日邮报》/快门图片社

海格特

在维多利亚时代之前,海格特只是伦敦以外一个独立的小镇,直到铁路出现之后,那里才被纳入首都的郊区范围。哪怕在当下,海格特给人的感觉仍和伦敦其他部分不太一样。它被大片的原生绿地包围,比如西边是汉普斯特德荒野的东区,北边则有海格特森林。这里是伦敦最昂贵的地区之一,这对卡尔·马克思来说可能是一种讽刺,因为他和其他许多知名人士一起被安葬在了海格特公墓。

塞缪尔·泰勒·柯勒律治
SAMUEL TAYLOR COLERIDGE

格鲁夫路3号，海格特，N6
3 The Grove, Highgate, N6

在他人生最后的十八年里，诗人、评论家和哲学家塞缪尔·泰勒·柯勒律治与詹姆斯·吉尔曼医生一起住在这栋楼的三楼。医生负责帮助这位《古舟子咏》的作者戒除鸦片，但柯勒律治却总是忍不住跑去汤申德大院里的邓恩药剂行，那里离公寓仅五分钟步行距离，常备鸦片。当时，柯勒律治被视为圣哲，拜伦勋爵、托马斯·卡莱尔、拉尔夫·沃尔多·爱默生、约翰·济慈和珀西·比希·雪莱等人都曾前来拜访他。在这里居住期间，柯勒律治出版了散文和诗集若干，其中最著名的当数《无望的劳作》，他在其中回顾了自己的瘾君子经历。1834年，柯勒律治在这里去世，被葬在了街对面的圣米迦勒教堂。

瓶子酒吧 THE FLASK

西海格特山77号，海格特，N6
77 Highgate West Hill, Highgate, N6

这家酒吧最古老的那一部分的历史可以一直追溯到1663年。浪漫主义诗人拜伦勋爵、约翰·济慈和珀西·比希·雪莱等人有时会光顾这里，如果他们没有去拜访住在酒吧对面的著名鸦片爱好者塞缪尔·泰勒·柯勒律治的话。

J. B. 普里斯特利
J. B. PRIESTLEY

格鲁夫路3号，海格特，N6
3 The Grove, Highgate, N6

在塞缪尔·泰勒·柯勒律治去世近一百年之后，小说家、剧作家和电台主播J. B. 普里斯特利搬进了这栋房子。他在这里从1932年一直住到1940年，其间写下了许多小说和剧本，其中包括《让人们歌唱》和《时间和康威定律》。二战期间，普里斯特利是英国广播公司极受欢迎的主播，格雷厄姆·格林曾称赞他是"一位重要性仅次于丘吉尔先生的领袖，他给出了其他领导人没能给我们的东西 —— 意识形态"。然而，他的广播节目《后记》由于被丘吉尔抱怨太过左倾而被叫停。

除了这两位之外，还有很多名人都在这个地址住过，如歌手斯汀和安妮·蓝妮克丝。据说凯特·摩丝在2011年买下了这栋房子。

A. E. 豪斯曼 A. E. HOUSMAN

北路17号，海格特，N6
17 North Road, Highgate, N6

豪斯曼住在这里的时候完成了他的代表作《西罗普郡少年》，一部由六十三首诗组成的叙事诗集。被出版社反复退稿后，豪斯曼在1896年悄悄地自己出版了这本诗集。书起初销量平平，但在一战期间，它在应征入伍的年轻人中引起了共鸣；鲁伯特·布鲁克、乔治·奥威尔和埃兹拉·庞德都从中汲取过灵感。

戴安娜·阿西尔 DIANA ATHILL

玛丽·费尔丁工会护理中心，北山103-107号，N6
Mary Feilding Guild care home, 103-107 North Hill, N6

著名的日记作家和编辑戴安娜·阿西尔在九十二岁高龄时搬进了这家养老院。她在一篇刊登在《每日电讯报》上的文章里谈到，自己在这个新环境里快乐得出乎意料。她说，在热水用完后，"我连一根手指头都不用动"。

约翰·贝杰曼 JOHN BETJEMAN

西海格特山31号，海格特，N6
31 Highgate West Hill, Highgate, N6

在成为桂冠诗人之前，约翰·贝杰曼在海格特度过了十年的童年时光——他全家在他一岁时搬来了这里。贝杰曼在附近的海特格学校上学，T. S. 艾略特曾是他的老师。

安德鲁·马韦尔 ANDREW MARVELL

海格特高街112号，海格特，N6
112 Highgate High Street, Highgate, N6

1678年，约翰·弥尔顿的好友、诗人兼政治家安德鲁·马韦尔在这栋房子里突然患上"热症"去世。有人说他死于政敌投毒，也有人认为他当时服用了过量的鸦片。

霍洛韦、海布里和斯托克纽因顿

这几个位于伊斯灵顿和哈克尼自治市北部的城区是整个伦敦的缩影。从下霍洛韦多元的商店和居民,到周末从海布里阿森纳体育场涌出的球迷,再到斯托克纽因顿融合良好的移民社群,我们都可以从中一窥伦敦人民真实的工作和娱乐状态。

知名书店和博物馆

嘀哔叮书店 TI PI TIN
斯托克纽因顿高街47号,斯托克纽因顿,N16
47 Stoke Newington High Street, Stoke Newington, N16
一家由艺术家创办的,专门出售、支持和推广艺术出版物的小店。
周三至周五 12:00—19:00
周六和周日 11:00—18:00

道格拉斯·亚当斯 DOUGLAS ADAMS

金斯当路19号，霍洛韦，N7
19 Kingsdown Road, Holloway, N7
1978年秋季，亚当斯搬进了这间公寓，与喜剧作家乔·坎特合住。在这里，他写下了《银河系漫游指南》。

伊斯灵顿中心图书馆
CENTRAL LIBRARY, ISLINGTON

菲尔德韦弯道2号，海伯里，N5
2 Fieldway Crescent, Highbury, N5
虽然可能有点讽刺，这家伊斯灵顿的公共图书馆是乔·奥顿作品集的收藏地。奥顿和他的恋人肯尼斯·哈利维尔曾盗取并涂污了这家图书馆的七十二本藏书，被判处六个月监禁。这些书被他们随意插入了文字，或是封面遭到涂改，二人却声称自己在搞"游击艺术"，是对公共图书馆"满架无穷无尽的垃圾"的反击。他们向媒体表示，六个月监禁的量刑过于严厉，而这都是因为"我们是同性恋"。
这套藏品规模还在不断扩充，内容包括剪报、展览宣传物料，以及许多被奥顿和哈利维尔涂改成艺术品的书籍和封面。

爱德华·利尔 EDWARD LEAR

鲍曼马厩房，七姐妹路，霍洛韦，N7
Bowman's Mews, Seven Sisters Road, Holloway, N7
爱德华·利尔出生于1812年，是全家二十一个孩子中最小的一个。他出生时的房子就在这个位置。由于经济拮据，当时只有四岁的利尔和他二十一岁的大姐安一起搬了出去。安的余生都对这位年轻的艺术家视如己出。

丹尼尔·笛福 DANIEL DEFOE

斯托克纽因顿教堂街95号，斯托克纽因顿，N16
95 Stoke Newington Church Street, Stoke Newington, N16
丹尼尔·笛福是十八世纪的一位十分高产的作家，主要写流行小说和固执己见的论著册子（虽然后者有时会给他带来麻烦）。《鲁滨孙漂流记》和《摩尔·弗兰德斯》都是他住在这里的时候写的。

埃德加·爱伦·坡 EDGAR ALLAN POE

庄园学校，（前）斯托克纽因顿教堂街172号，斯托克纽因顿，N16
Manor House School, (formerly) 172 Stoke Newington Church Street, Stoke Newington, N16
这个位置曾是埃德加·爱伦·坡的母校庄园学校的所在地。他在1817年到1820年间在这里寄宿学习。从1815年到1820年，爱伦·坡与他的养父母爱伦夫妇一起在伦敦居住了五年（他的中间名就取自他们的姓氏）。在周末或是学校放假时，他会去养父母在布鲁姆斯伯里的住处看望他们。

霍洛韦、海布里和斯托克纽因顿

1985年，道格拉斯·亚当斯在浏览报纸上的书评。艾德·卡希 / 联络者图片社

愿逝者安息

伦敦的墓园和文学名人长眠之地

班希尔墓园 BUNHILL FIELDS
城市路38号,肖尔迪奇,EC1Y
38 City Road, Shoreditch, EC1Y

这片无教派墓园特别受非英国国教圣公会成员的基督徒青睐。它在1665年至1884年期间开放使用,其间约有十二万五千人被葬于此。今天我们所看到的墓地比原来的规模要小得多,但仍有两千多座墓碑。葬在这里的文学名人包括约翰·班扬、丹尼尔·笛福、威廉和凯瑟琳·布莱克。

戈尔德斯格林火葬陵园
GOLDERS GREEN CREMATORIUM MAUSOLEUM
霍普巷62号,戈尔德斯格林,NW11
62 Hoop Lane, Golders Green, NW11

戈尔德斯格林火葬陵园开业于1902年,是英国最古老的火葬场之一,这里的花园被列入了英国国家历史公园和花园名录。这里是个世俗陵园,接受任何信仰的教徒,也接受不信教的人,因此服务过的名人数量甚为可观。在这里被火化的著名作家包括T. S. 艾略特、A. E. 豪斯曼、亨利·詹姆斯、鲁德亚德·吉卜林和H. G. 威尔斯,而金斯利·艾米斯、伊妮德·布莱顿、西格蒙德·弗洛伊德、埃莉诺·格林、多丽丝·莱辛、乔·奥顿和布莱姆·斯托克等人的骨灰则在火化后安放在了这里,或是存放在三个骨灰龛的其中一个里,或是进入了私人陵墓,或是撒在了花园里。

海格特公墓 HIGHGATE CEMETERY
斯韦恩巷,海格特,N6
Swain's Lane, Highgate, N6

海格特公墓分东西两个区。西区开放于1839年,以埃及大道和黎巴嫩环形墓地闻名。这里的著名的文学界"居民"包括贝里尔·班布里奇、约翰·高尔斯华绥、斯黛拉·吉本斯、雷德克利芙·霍尔、克里斯蒂娜·罗塞蒂和查尔斯·狄更斯的妻子凯瑟琳。东区开放于1854年,也有不少作家在那里安葬,其中包括道格拉斯·亚当斯、乔治·艾略特、卡尔·马克思、安东尼·沙弗尼和威廉·福伊尔(福伊尔斯书店的创始人之一)。

肯萨尔格林公墓 KENSAL GREEN CEMETERY
哈罗路,肯萨尔格林,NW10
Harrow Road, Kensal Green, NW10

肯萨尔格林公墓于1833年开放,是仿造巴黎著名的拉雪兹神父公墓建成的。这座公墓因G. K. 切斯特顿的诗《绵延英伦路》名传后世,诗中写道:"因为还有好消息和好事情尚未出现;在我们借道肯萨尔格林去天堂之前。"公墓中著名的文学界居民有威尔基·柯林斯、詹姆斯·利·亨特、莱昂内尔·约翰逊、温德姆·刘易斯、哈罗德·品特、泰伦斯·拉提根、威廉·梅克匹斯·萨克雷和安东尼·特罗洛普。

威斯敏斯特教堂 WESTMINSTER ABBEY
主任牧师庭院20号，威斯敏斯特，SW1P
20 Dean's Yard, Westminster, SW1P
1400年，杰弗里·乔叟成为了第一位葬在威斯敏斯特教堂的作家。虽然这极可能是因为他在附近的威斯敏斯特宫担任工程监管的职务，而非他的文学声望，但自那之后，在教堂的这片区域安葬或纪念作家成为了一个传统，后人称这里为诗人角。埋在那里的人（包括骨灰）有罗伯特·勃朗宁、查尔斯·狄更斯、约翰·德莱顿、托马斯·哈代、塞缪尔·约翰逊、鲁德亚德·吉卜林、约翰·梅斯菲尔德和阿尔弗雷德·丁尼生等。诗人角中也为以下这些没有埋在这里的作家设立了纪念碑：威廉·莎士比亚、马修·阿诺德、W. H. 奥登、简·奥斯丁、约翰·贝杰曼、威廉·布莱克以及夏洛蒂、安妮和艾米莉·勃朗特；伊丽莎白·巴雷特·勃朗宁、范妮·伯尼、罗伯特·彭斯、拜伦勋爵、刘易斯·卡罗尔、塞缪尔·泰勒·柯勒律治、乔治·艾略特、T. S. 艾略特、伊丽莎白·盖斯凯尔、杰拉德·曼利·霍普金斯、A. E. 豪斯曼、特德·休斯、亨利·詹姆斯、约翰·济慈、菲利普·拉金、D. H. 劳伦斯、爱德华·利尔、C. S. 刘易斯、亨利·沃兹沃斯·朗费罗、克里斯托弗·马洛、约翰·弥尔顿、亚历山大·蒲柏、沃尔特·司各特、珀西·比希·雪莱、威廉·梅克匹斯·萨克雷、狄兰·托马斯、安东尼·特罗洛普、奥斯卡·王尔德和威廉·华兹华斯。

北部以北

从繁华的伦敦北部往城外走,你很快就会发现自己已置身于像巴尼特这样绿树成荫的郊区。对于金斯利·艾米斯这样的作家而言,这里能带来一种与城市生活截然不同的舒缓。今天,埃德蒙顿之类的地区可能仅仅会让人觉得相对来说没有那么强烈的城市感,但在十九世纪查尔斯和玛丽·兰姆搬过去的时候,那里无疑算得上是荒郊野外了。

知名书店和博物馆

马斯韦尔山书店 MUSWELL HILL BOOKSHOP
福蒂斯格林路72号,N10
72 Fortis Green Road, N10
一家历史悠久的综合书店。
周一至周六 9:30—18:00
周日 11:00—16:00

新灯塔书店 NEW BEACON BOOKS
斯特劳德格林路76号,斯特劳德格林,N4
76 Stroud Green Road, Stroud Green, N4
出售畅销书,以及英美非裔作家和来自加勒比海和非洲地区的作家的作品。
周二至周六 11:00—18:00

查尔斯和玛丽·兰姆
CHARLES AND MARY LAMB

兰姆小屋，教堂街，埃德蒙顿，N9
Lamb's Cottage, Church Street, Edmonton, N9

1833年，查尔斯和玛丽姐弟二人搬来这里，他们住过的这间小屋一直被保留至今。在他们搬来这里后不久，查尔斯在街上滑倒了，脸部轻微擦伤，却引发了伤口严重感染。1834年圣诞节后不久，这位深受爱戴的作家便去世了，享年五十九岁。他的姐姐玛丽在这里一直住到1842年，于搬走两年后去世；她被安葬在埃德蒙顿教堂墓地，与弟弟相伴。

史蒂维·史密斯
STEVIE SMITH

埃文代尔路1号，帕尔默斯格林，N13
1 Avondale Road, Palmer's Green, N13

人称"史蒂维"的弗洛伦斯·玛格丽特·史密斯1902年出生在赫尔河畔金斯顿。她三岁那年，父亲抛弃了全家，她随母亲和姐姐搬来了伦敦北部，从此一直住在埃文代尔路1号，直到1971年去世。史密斯深居简出，成年后一直在与抑郁症做斗争。然而，她与乔治·奥威尔等作家建立了亲密的友谊，也和其他艺术创作者多有来往。西尔维娅·普拉斯是史密斯诗作的粉丝，她在1962年来信自称是一名"极端的史密斯爱好者"。在信中，普拉斯表示有意与史密斯见面，但在那不久后，普拉斯被抑郁症击倒，未曾实现会面约定便自杀了。

金斯利·艾米斯和伊丽莎白·简·霍华德
KINGSLEY AMIS AND ELIZABETH JANE HOWARD

莱蒙斯，哈德利公共绿地，巴尼特，EN5
Lemmons, Hadley Common, Barnet, EN5

金斯利·艾米斯和他的第二任妻子、小说家伊丽莎白·简·霍华德在1968年购置了这座乔治王朝风格的宅子，在这里住了八年，直到他们最后因为这里离伦敦市中心过远而开始感到困扰。不过这并非这栋拥有近二十个房间、占地八英亩的房子第一次成为作家的居所。在1836年前后，当时还叫格拉兹米尔的莱蒙斯被作家弗朗西斯·特罗洛普租下，她的儿子安东尼·特罗洛普也是一位作家。

住在莱蒙斯期间，金斯利·艾米斯和伊丽莎白·简·霍华德写下了他们各自最著名的几部作品，其中包括《绿人》（艾米斯）和《怪女孩》（霍华德）。金斯利的次子马丁·艾米斯在莱蒙斯生活期间也开始着手创作他的前两部小说《雷切尔文件》和《死婴》，这两部作品奠定了他写作事业的基础。

艾米斯一家在莱蒙斯住了近十年，其间有许多名人宾客登门。克里斯托弗·希钦斯、朱利安·巴恩斯、菲利普·拉金、艾丽斯·默多克、约翰·贝雷和伊丽莎白·鲍恩都曾到访。1972年，桂冠诗人塞西尔·戴-刘易斯与癌症的斗争接近尾声，他选择在好友艾米斯的家里度过生命最后的几个月。在与艾米斯一家同住的时候，戴-刘易斯写下了他人生的最后一首诗，题目就叫作《在莱蒙斯》。对于这段时期，伊安·桑塞姆总结道，这所房子里住着的很可能是"全英国最富有天才和创造力的一家人"。

艾米斯夫妇在1976年卖掉了莱蒙斯，搬到了汉普斯特德的一座略小的房子里。在那之后，他们的婚姻很快就破裂了。正如马丁·艾米斯曾写道："大房子消失了，爱也消失了。"

"在那幢屋子里，我觉得十分安全——而且显然，我在别的地方就会觉得十分不安。"

—— 马丁·艾米斯

"莱蒙斯聚集着魅力四射的长辈,以及一个由作家、画家和发明家组成的核心群体;甚至连狗和猫也共用一个篮子,以及总有一些流浪作家和处于婚姻危机中的出版商出现。在家庭晚餐时,酒就像开放的艺术一样自由流淌。"

—— 塔玛辛 · 戴 – 刘易斯
(塞西尔 · 戴 – 刘易斯侄女)

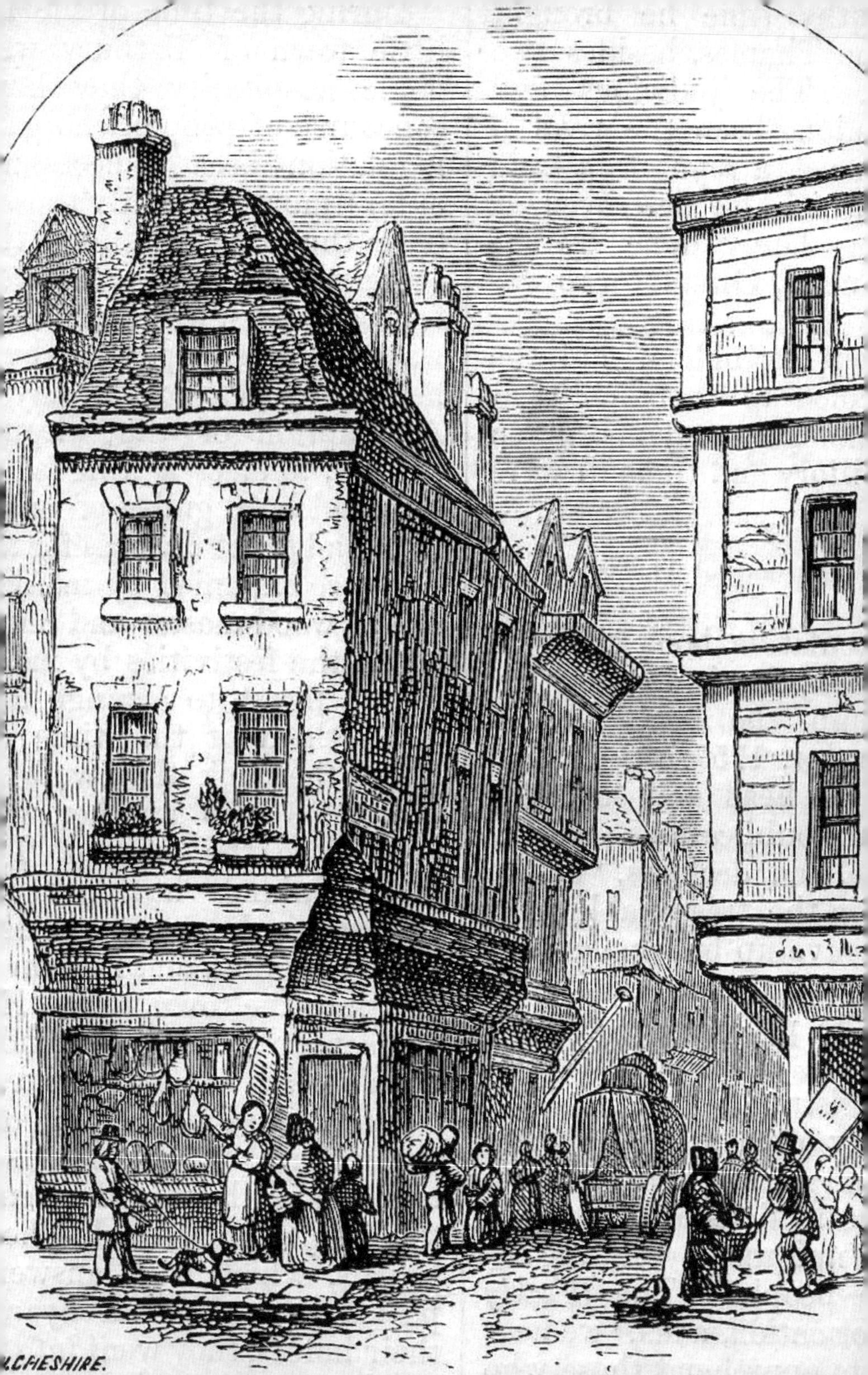
CHESHIRE

东部

伦敦城 | 芬斯伯里、斯皮塔菲尔兹和白教堂 | 东部以东

推荐阅读

《砖巷》 莫妮卡·阿里
Brick Lane, Monica Ali

《心之城》 佩内洛普·莱夫利
City of the Mind, Penelope Lively

《恋人版中英词典》 郭小橹
A Concise Chinese-English Dictionary for Lovers, Xiaolu Guo

《来自地狱》 阿兰·摩尔
From Hell, Alan Moore

《摩天楼》 J. G. 巴拉德
High-Rise, J. G. Ballard

《蜘蛛》 帕特里克·麦格拉思
Spider, Patrick McGrath

《摇摆时光》 扎迪·史密斯
Swing Time, Zadie Smith

《狼厅》 希拉里·曼特尔
Wolf Hall, Hilary Mantel

格拉布街:几个世纪以来,东伦敦的街道一直是这座城市里的作家们的灵感沃土。

伦敦城

伦敦城（或称伦敦市，以免与伦敦这个大都会在概念上混淆）占地约一平方英里，位于曾经的古伦敦城墙范围内。今天的伦敦城主要是伦敦金融区的所在地，从它成为罗马人的定居地开始，一直到工业革命的早期，这里都有着一个首都能够提供的一切生活设施和产业。1666年的伦敦大火摧毁了伦敦城，几乎什么都没有留下——唯一的例外是伦敦塔——然而伦敦大轰炸又摧毁了大火之后的二百七十五年中重建的大部分建筑。因此，接下来的许多条目将提到的都会是一些消失已久的建筑。尽管如此，这里仍然是伦敦迷人的一部分，适合到处逛逛；其中一些教堂尤其值得一游，例如伍尔诺斯圣玛丽教堂，这是尼古拉斯·霍克斯默建造的六座伦敦教堂之一——彼得·阿克罗伊德的小说《霍克斯默》的灵感也部分来源于此。

约翰·班扬 JOHN BUNYAN

科克巷，EC1A
Cock Lane, EC1A

这条位于史密斯菲尔德的小街在中世纪以妓院林立闻名，而颇具讽刺意味的是，这里也是基督教寓言《天路历程》的作者病逝的地方。1688年，约翰·班扬在被一场暴雨淋到浑身湿透后病逝，享年五十九岁。他身后留下了四十二英镑十九先令的遗产，在那个年代已颇为丰厚。

约翰·弥尔顿 JOHN MILTON

奥尔德斯盖特街，伦敦城墙和毕奇街之间，伦敦城，EC1A
Aldersgate Street, between London Wall and Beech Street, City of London, EC1A

约翰·弥尔顿1667年在这一带住过，当时的他刚卖了《失乐园》的版权。附近的巴比肯屋村中有一栋楼就是以这位诗人的名字命名的。

约翰·济慈 JOHN KEATS

天鹅与圆环客栈，（前）沼泽门199号，EC2M
Swan and Hoop, (formerly) 199 Moorgate, EC2M

约翰·济慈1795年出生在这里，是四个孩子中的长子。他的父亲是一位马夫，负责照顾客栈客人的马匹。济慈常说自己出生在天鹅与圆环客栈的马厩里，但这一浪漫的说法缺乏证据支持。济慈时代的那座建筑前段时间已被拆除，而今天的环球酒吧（现在的沼泽门85号）的位置被认为就是客栈的原址。

贝特莱姆皇家医院 BETHLEM ROYAL HOSPITAL

主教门，EC2M
Bishopsgate, EC2M

贝特莱姆皇家医院最出名的是它的另一个名字——贝德勒姆疯人院，贝德勒姆现在也已经成为了疯狂和混乱的代名词。1247年亨利三世统治时期，医院在主教门地区建立，旧址现在是利物浦街车站的一部分，最初仅能容纳十二个病人。1676年，医院扩大规模，搬到了当时穷人和流离失所者的聚集中心——穆尔菲尔德。后来医院又几易其址（包括现在伦敦南部帝国战争博物馆的那栋楼），最后在1930年落户贝肯纳姆。作为英国第一所专门为精神病患者设立的医院，它的入院标准与现代颇为不同，条件也差得令人发指。潜在的刺客、杀人犯和精神病人都被关在肮脏的牢房里。早在十七世纪初，贝德勒姆就开始作为故事背景在戏剧中出现，而近期的文学作品，如玛姬·欧法洛2006年的小说《消失的艾斯蜜》，也是以贝德勒姆为背景的。

肯尼斯 · 格雷厄姆 KENNETH GRAHAME

英格兰银行，针线街，EC2R
Bank of England, Threadneedle Street, EC2R
1903年，肯尼斯 · 格雷厄姆在英格兰银行工作——他从1879年开始做这份工作，因为他的父母供不起他读牛津的学费。当时，一个叫乔治 · 罗宾逊的人登门要求专人接待，随即向格雷厄姆连开三枪。不过没有一颗子弹击中他。事件发生五年后，在银行工作了三十年的格雷厄姆在辞职信中说，这份工作令他"非常紧张"。四个月后，《柳林风声》出版了。英格兰银行博物馆位于银行内部，对外开放，并设了一个专门展览，展示这位受人爱戴的作家的银行生涯。

杰弗里 · 乔叟 GEOFFREY CHAUCER

阿尔德门高街2号，EC3N
2 Aldgate High Street, EC3N
这里矗立着古老的阿尔德门，伦敦城的古城门之一。中世纪最伟大的诗人杰弗里 · 乔叟在1374年到1386年间住在这里的楼上，当时的他被选举为肯特郡的议员。乔叟的住宿是免费的，这是由于他还同时担任着关税督察，军队在有需要的时候可以征用这套房子。当时的国王爱德华三世每天都会赐给乔叟一加仑的葡萄酒，但这一赏赐的具体原因至今不详。

格拉布街 GRUB STREET

(现)弥尔顿街(一带)，EC2Y
(Currently, in the area of) Milton Street, EC2Y
十九世纪前，这个租金低廉的波希米亚街区一直以住在廉价旅馆、酒馆和妓院里的大量代笔文人而闻名。如今"格拉布街"这个词经常被用来比喻商业小报，但这条街却走出过许多文豪：塞缪尔 · 约翰逊、奥利弗 · 哥德史密斯和安东尼 · 特罗洛普都曾以这里为家。曾经的格拉布街已基本不复存在，取而代之的是巴比肯屋村。对于以前的居民来说，这条街所剩无几的部分就像它的新名字弥尔顿街一样，已经面目全非。

塞缪尔 · 佩皮斯 SAMUEL PEPYS

西兴巷，EC3N
Seething Lane, EC3N
1660年，塞缪尔 · 佩皮斯开始在海军部工作，他的办公室和工作分配的房子都在西兴巷。他和妻子伊丽莎白于当年7月搬了过来。如今海军部的楼群已不复存在，但有一尊塞缪尔的半身像立在西兴巷南端一侧的花园里。
沿着巷子往北走是圣奥拉夫教堂的入口，这是佩皮斯所在教区的教堂，也是他后来下葬的地方。教堂的南墙上有一块纪念这位日记作家的碑，而一尊伊丽莎白的半身像则俯视着海军办公室专属长椅，佩皮斯曾坐在那里。更多内容可参见索尔兹伯里庭和白金汉街12号条目。

史密斯与埃尔德出版公司 SMITH, ELDER & CO.

（前）康希尔65号，EC3V
(Formerly) 65 Cornhill, EC3V

夏洛蒂·勃朗特和她的妹妹安妮曾来到伦敦，与出版商乔治·史密斯见面，澄清关于她们笔名的谣言。当时史密斯坚信《简·爱》的作者是个男人，所以这两位女性亲自现身来证明他是错的。为了庆祝她们的到来，史密斯当天晚上带着姐妹俩去考文特花园看歌剧。在1850年到1853年间，夏洛蒂·勃朗特多次前往伦敦拜访史密斯。史密斯经常把她介绍给其他作家，包括当时的大文豪威廉·萨克雷。傲慢的萨克雷在和文坛小人物勃朗特第一次会面时，整晚把她喊成"简·爱"。

老贝利（中央刑事法院）
OLD BAILEY (CENTRAL CRIMINAL COURTS)

老贝利街，EC4M
The Old Bailey, EC4M

1960年，企鹅图书公司首次在英国出版了D. H. 劳伦斯的《查泰莱夫人的情人》未经删节的完整版（完整版曾于1929年在法国出版）。这部小说当即引起了轰动，并迅速被控违反1959年的《淫秽出版物法》，因为里面多次使用了"肏"一词及其衍生词。这件官司被提交中央刑事法院（通常因为地址而被简称为老贝利）审理，一时万众瞩目。企鹅公司找了许多位作家做专家证人，E. M. 福斯特、塞西尔·戴-刘易斯、丽贝卡·韦斯特和T. S. 艾略特等人都出庭为该书辩护。西尔维娅·普拉斯设法获得了记者资格，在宣判日当天出席。在审理过程中，检察长问起这是不是那种"你希望你的妻子或仆人去读的书"时，被众人嘲笑与现代英国社会脱节。最终，陪审团裁定被告无罪。这一无罪判决在文化上产生了巨大的影响——它常被视为英国"放任型社会"现象的开端。菲利普·拉金在1967年作下的诗《奇迹年代》（出版于1974年）中提到了这一判决："性爱从／一九六三年开始／（对我来说相当晚）——／'查泰莱'禁令已结束／首张披头士唱片尚未发行。"

1967年，另一起与英国《淫秽出版物法》有关的审判在老贝利法庭进行。小胡伯特·塞尔比所著的《布鲁克林黑街》在美国畅销后，于1966年在英国出版。然而一年后，保守党议员西里尔·布莱克爵士对这本书发起了自诉，导致它被官方认定为"淫秽"而遭到没收，最终被迫下架。判决下达后，一位年轻的律师约翰·莫蒂默（后因"法庭上的鲁波尔"系列小说闻名）提起了上诉。1968年7月，经过为期九天的审理，其间安东尼·伯吉斯等多位作家为小说出面辩护，评论家和学者弗兰克·克默德更将小说与狄更斯的作品相提并论，上诉法院的法官认为，此前对这部小说的禁令在多个法律要点上证据不充分。他们推翻了诉讼结果，恢复了该书的销售。

《查泰莱夫人的情人》:这是不是那种"你希望你的妻子或仆人去读的书?",检察长如是问道。当时这本书的出版商被控淫秽罪。

福克斯图片／赫尔顿档案／盖蒂图片社

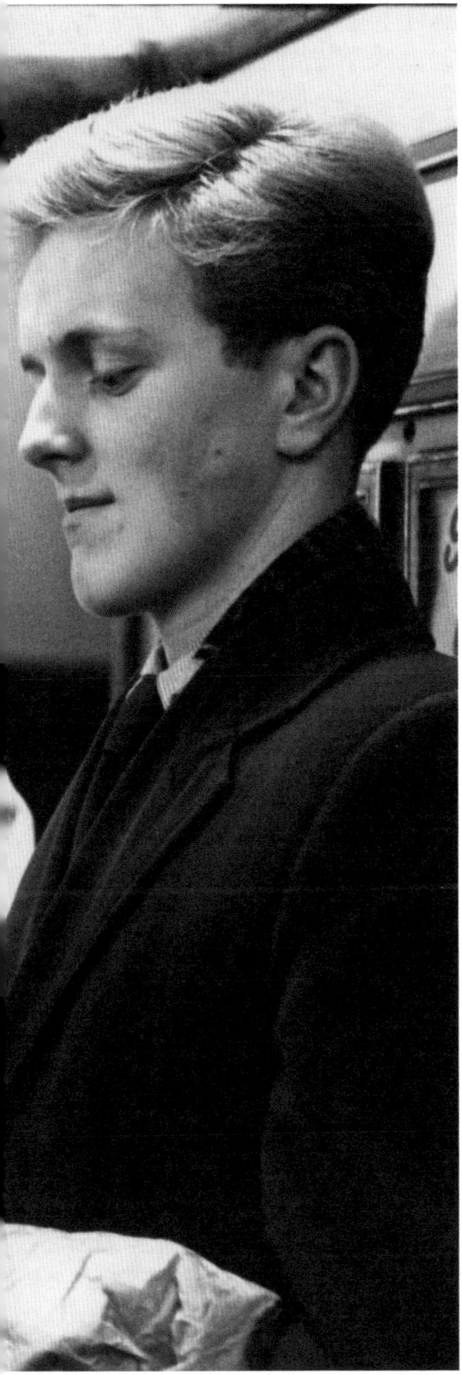

芬斯伯里、斯皮塔菲尔兹和白教堂

　　来英格兰寻求更好生活的移民通常会选择东伦敦做目的地。十八世纪,逃避法国宗教迫害的胡格诺派教徒来到斯皮塔菲尔兹安家落户,在斯皮塔菲尔兹市场和砖巷一带架起了他们的丝织机。一个世纪后,阿什肯纳兹犹太人同样为了逃避宗教迫害来到了这个地区。二十世纪,这里又出现了一个繁荣的孟加拉社区。时至今日,砖巷仍然是伦敦孟加拉社群的核心,以其众多的咖喱屋而闻名。莫妮卡·阿里在她的布克奖入围小说《砖巷》中,写了一位名叫纳兹奈恩的孟加拉姑娘在十八岁时搬到伦敦,嫁给了比她年长的丈夫的故事,借此探讨伦敦孟加拉社群的生活。

知名书店和博物馆

砖巷书店 BRICK LANE BOOKSHOP
砖巷166号,E1
166 Brick Lane, E1
出售新书,有不错的小说、本地史和非虚构类作品。
每日开放 11:00—18:30

利伯里亚书店 LIBRERIA BOOKSHOP
汉伯里街65号,斯皮塔菲尔兹,E1
65 Hanbury Street, Spitalfields, E1
一家时髦的书店,气氛温馨,座位舒适。
周二至周三 10:00—18:00
周四至周六 10:00—20:00
周日 11:00—18:00

自由出版书店 FREEDOM PRESS BOOKSHOP
天使巷,白教堂高街84号b,E1
Angel Alley, 84b Whitechapel High Street, E1
英国最大的无政府主义书店。
周一至周六 12:00—18:00
周日 12:00—16:00

艺术之语书店 ARTWORDS BOOKSHOP
里文顿街69号,EC2A
69 Rivington Street, EC2A
书店出售当代视觉艺术书籍和杂志。
周一至周五 9:00—20:00
周六 11:00—19:00
周日 10:00—18:00

柴郡街之页 PAGES CHESHIRE STREET
柴郡街5号,E2
5 Cheshire Street, E2
哈克尼之页书店的姊妹店;出售一些女性和非二元性别作家的作品。
周二至周六 11:00—19:00
周日 11:00—18:00

约翰·弥尔顿 JOHN MILTON

班希尔路125号,芬斯伯里,EC1Y
125 Bunhill Row, Finsbury, EC1Y

约翰·弥尔顿和他的第三任妻子曾在1664年住在这里一栋如今早已拆除的房子里。约翰·德莱顿等人经常登门拜访。在此期间,弥尔顿完成了《失乐园》,并开始动笔写续作《复乐园》,他还目睹了1665年那场致使十二万伦敦人丧生的大瘟疫。在他人生最后的岁月里,人们几乎每天都能在附近的街道上遇见他:身形纤瘦,佩着一把银色的小剑。1674年,他在这所房子里去世。

佛得角公司 VERDE & COMPANY

布鲁什菲尔德街40号,斯皮塔菲尔兹,E1
40 Brushfield Street, Spitalfields, E1

1996年,《橘子不是唯一的水果》一书的作者珍妮特·温特森买下了布鲁什菲尔德街40号。当时的人们做梦都想不到,斯皮塔菲尔兹有朝一日会成为今天这样一个时髦街区。这座建筑建于1789年,自1805年起,它的底层就是一家商铺。温特森买下这里后,决心重新恢复这家店。2004年,她与纽约大厨哈维·卡巴斯合作开了一家名叫佛得角公司的高级饮食店(这也是今天还保存着的那块十九世纪招牌上的商铺原名)。2017年,温特森向媒体表示,由于商业税率上调,她的生意将受到影响。但她似乎有些杞人忧天,因为在这则新闻见报的同时,佛得角公司仍在向本地居民、城市工人和游客们销售热茶、咖啡和美味的小食。

克里斯托弗·马洛 CHRISTOPHER MARLOWE

礼拜街(前霍格巷),芬斯伯里,EC2A
Worship St (formerly Hogg Lane), Finsbury, EC2A

1589年,诗人和剧作家克里斯托弗·马洛在这条街上被旅店老板之子威廉·布拉德利纠缠,指责他欠债不还。马洛的朋友托马斯·华生拔剑相向,把布拉德利杀了。两人很快被逮捕,送至新门监狱关押。上庭受审后,他们以正当防卫为理由被释放了。这并不是马洛人生中最后一次被卷入暴力事件,他在四年后被人刺死,年仅二十九岁。

杰克·伦敦 JACK LONDON

塔屋,菲尔德盖特街,白教堂,E1
Tower House, Fieldgate Street, Whitechapel, E1

这座巍峨的建筑原是罗顿之家(维多利亚时代的慈善家罗顿勋爵为流浪汉和低收入者建造的落脚处)。1902年,美国作家杰克·伦敦曾在这里生活过一段时间,他记录了当地穷人的困境,为自己一年后出版的作品《深渊居民》积累了亲身体验。为了完全沉浸在这个环境中,作者还曾露宿街头。受这本书的启发,乔治·奥威尔也走上了类似的道路,在三十年后根据自己的真实经历写出了《巴黎伦敦落魄记》。1907年,约瑟夫·斯大林也在罗顿之家住过半个月。

东部以东

自二十世纪后半叶起,东伦敦吸引了越来越多的"工人阶级"作家、艺术家和音乐家。这里的社群国际化程度高,民族多样,房价也不高,作家们可以自由挑战传统规范。他们经常举办读书会,在出版项目上也互帮互助。但是,随着伦敦的日新月异,许多艺术家和作家发现东伦敦的大部分地区他们现在已经住不起了。尽管如此,这一地区目前仍被视为伦敦的创新中心。

知名书店和博物馆

哈克尼之页 PAGES OF HACKNEY
下克莱普顿路70号,克莱普顿,E5
70 Lower Clapton Road, Clapton E5
店内当代和经典小说兼而有之,也出售儿童读物。
周一至周五 11:00—19:00
周六 10:00—18:00
周日 11:00—18:00

布罗德韦书店 THE BROADWAY BOOKSHOP
布罗德韦市场6号,哈克尼,E8
6 Broadway Market, Hackney, E8
专营文学小说,也有艺术、哲学和政治书籍。
周一至周六 10:00—18:00
周日 11:00—17:00

冒险号 THE SHIP OF ADVENTURES
金斯兰高街138号,哈克尼唐斯,E8
138 Kingsland High Street, Hackney Downs, E8
儿童读物专营店。
周一至周五 8:30—15:30
周日 1:30—18:30

艺术之语书店 ARTWORDS BOOKSHOP
布罗德韦市场20-22号,E8
20-22 Broadway Market, E8
肖尔迪奇那家艺术之语书店的姊妹店,主营视觉艺术印刷品。
周一至周五 9:00—20:00
周六和周日 10:00—18:00

唐隆书店 DONLON BOOKS
布罗德韦市场75号,E8
75 Broadway Market, E8
出售新书、珍本书和期刊,涉猎题材有摄影、艺术、批判理论、性少数群体文学、音乐、时尚、反主流文化、情色文学和神秘学。
周一至周五 11:00—18:00
周六 10:00—18:00
周日 11:00—18:00

纽汉书店 NEWHAM BOOKSHOP
巴尔金路745-747号,东汉姆,E13
745-747 Barking Rd, East Ham, E13
这是一家拥有四十多年历史的大型独立书店,店内有一半空间贡献给了童书。
周二至周五 9:30—17:00
周六 10:00—17:00

哈罗德·品特
HAROLD PINTER

西索韦特路19号，哈克尼，E5
19 Thistlewaite Road, Hackney, E5

这里是哈罗德·品特出生长大的地方。近年来，哈克尼发生了翻天覆地的变化，目前已经成为了一个理想的居住地。但在这位剧作家的青年时期，这里是绝对的工人阶级地盘。作为一位犹太移民裁缝的儿子，品特也以自己的草根出身为傲。

葡萄与莱姆豪斯码头
THE GRAPES AND LIMEHOUSE DOCKS

窄街76号，莱姆豪斯，E14
76 Narrow Street, Limehouse, E14

这家酒馆的现存建筑部分大约是在1720年前后建起来的，但从十六世纪八十年代开始，这里就是一家酒馆了。塞缪尔·佩皮斯在他的日记中提到过"葡萄酒馆"，查尔斯·狄更斯也曾在此驻足。今天你面前的酒吧以及它周围沿河的建筑群在文学作品中曾多次出现;《我们共同的朋友》中提到的"模样水肿的酒馆"几乎完全就是"葡萄酒馆"的写照，奥斯卡·王尔德的《道连·格雷的画像》和彼得·阿克罗伊德的《丹·雷诺和莱姆豪斯杀人魔》中也曾提及这家酒馆。

"我爱这个重度污染的地方，流行巨星们都来这里实现他们的梦想。"

—— 本杰明·泽凡尼
《伦敦种》

本杰明·泽凡尼 BENJAMIN ZEPHANIAH

"全部",西汉姆巷53号,斯特拉福德,E 15
The Whole Thing, 53 West Ham Lane, Stratford, E 15

牙买加裔拉斯特法里教配诵诗人和表演者本杰明·泽凡尼在伯明翰长大,1979年来到东伦敦的纽汉姆定居。他挨家挨户地拜访了本埠几乎每一位出版商,最后走进了"全部"。由德瑞克·史密斯经营的"全部",一部分是素食咖啡馆,一部分是有机食品店,另一部分则是激进派书店兼出版社。作为一个合作社组织,"全部"希望他们出版的每位作者都能深度参与到这个过程中来。泽凡尼是这样回忆的:"有一天,我去了这家书店,他们说'我们能给你出版',但我必须帮忙装订书页。"这本叫作《笔韵》的书基本上只称得上是本小册子,但它让当时年仅二十二岁的诗人拥有了第一本出版的作品。此后,泽凡尼成为当代英国诗歌界最知名,同时也最为直言不讳的人物之一;2008年,他被《泰晤士报》列入英国战后五十位最佳作家的名单。2003年,泽凡尼公开拒绝了授予他的大英帝国勋章,他在《卫报》上说:"我嘛?我想,受勋?去你的吧……"

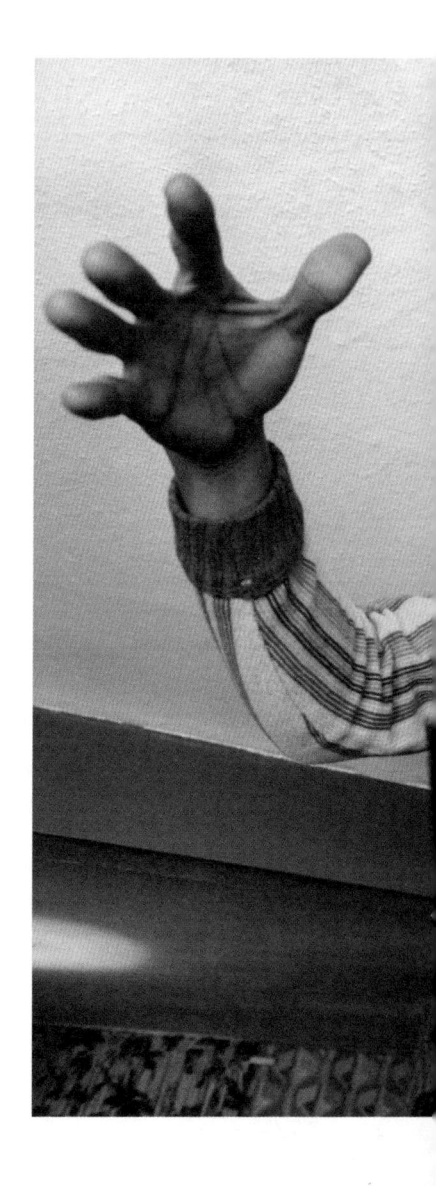

本杰明·泽凡尼诵读着他第一部出版诗集《笔韵》中的篇章。
迈克尔·沃德 / 标志图片社

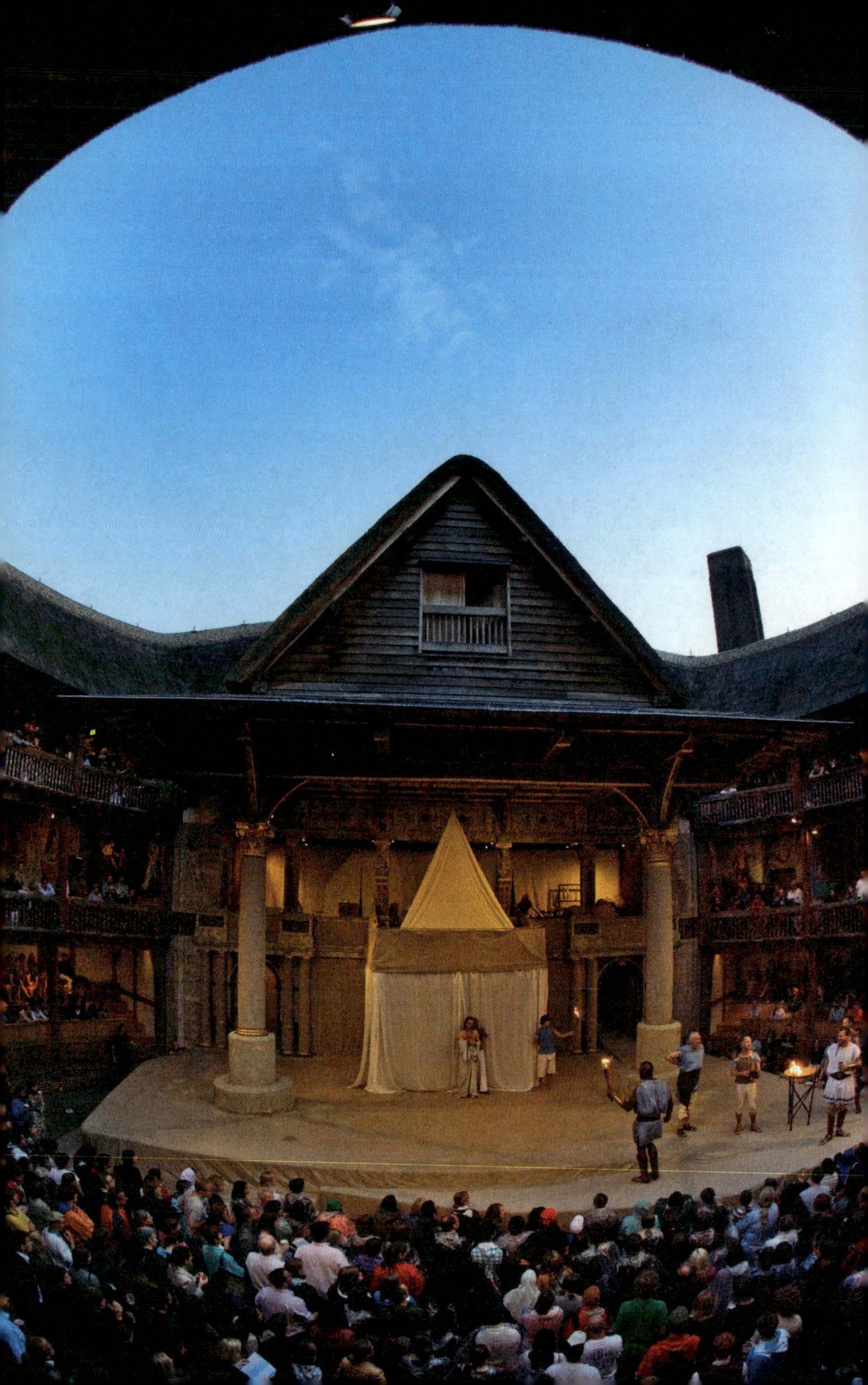

南部

萨瑟克、班克赛德和滑铁卢 | 格林尼治 | 坎伯韦尔和佩卡姆 | 克拉珀姆 | 水晶宫和诺伍德 | 布罗姆利

推荐阅读

《佩卡姆麦地之歌》 缪丽尔·斯帕克
The Ballad of Peckham Rye, Muriel Spark

《郊区佛爷》 哈尼夫·库雷西
The Buddha of Suburbia, Hanif Kureishi

《布里克斯顿之岩》 亚里克斯·惠特尔
Brixton Rock, Alex Wheatle

《兰贝斯的丽莎》 W. 萨默塞特·毛姆
Liza of Lambeth, W. Somerset Maugham

《风雨满伦敦》 诺曼·柯林斯
London Belongs to Me, Norman Collins

《恋情的终结》 格雷厄姆·格林
The End of the Affair, Graham Greene

《房客》 萨拉·沃特斯
The Paying Guests, Sarah Waters

《岔路口上》 内尔·邓恩
Up the Junction, Nell Dunn

《魔幻玩具铺》 安吉拉·卡特
The Magic Toyshop, Angela Carter

《资本城市》 约翰·兰彻斯特
Capital, John Lanchester

照片中这座时髦的圆形莎士比亚环球剧院的前身乃是莎士比亚萨瑟克剧场。
快门图片社

萨瑟克、班克赛德和滑铁卢

　　位于伦敦桥以南的萨瑟克离中心市区不远（数百年间，伦敦桥是唯一一座连接泰晤士河两岸的桥梁），却落在伦敦城的控制范围之外。因此，在历史上，这个地区成为了寻欢作乐的代名词。萨瑟克的旅馆、剧院（包括莎士比亚环球剧院）、妓院和斗牛逗熊都很有名。除了伦敦桥外，狂欢者们还可以通过轮渡过河。坎特伯雷大主教在兰贝斯宫经营的马渡船就是其中之一，位置离今天的滑铁卢车站不远。在维多利亚时代的铁路出现之前，伦敦南部其实只是泰晤士河对岸的一片村庄，因此当威廉·布莱克选择从庞大、肮脏的城市搬去"乡村"时，他来到了这里。

知名书店和博物馆

马库斯·坎佩尔艺术书店
MARCUS CAMPBELL ART BOOKS
霍兰德街43号，班克赛德，SE 1
43 Holland Street, Bankside, SE 1
专营英国现代艺术和二十世纪国际艺术。
周一至周六 10:30—18:30
周日 12:00—18:00

国家剧院书店
NATIONAL THEATRE BOOKSHOP
地上层，南岸，SE 1
Upper Ground, South Bank, SE 1
出售题材丰富的戏剧书籍和剧本，也有一些周边商品。
周一至周六 9:30—23:00

威廉·布莱克 WILLIAM BLAKE

（前）海格力斯大厦13号，兰贝思，SE 1
13 Hercules Buildings (formerly), Lambeth, SE 1

布莱克和他的妻子从苏活区搬来时，这一带环境舒适，绿树成荫。后世的传记作者指出，布莱克在兰贝斯居住的九年是他一生中最高产、最快乐的九年。人们经常可以看到他赤身裸体地坐在后花园里，向妻子凯瑟琳朗诵诗歌。布莱克夫妇当初居住的房子早已不复存在，而随着周围的铁路和通往滑铁卢车站的铁道干线逐渐修建完成，假使诗人今天故地重游，也想必是无从辨认了。然而，布莱克留下的人文遗产却历久弥新：与现在的海格力斯路平行的铁道拱门下镶有数十幅马赛克画，它们再现了布莱克最著名的雕版画作品。

玛丽·沃斯通克拉夫特 MARY WOLLSTONECRAFT

多尔宾街45号，萨瑟克，SE 1
45 Dolben Street, Southwark, SE 1

在玛丽·沃斯通克拉夫特搬去萨瑟克时，二十九岁的她已经拥有了颇为丰富多彩的人生。沃斯通克拉夫特于1759年出生于斯皮塔菲尔兹的一个中产阶级家庭，曾担任过贵妇女伴、家庭教师和翻译。她建立了一所学校，并先后在威尔士、爱尔兰和葡萄牙等多地生活过。住在多尔宾街期间，她出版了《人权辩护》以响应法国大革命。这本书起初是匿名发表，后来用了自己的真名。1791年，沃斯通克拉夫特再次搬家，前往布鲁姆斯伯里的斯多街居住。

威廉·莎士比亚 WILLIAM SHAKESPEARE

莎士比亚环球剧院，新环球道21号，班克赛德，SE 1
The Globe Theatre, 21 New Globe Walk, Bankside, SE 1

最初的环球剧院于1599年建成，它是莎士比亚的心血结晶；身为宫廷侍从大臣剧团的一员，他也持有这个项目的部分产权。在剧院建造期间，这位剧作家、诗人和演员住在附近的一个叫作"克林克自由领地"的地方，那里有一座臭名昭著的监狱，附近的克林克街就是以这个监狱的名字命名的。1613年，这所莎士比亚熟悉的剧院被大火烧毁，当时他的剧《亨利八世》正在上演。1614年，剧院重建，然而在1644年又被拆除。今天的环球剧院始建于1997年，学者们根据两个旧剧院留存下来的记录复原了当年的设计方案，在此基础上建成了一个类似的建筑。

相对其他地方来说，人们对莎士比亚在伦敦的生活知之甚少，但我们能了解到的是他在1614年买下了一座门楼，位置在泰晤士河以北伦敦城里的前黑衣修士修道院内。莎士比亚从未在那里住过，他把这栋楼留给了他的女儿苏珊娜。这座门楼早已被拆除；这个位置目前是斗鸡场酒馆，门前是一条叫作圣安德鲁山的小街。

乔治旅馆 THE GEORGE INN

伯勒高街75-77号，萨瑟克，SE 1
75-77 Borough High Street, Southwark, SE 1

这里是伦敦最古老的酒吧之一，从十六世纪起就开始营业，最初叫作圣乔治。1676年的一场大火烧毁了中世纪的大部分萨瑟克地区，这里也没能幸免。一年后，这家被称为"莎士比亚的地盘"的酒吧很快得到了重建。

格林尼治

　　格林尼治以其海事方面的历史和皇家宫殿闻名,也是"时间"的故乡。近年来,这个区也会在每年6月举办格林尼治图书节,著名的儿童读物和青年作家都会来参加各类讲座、展览和实践工坊活动。

知名书店和博物馆

海事书店 MARITIME BOOKS
皇家山66号,SE 10 8RT
66 Royal Hill, SE 10 8RT
店内出售各类海军和海事历史方面的二手书和古籍。
周四至周六 10:00—17:00

水石书店 WATERSTONES
格林尼治教堂街51号,SE 10 9BL
51 Greenwich Church Street, SE 10 9BL
周一至周六 9:00—19:00
周日 11:30—17:30

乔治·奥威尔 GEORGE ORWELL

克鲁姆山24号，SE 10
24 Crooms Hill, SE 10

1936年成婚后，奥威尔夫妇在赫特福德郡安家落户。正是在这里，奥威尔预见到了即将到来的世界大战："那天我在格林尼治，看着河水，我想，要是在船上的货物里放上几颗炸弹，不知会发生什么不可思议的事情。"1940年，当第一轮伦敦大轰炸开始时，他还住在这里，目睹了东印度码头被付之一炬。

丹顿·韦尔奇 DENTON WELCH

克鲁姆山34号，SE 10
34 Croom's Hill, SE 10

丹顿·韦尔奇在金史密斯学院读艺术时住在格林尼治的克鲁姆山。毕业那年，他在萨里郡骑自行车时被车撞倒，脊椎骨折，从此落下残疾，痛苦万分。韦尔奇在《地平线》杂志上发表的一篇文章引起了伊迪丝·西特韦尔的注意，在她的赞助下，他于1943年出版了自己的第一部小说《首航》。他随后出版了第二部小说《畅快青春》，并在三十三岁英年早逝后，又出版了《云中之声》。威廉·巴勒斯将他的小说《死路之地》献给了韦尔奇，称他对自己有重大影响。

特拉法加酒馆 TRAFALGAR TAVERN

公园道，SE 10
Park Row, SE 10

1861年，乔治·艾略特在这里设宴庆祝《织工马南》出版。她是当时席上唯一的女性。

埃德加·华莱士 EDGAR WALLACE

阿什博纳姆林7号，SE 10
7 Ashburnham Grove, SE 10

埃德加·华莱士去世时，他已跻身二十世纪最成功的作家之列。然而他出生时身份非常低微，是一位女演员的私生子，住在阿什博纳姆林7号。由于无力抚养，他的母亲把华莱士交给别人收养——从此他便消失在了他的童年里。华莱士十二岁就辍学卖报，并在参军后，在第二次布尔战争期间为这家报纸担任战地记者。除新闻工作外，他还写了一百七十多部小说、近一千篇短篇小说和十八部舞台剧。作为电影编剧，他的作品也同样令人印象深刻，后来他也因此选择前往好莱坞，成为了一名打磨电影剧本的"剧本医生"。直到1932年去世前，华莱士一直在创作一部"大猩猩电影"——1933年雷电华电影公司的电影《金刚》就脱胎于他这份一百一十页的草稿。

圣尼古拉教堂 ST NICHOLAS CHURCH

德特福德格林，SE 8
Deptford Green, SE 8

教堂的北墙上有一块纪念克里斯托弗·马洛的铭牌，他被埋在了这里的一座无名墓中。1593年5月30日，这位诗人在附近的一栋房子里因债务纠纷与人发生争斗，不幸身亡。多年来，人们对这桩命案一直有种种猜测，也产生了许多阴谋论，例如有人认为他被杀是因为他参与了间谍活动。更离谱的猜想是，马洛实际上是假死，他本人逃到了法国，并把在那里写下的所有戏剧都假托为威廉·莎士比亚所作。

罪与罚

与伦敦监狱相关的文学掌故

舰队监狱 FLEET PRISON
（前）法灵顿街位于卢德盖特山和舰队巷之间的路段
(Formerly) Farringdon Street between Ludgate Hill and Fleet Lane
这座臭名昭著的监狱在运营了近六百五十年后，于1846年被拆除。它收押过轻罪犯人，也关过杀人重犯——约翰·多恩就曾被关押在这里，直到他证明了自己与安妮的婚姻是有效的。不过，舰队监狱出名的原因主要还在于它是一座债务人监狱。莎士比亚的戏剧和查尔斯·狄更斯的《匹克威克外传》中都曾把它作为自己的故事场景。在威廉·梅克匹斯·萨克雷的小说《巴里·林登的遭遇》中，林登在舰队监狱度过了他生命的最后几年。

布里克斯顿女王监狱 HMP BRIXTON
杰布大道，布里克斯顿，SW2
Jebb Avenue, Brixton, SW2
1918年，哲学家、数学家、作家、政治活动家和诺贝尔奖得主伯特兰·罗素由于参加和平主义活动，公开反对美国参战，被判触犯《1914年国土保卫法》，在布里克斯顿监狱里度过了六个月。罗素曾表示自己觉得在狱中"相当惬意"，表示："（我）没什么约会，没有什么艰难的决定要做，不用担心访客登门，工作也不会被打断。我读了很多东西；写了一本书，《数理哲学导论》……同时我也开始着手写作《心的分析》。"罗素在监狱里的条件的确不那么糟糕。他每天都能收到《泰晤士报》，也能读到大量书籍。他的特大号囚室租金每周两先令六便士。如果每天再加六便士的话，还会有一位狱友来给他打扫房间。他甚至不必吃监狱里的餐食，是这家监狱里第一位获许从外面点餐的囚犯。

霍洛韦女王监狱 HMP HOLLOWAY
（前）帕克赫斯特路，伊斯灵顿，N7
(Formerly) Parkhurst Road, Islington, N7
在二十世纪大部分时间里，霍洛韦女王监狱只关押女囚（事实上，直到2016年监狱关闭前，它都还是西欧最大的女子监狱）。不过，这家监狱在1852年刚开放时，是男女犯人兼收的。它也正是关押过奥斯卡·王尔德的四所伦敦监狱之一，当时王尔德的案件还未宣判，在这里候审。
二战期间，臭名昭著的法西斯主义者戴安娜·米特福德被关押在监狱内的一间小屋里。她在晚年回忆中提到，自己再也没能种出像在监狱院子里栽的那么好吃的草莓。1949年，简·里斯由于殴打了她的邻居，也曾短暂地被关在霍洛韦监狱。

旺兹沃思女王监狱 HMP WANDSWORTH

希斯菲尔德路，旺兹沃思，SW18
Heathfield Road, Wandsworth, SW18

旺兹沃思女王监狱是英国最大的监狱。除了在1895年关押了奥斯卡·王尔德四个多月以外，这里还关过不少小说中的虚构人物。

例如，在安东尼·伯吉斯的反乌托邦小说《发条橙》中，反英雄式主角阿历克斯就在旺兹沃思监狱被关了十四年。在接受了一种叫作"路多维可疗法"的行为矫正治疗后，他的剩余刑期被全部减除。

在伊恩·麦克尤恩的《赎罪》里，罗比·特纳在被误指控强奸后含冤入狱，也是被关押在了旺兹沃思监狱里。

这里还是威尔·塞尔夫的小说集《给顽强男孩的坚固玩具》中《临时奖项》的故事发生地。故事的主角丹尼被诬陷猥亵和谋杀儿童，因而被送往旺兹沃思，后来，他从监狱的英语课中找到了慰藉。

格雷厄姆·格林则在访问旺兹沃思监狱后，以它为蓝本描写了《这是一个战场》中关押等待处决的巴士司机"赶牲人"的监狱。

马夏尔西监狱 MARSHALSEA PRISON

（前）伯勒高街，伯勒，SE1
(Formerly), Borough High Street, Borough, SE1

这座位于泰晤士河南岸的监狱曾收押过各种罪名的犯人，但它却是债务人监狱的代名词（直到二十世纪前，无力还债是一种要坐牢的罪行）。查尔斯·狄更斯在《小杜丽》中描述了这里的环境。狄更斯的父亲在他十二岁时入狱，在这本书中，狄更斯回忆了他当时探望父亲的情景。莎士比亚的朋友本·琼森也曾因为写了一部"下流"剧《狗岛》而在此服刑。监狱的主体在十九世纪七十年代已被拆除，但仍有一些建筑保留至今。

坎伯韦尔和佩卡姆

坎伯韦尔在《末日审判书》中被称"坎伯韦勒",长期以来一直是一个多元化的地区,各个阶层的居民都有,也有一些工业区。今天,我们依然可以看到这样的景象:在一些伦敦最优雅的乔治王朝风格建筑边上,二十世纪风格的塔楼比肩而立。罗伯特·勃朗宁就出生在沃尔沃思的坎伯韦尔绿地附近,并在那里一直住到了二十八岁,而艺术评论家约翰·拉斯金则住在丹麦山163号(不过他在1872年搬走了,因为新建成的铁路破坏了那里的景色)。与之相邻的佩卡姆原是坎伯韦尔教区的一部分,中心是佩卡姆麦地,这是一个大型公共绿地,威廉·布莱克等人经常来这里。儿童作家伊妮德·布莱顿出生在附近的贵人巷,但她全家很快搬到了贝肯纳姆。

知名书店和博物馆

南伦敦画廊与书店
SOUTH LONDON GALLERY & BOOKSHOP
佩卡姆路65/67号,坎伯韦尔,SE 5
这里出售艺术类书籍,以及一些现场艺术、音乐和电影的出版物。
周二至周日 11:00—18:00(周三营业至21:00)

评论 REVIEW
贝伦登路131号,佩卡姆,SE 15
131 Bellenden Road, Peckham, SE 15
一家品类丰富的书店。
周三至周六 10:00—18:00(周四营业至21:00)
周日 11:00—16:30

折痕 THE FOLD
侯德隆思拱廊,麦地巷135a号,SE 15
Holdrons Arcade, 135a Rye Lane, SE 15
"伦敦最小的书店"。
周三至周六 12:30—18:00

缪丽尔·斯帕克 MURIEL SPARK

鲍德温弯道13号，坎贝韦尔，SE 5
13 Baldwin Crescent, Camberwell, SE 5

1955年，缪丽尔·斯帕克搬进了鲍德温弯道两间窄小的阁楼间，住了十一年。在这里，她完成了自己的处女作《安慰者》和另外七部小说，其中包括描写本社区风貌的《佩卡姆麦地之歌》。在小说《布罗迪小姐的青春》获得成功后，斯帕克在1962年搬到了纽约，但鲍德温弯道一直是她在英国的落脚点。

奥利弗·哥德史密斯 OLIVER GOLDSMITH

佩卡姆路83号，SE 5
83 Peckham Road, SE 5

从牛津圣三一学院毕业后，奥利弗·哥德史密斯来到这里居住，在附近的一所男校担任助理教员。他当时住的房子已在1876年拆除，而他执教过的学校后来被更名为奥利弗·哥德史密斯学校。

威廉·布莱克 WILLIAM BLAKE

佩卡姆麦地，佩卡姆，SE 15
Peckham Rye, Peckham, SE 15

在威廉·布莱克还是个小男孩的时候，他常常长途步行到伦敦南部，佩卡姆就是他最爱的去处之一。十八世纪的佩卡姆远远不是今天这个庞大的伦敦大都市的一部分。从位于苏活区的家出发到这里，整整六英里的步行让布莱克真正地深入了乡村。正是在其中一次徒步中，布莱克第一次看到了天使幻象。在佩卡姆麦地，他看到"枝头缀满了天使的羽翼，似繁星般闪烁"。

克拉珀姆

克拉珀姆拥有大片的公共空间,富有吸引力的住宅街道和数量充足的学校,一直是奥伯伦·沃口中"聒噪阶级[①]"的聚居区。这里的居民中不乏显赫人物,塞缪尔·佩皮斯就是其中突出的一位。他在1701年退出公共视线后,从伦敦搬到了当时被认为是乡下的克拉珀姆,住在朋友威廉·修尔的房子里,一直到1703年去世。

知名书店和博物馆

克拉珀姆书店 CLAPHAM BOOKS
人行道26号,SW4
26 The Pavement, SW4
一家小型书店,出售的小说、童书和艺术类书籍都很不错。
周一至周五 10:00—19:00
周六 10:00—18:00
周日 12:00—18:00

注:
[①] "聒噪阶级"指喜爱谈论政治、文化、社会问题,对各种问题发表意见的受过良好教育的中产阶级。

格雷厄姆·格林 GRAHAM GREENE

克拉珀姆公共绿地北14号，SW 4
14 Clapham Common North Side, SW 4
1935年，格雷厄姆·格林夫妇带着两个孩子搬到了这里。五年后，由于空袭越来越频繁，薇薇安带着两个孩子逃到了更安全的萨塞克斯，格林则独自留在了这里。然而，在一次轰炸后，这栋房子受损严重，他不得不也搬了出去。在他1951年的小说《恋情的终结》中，叙述者莫里斯·本德里克斯就住在克拉珀姆公共绿地"错误的"一侧（南侧）的一间一居室里。

夏目漱石 NATSUME SōSEKI

蔡斯路81号，SW 4
81 The Chase, SW 4
小说家和诗人夏目漱石因《哥儿》和《我是猫》等小说在他的家乡日本广为人知。他同时也是一位英国文学学者，在1900年受日本政府所派来到英国留学。在他意识到从政府处获得的资助不足以支付他心仪的剑桥大学学费后，他选择了伦敦大学学院，并开始在首都寻找住宿地。在来到伦敦的头八个月里，夏目漱石先后在四处"不合适"的地方住过，最后才在克拉珀姆安顿下来。他和这里的一户人家一起住了十五个月。这家人照顾他，为他提供一日三餐，但他在此期间患上了某种精神疾病。总的来说，夏目漱石认为自己在伦敦的日子并不快乐。

公共绿地上的温德米尔 WINDMILL ON THE COMMON

克拉珀姆南，SW 4
South Side Clapham, SW 4
在格雷厄姆·格林的《恋情的终结》中，这家温德米尔酒馆以"庞蒂弗拉克特纹章"的名字出场。格林对这里极为熟悉，在有客人登门用午餐时，他会用酒壶装着啤酒带回绿地北侧的家里。

安吉拉·卡特 ANGELA CARTER

蔡斯路107号，SW 4
107 The Chase, SW 4
安吉拉·卡特在这里住了十六年，直到1992年去世。在这里，她写下了《染血之室》和《马戏团之夜》，并常在厨房的桌子上辅导她当时的学生石黑一雄。在她监督这处房子整修期间，她曾在一封信中向自己的代理人抱怨过其中的压力："我在把安定当成糖一样嚼着吃。"

水晶宫和诺伍德

　　水晶宫得名于1851年世界博览会时在海德公园建造的那栋钢铁为骨、玻璃为材的建筑。1854年,"水晶宫"被移到了现在水晶宫公园的位置,后于1936年毁于一场大火。

知名书店和博物馆

乌鸦书店 THE BOOKSELLER CROW
韦斯托街50号,水晶宫,SE 19
50 Westow Street, Crystal Palace, SE 19
一家综合书店,书籍题材广泛。
周一至周五 10:00—19:00
周六 9:30—18:30
周日 11:00—17:00

雷蒙德·钱德勒
RAYMOND CHANDLER

奥克兰路110号，水晶宫，SE 19
110 Auckland Road, Crystal Palace, SE 19
为了确保儿子在被父亲抛弃后依然能受到良好的教育，钱德勒的美国母亲在1900年带着他搬到了伦敦，和钱德勒的外婆一起住在克罗伊登的家中。这位侦探小说大师就读于附近的达利奇公学，成绩十分出色。

埃米尔·左拉 ÉMILE ZOLA

皇后酒店，教堂路122号，SE 19
Queens Hotel, 122 Church Road, SE 19
1898年，巴黎的《震旦报》发表了作家埃米尔·左拉给共和国总统的一封公开信，指责法国高级军官阶层在犹太裔炮兵军官阿尔弗雷德·德雷福斯的案件中妨碍了司法公正，并有反犹倾向。当时，德雷福斯上尉被控出卖军事机密，尽管没有任何证据能够直接证明他有过不法行为，军事法庭裁定其叛国罪名成立。这篇《我控诉……！》为左拉带来了诽谤的刑事罪名，但他并没有坐牢，而是立刻收拾行囊逃往了英国。左拉在上诺伍德的皇后酒店用 M. 理查德的名字住了两年。在此期间，他写下了《繁殖》。不久之后，他被赦免了罪名。

阿瑟·柯南·道尔爵士
SIR ARTHUR CONAN DOYLE

坦尼森路12号，南诺伍德，SE 25
12 Tennison Road, South Norwood
在最初几部小说大获成功后，道尔放弃了眼科医生的工作，搬到南诺伍德专注于写作。几年后，他结婚了。在赚取了好几笔丰厚的版税之后，夫妇二人搬到了乡下的大房子里。

D. H. 劳伦斯 D. H. LAWRENCE

科尔沃思路12号，埃迪斯科姆，东克罗伊登，CR 0
12 Colworth Road, Addiscombe, East Croydon, CR 0
这里是这位作家初到伦敦时的落脚点。当时年仅二十三岁的劳伦斯租了一间没有供电的小房间。他白天在附近的戴维森路学校教书，晚上则通宵写诗。

布罗姆利

在布罗姆利住过的文豪包括 H. G. 威尔斯、伊妮德·布莱顿和哈尼夫·库雷西。库雷西 1954 年出生于布罗姆利,他的第一部电影剧本《我美丽的洗衣店》(1985 年上映)的故事发生地就是这片他最熟悉的街区。这部获奖影片由斯蒂芬·弗雷斯执导,丹尼尔·戴-刘易斯主演,讲述了相邻的巴基斯坦人社区和英国人社区之间的复杂关系。库雷西的第一部小说《郊区佛爷》和它主题类似,其中也有一部分故事发生在布罗姆利一带。小说在 1990 年获得了惠特布雷德新人小说奖。《郊区佛爷》直接影响了英国新一代的多元文化小说家;扎迪·史密斯后来回忆说:"在此之前,我从未读过哪本书是关于我们这个群体的。"

H. G. 威尔斯 H. G. WELLS

高街47号，BR 1
47 High Street, BR 1

H. G. 威尔斯于1866年出生于布罗姆利，父亲是一位半职业板球运动员，母亲曾做过一段时间的管家。在进入南肯辛顿的科学师范学校之前，威尔斯在这里度过了人生的头十三年。在威尔斯写作事业取得巨大成功后，布罗姆利在1934年欣然向他授予了"荣誉镇民"称号。然而威尔斯并没有接受，因为他当时已经从伦敦城获得了类似的荣誉，他挖苦地写道："布罗姆利并不曾厚待我，我也不会厚待布罗姆利。"他的出生地现在是普利马克连锁服装店的一家分店，挂有一块蓝色铭牌以示标记。

伊妮德·布莱顿 ENID BLYTON

肖特兰兹路83号，BR 2
83 Shortlands Road, BR 2

这位广受喜爱的成功童书作家与休·亚历山大·波洛克少校结婚后，在1925年到1929年间住在这里。夫妇二人当时在布罗姆利登记处登记结婚，并没有邀请女方的家人。

THIS HALL WAS ERECTED FOR THE ADVANCEMENT OF THE ARTS AND SCIENCES AND

西南部

皮姆利科 | 贝尔格拉维亚和骑士桥 | 肯辛顿和伯爵宫 | 切尔西和富勒姆 | 西南部以西南

推荐阅读

《宿醉广场》 帕特里克·汉密尔顿
Hangover Square, Patrick Hamilton

《陋室红颜》 琳妮·里德·班克斯
The L-Shaped Room, Lynne Reid Banks

《莫菲》 萨缪尔·贝克特
Murphy, Samuel Beckett

《离岸》 佩内洛普·菲茨杰拉德
Offshore, Penelope Fitzgerald

《小岛》 安德烈娅·利维
Small Island, Andrea Levy

《风雨满伦敦》 诺曼·柯林斯
London Belongs To Me, Norman Collins

《时光机器》 H. G. 威尔斯
The Time Machine, H.G. Wells

《道林:一场模仿》 威尔·塞尔夫
Dorian: An Imitation, Will Self

《间谍》 约瑟夫·康拉德
The Secret Agent, Joseph Conrad

皇家阿尔伯特音乐厅。
迪利夫

皮姆利科

　　十八世纪时，这里以生产药草和蔬菜而闻名，被称为"尼特屋花园"。十九世纪初，一位叫作托马斯·丘比特的开发商买下了这片被称为皮姆利科的地区。当时丘比特在开发相邻的贝尔格拉维亚地区，于是这片土地保持了农田的属性。后来，到了1843年，这位开发商将注意力转向了他称之为"南贝尔格拉维亚"的地方，开始布局现代皮姆利科的街道和广场。十九世纪六十年代，低收入租户大量涌入，这个地区的中产阶级居民对此十分担忧。然而情况并没有得到改善，到了二十世纪三十年代，只有不到三分之二的房子保持独门独户，有的楼里甚至住下了五六家人。二战期间，皮姆利科重现了商品菜园的光景，区内的广场都被改造成了菜地。直到二十世纪后半叶，这个地区的命运才开始改变。今天，皮姆利科已被视作一个理想的居住地。除了一些文学界名人外，伊莎多拉·邓肯、劳伦斯·奥利弗、劳拉·阿什利和瑞斯·伊凡斯等名流都曾在这里安家。

约瑟夫·康拉德 JOSEPH CONRAD

吉林厄姆街17号，皮姆利科，SW 1 V
17 Gillingham Street, Pimlico, SW 1 V
在由于健康原因不得不结束海员生涯后，康拉德决定走上文学创作道路，在吉林厄姆街一家商店的楼上租下了一间房。正是在这里，他写下了自己的第一部小说《阿尔迈耶的愚蠢》。

芭芭拉·皮姆 BARBARA PYM

剑桥街108号，SW 1 V
108 Cambridge Street, SW 1 V
这位被菲利普·拉金称为二十世纪最被低估的作家在二战结束后住在这里的一间公寓中。在此期间，她为女性杂志撰稿，但没有获得什么真正意义上的成功。后来，在拉金的声援下，她的《秋日四重奏》入围了布克奖。

戴安娜·米特福德 DIANA MITFORD

海豚广场707号，皮姆利科，SW 1 V
707 Dolphin Square, Pimlico, SW 1 V
1936年，饱受争议的戴安娜·米特福德在德国和她的第二任丈夫、著名法西斯头目奥斯瓦尔德·莫斯利爵士结婚，婚礼在约瑟夫·戈培尔家中举行，阿道夫·希特勒也出席道贺。这对夫妇在海豚广场生活了三年，直到他们因叛国罪在家中被捕，送往霍洛韦女王监狱。战后，二人在刑满释放后立刻搬到了巴黎。米特福德在那里写了几本回忆录，还为多年好友温莎公爵夫人写了一本传记。

H. G. 威尔斯 H. G. WELLS

华威道126号（前华威街），皮姆利科，SW 1 V
126 Warwick Way (formerly Warwick Street), Pimlico, SW 1 V
1909年，时年四十三岁的 H. G. 威尔斯与二十一岁的剑桥大学学生安珀·里夫斯陷入一段热恋。二人相识于女方十七岁时，他们为恋情租下了这个房子。在这里，他们被称为格雷厄姆·威尔斯先生和夫人。威尔斯是个远近闻名的好色之徒——事实上，他与当时的妻子简的婚姻就始于一段婚外情。简通常并不反对丈夫的众多风流韵事，而是把它们视为"一种体质性疾病"，但这一次却酿成了丑闻。威尔斯和安珀成为了上流社会的八卦对象，最终，安珀的父亲，同时也是威尔斯的好友，发现了他们的关系。二人逃到了法国，但威尔斯不愿离婚，于是他们又回到了英国，威尔斯回归了他与简的婚姻。安珀怀着威尔斯的女儿嫁给了乔治·里弗斯·布兰科·怀特，她后来声称这段婚姻是怀特和威尔斯安排的。

贝尔格拉维亚和骑士桥

十九世纪初,在白金汉府(即后来的白金汉宫)的带动下,贝尔格拉维亚和骑士桥街区逐渐重现繁荣,并迅速发展成可与梅费尔相媲美的伦敦最令人向往的区域。对住得起这个安静街区的有钱人来说,格林广场和附近的海德公园可谓绝佳的生活去处。贝尔格拉维亚是安东尼·特罗洛普十九世纪中期几部小说的故事背景;与它相邻更喧闹的骑士桥则以哈罗德百货和哈维·尼克斯百货等世界级购物场所而闻名。

知名书店和博物馆

贝尔格拉维亚书店 BELGRAVIA BOOKS
伊伯里街59号,贝尔格拉维亚,SW 1W
59 Ebury St, Belgravia, SW 1W
店内有许多精选译作和独立出版作品。
周一至周五 10:00—20:00
周六 11:00—19:00
周日 12:00—19:00

雷蒙德·钱德勒 RAYMOND CHANDLER

伊顿广场116号，贝尔格拉维亚，SW 1W
116 Eaton Square, Belgravia, SW 1W

爱妻在美国去世后，雷蒙德·钱德勒回到了伦敦，在这里住了一年多。他惊讶地发现自己在作家群体中大受欢迎，并把那一年的大部分时间都花在了和他们喝酒上。在斯蒂芬·斯彭德的介绍下，他与新晋作家伊恩·弗莱明建立了亲密的友谊，并在《泰晤士报》上盛赞弗莱明的小说《金刚钻》。钱德勒后来还和弗莱明一起上了英国广播公司的节目，醉醺醺地谈论惊悚小说的写作艺术。

诺埃尔·考沃德 NOËL COWARD

杰拉德路17号，贝尔格拉维亚，SW 1W
17 Gerald Road, Belgravia, SW 1W

诺埃尔·考沃德在1930年得到了这处房产，并在这里断断续续地住了二十五年有余。他的工作室俯瞰着豪华的接待室，正是在这间工作室里，他创作了自己几部最著名的戏剧和歌曲，其中包括《疯狗和英国人》和《爱情无计》。伦敦大轰炸期间，一天，考沃德在通宵玩乐后回到家中，震惊地发现他的家和周边的几栋住宅被严重炸毁。由于房子已无法居住，考沃德搬到了萨沃伊酒店，一直住到战争结束。修缮完成后，他很快又搬回了杰拉德路的房子里，直到1956年他搬去百慕大。这座房子最近正以四百万英镑的价格挂牌出售。

马修·阿诺德 MATTHEW ARNOLD

切斯特广场2号，贝尔格拉维亚，SW 1W
2 Chester Square, Belgravia, SW 1W

诗人马修·阿诺德曾在这间简陋的小房子里住过，并告诉自己的妹妹那里"室内环境十分宜人"。

伊恩·弗莱明 IAN FLEMING

伊伯里街10号，贝尔格拉维亚，SW 1W
10 Ebury Street, Belgravia, SW 1W

伊恩·弗莱明在1934年买下了这间曾经属于奥斯瓦尔德·莫斯利的公寓。或许他安排《太空城》中的反派住在这条街上并不是个巧合。

哈罗德·尼科尔森和薇塔·萨克维尔-韦斯特
HAROLD NICOLSON AND VITA SACKVILLE-WEST

伊伯里街182号，贝尔格拉维亚，SW1W
182 Ebury Street, Belgravia, SW1W

薇塔·萨克维尔-韦斯特和她的丈夫哈罗德·尼科尔森在1914年搬进了伊伯里街182号。当时的房子与180号相连，比今天眼前的这栋要大得多。屋子的所有人是薇塔的母亲，夫妇二人一半时间住在这里，一半时间住在肯特郡朗恩谷仓的乡间别墅。在此期间，哈罗德为保罗·魏尔伦写了传记（这是他六本文学传记中的第一本），微塔则完成了她的第一部小说《遗产》。一战后，薇塔与作家维奥莱特·特莱弗西斯相恋，尼科尔森也开始追逐同性间的风流韵事。1922年，弗吉尼亚·吴尔夫第一次来到伊伯里街用餐，这也成为了她和薇塔之间漫长而亲密的恋情的开端。1927年，哈罗德和薇塔搬出了伊伯里街，大部分时间都住在他们的新乡间别墅——肯特郡的西辛赫斯特城堡里。在他们的经营下，那里成为了二十世纪最有影响力的花园之一。这对夫妇在伦敦仍保留了一个住处，先是在圣殿区的王座道，后来搬去了肯辛顿的内维尔街。

泰伦斯·拉提根
TERENCE RATTIGAN

伊顿广场29号，贝尔格拉维亚，SW1W
29 Eaton Square, Belgravia, SW1W

拉提根在整个二十世纪五十年代都住在这个热门地段的公寓里。在这里，他写下了自己最负盛名的几部剧本，包括《蔚蓝深海》和《沉睡的王子》（后来被拍成《游龙戏凤》，由劳伦斯·奥利弗和玛丽莲·梦露主演）。然而，随着"愤怒青年"思潮和六十年代厨槽戏剧的兴起，拉提根和他的剧都变得过时了。他离开了伦敦，最终在百慕大定居，为好莱坞写剧本换取丰厚的报酬，一度成为全世界收入最高的编剧。

玛丽·雪莱 MARY SHELLEY

切斯特广场24号，贝尔格拉维亚，SW1W
24 Chester Square, Belgravia, SW1W

当小说家玛丽·雪莱在1846年搬进这所房子时，她已经守寡二十四年了。尽管她深爱着自己的丈夫诗人珀西·比希·雪莱，这对夫妻的生活却满是创痛：他们的四个孩子有三个早夭，雪莱本人也在1822年的一次航行事故中去世，当时玛丽只有二十四岁。玛丽为了养活自己和唯一的儿子努力工作，写了好几部小说和戏剧（虽然都不如她早期的小说《弗兰肯斯坦》成功）。她还致力于推广她丈夫的诗歌，巩固他在文学史上的地位。1851年，玛丽疑似患上脑瘤，最后在这里去世，享年五十三岁。

贝尔格拉维亚和骑士桥

泰伦斯·拉提根在他贝尔格拉维亚公寓的阳台上。波普尔图片社/盖蒂图片社

C. P. 斯诺 C.P. SNOW

伊顿排屋85号，贝尔格拉维亚，SW1W
85 Eaton Terrace, Belgravia, SW1W
从作家、物理化学家到公务员，C. P. 斯诺一生拥有多重身份。他自1968年起住在伊顿排屋85号，一直到1980年去世。他在这里写下了许多作品，其中包括布克奖入围小说《他们的智慧之中》和安东尼·特罗洛普的传记。

简·奥斯丁 JANE AUSTEN

汉斯广场23号，骑士桥，SW1X
23 Hans Place, Knightsbridge, SW1X
在爱妻伊丽莎去世后，亨利·奥斯丁搬到了一个小一点的公寓，他的妹妹简到访伦敦的时候会过来留宿。简·奥斯丁非常喜欢街对面的汉斯广场花园，并在某次到访期间写了一部分《爱玛》。然而，后来亨利不幸身染重病，他的职业生涯也因银行倒闭而画上了句号，家庭经济雪上加霜。为了照顾亨利，简在1814年到1815年间一直待在这里，但1817年时，简回到家后就去世了，时年四十二岁。此后，亨利继续看顾着他妹妹的作品出版事宜，直到它们一一付印——《劝导》和《诺桑觉寺》都是在她去世后出版的。这一带在1880年重建，这栋建筑也变化很大，但人们认为在新砌的外墙砖下，旧房子仍有一些部分被保留了下来。

简·奥斯丁 JANE AUSTEN

斯隆街64号，骑士桥，SW1X
64 Sloane Street, Knightsbridge, SW1X
简·奥斯丁的哥哥亨利是一位银行家。在事业获得成功后，他和妻子伊丽莎的经济能力已足够他们搬到一个时髦街区，于是他们住进了斯隆街上的这栋大房子里。在这里，亨利担任了妹妹的经纪人，代表她谈下了几份出版合同。奥斯丁夫妇非常有趣，极受欢迎，简到访伦敦时，在为《理智与情感》和《傲慢与偏见》会谈的间隙，三个人会在晚上出门玩乐，或是去剧院，或是去购物。这座房子如今依然立在原址，但对于奥斯丁来说，它已经面目全非了——在1887年，它又加了一层楼，还按照当时流行的工艺美术风格整体进行了重新装修。

阿诺德·本涅特 ARNOLD BENNETT

卡多根广场75号，骑士桥，SW1X
75 Cadogan Square, Knightsbridge, SW1X
尽管阿诺德·本涅特曾被弗吉尼亚·吴尔夫称为"懒作家"一事流传甚广，这位商业作家事实上成就惊人，一生写下了近七十五本书、十几部戏剧以及许多电视和电影剧本。他在卡多根广场住了将近十年，直到1931年去世前不久才搬走。

贝尔格拉维亚和骑士桥

C. P. 斯诺最出名的作品可能是"陌生人与亲兄弟",一套以政府和学术界精英圈子为背景的系列小说。
约翰·霍普金斯大学谢里登图书馆 / 加多图片 / 盖蒂图片社

奥斯卡·王尔德 OSCAR WILDE

卡多根酒店，斯隆街75号，骑士桥，SW1X
Cadogan Hotel, 75 Sloane Street, Knightsbridge, SW1X

奥斯卡·王尔德正是在住在这里的108号房间期间，由于控告昆斯伯里侯爵诽谤罪失败，被诉严重淫秽罪而被捕的。

A. C. 斯温伯恩 A. C. SWINBURNE

切斯特街7号，贝尔格拉维亚，SW1X
7 Chester Street, Belgravia, SW1X

1837年，诗人、剧作家和小说家阿尔杰侬·查尔斯·斯温伯恩出生于这里的一个富裕的诺森布伯兰家庭，但主要在怀特岛长大。十二岁时，他进入了伊顿公学。人们普遍认为他就是在那里开始迷恋上被鞭打这件事的，他成年后的人生也因此受到极大影响。除了虐恋，斯温伯恩还写过一些当时的禁忌题材，包括女同性恋、人类相食和无神论。在其大半文学生涯中，诗人生活散漫，耽于酒精，间或参加一些虐恋活动。诗人与他的情人兼性伴侣乔治·鲍威尔曾在法国迪耶普附近居住，在那期间认识了法国小说家居伊·德·莫泊桑。莫泊桑曾这样描述自己对他们小屋的一次访问：屋里陈列着一堆骨头和一只剥开的木乃伊手（鲍威尔会吸吮它的手指）；一只大宠物猴一直在吵吵嚷嚷，午餐后，主人呈上德国色情照片供客人欣赏。

珀西·比希·雪莱和玛丽·雪莱
PERCY BYSSHE SHELLEY AND MARY SHELLEY

（前）汉斯广场41号，骑士桥，SW1X
(Formerly) 41 Hans Place, Knightsbridge, SW1X

私奔到法国几个月之后，珀西·比希·雪莱和已有孕在身的玛丽·雪莱在1814年10月回到伦敦，最终在这个位置曾有过的一栋房子里住下。与此同时，雪莱当时的妻子哈莉特诞下一子，珀西·比希·雪莱对此十分高兴。相比之下，玛丽孕期一直多病。1815年2月22日，她在汉斯广场的宅子里早产下一个女婴，孩子几周后便夭折了。

E. F. 本森 E. F. BENSON

布朗普顿广场25号，骑士桥，SW3
25 Brompton Square, Knightsbridge, SW3

作家 E. F. 本森曾在这里住过一段时间，并把这里设为了自己的小说《露西娅在伦敦》中大部分故事的发生地。

肯辛顿和伯爵宫

肯辛顿紧紧挨着肯辛顿花园,离骑士桥和更洋气的贝尔格拉维亚也不远,再考虑到区域内大量的学校,这里俨然已是作家们在伦敦的热门居住地,尤其对那些有"正式工作"和家庭的人充满吸引力。然而,与它相邻的伯爵宫却满街都是经济型酒店,更受背包客青睐。帕特里克·汉密尔顿的小说代表作《宿醉广场》便是以伯爵宫的一家酒店为背景的,小说的副标题最初是"一个最黑暗的伯爵宫故事"。

知名书店和博物馆

南肯辛顿书店 SOUTH KENSINGTON BOOKS
瑟洛街22号,肯辛顿,SW7
22 Thurloe Street, Kensington, SW7
店里有不错的新书和降价处理的书,大多数题材都有,侧重艺术和历史。
周一至周五 10:00—20:00
周六 11:00—19:00
周日 12:00—19:00

欧洲人书店 THE EUROPEAN BOOKSHOP
格罗斯特路123号,肯辛顿,SW7
123 Gloucester Road, Kensington, SW7
出售各类欧洲国家语种书籍。
周一至周六 9:30—18:30
周日 12:00—17:00

马赛克房间书店
THE MOSAIC ROOMS BOOKSHOP
塔屋,克伦威尔路226号,伯爵宫,SW5
Tower House, 226 Cromwell Road, Earl's Court, SW5
店内专营中东地区相关的书籍。
周二至周六 11:00—18:00

维多利亚和阿尔伯特博物馆书店
V&A BOOKSHOP
维多利亚和阿尔伯特博物馆,克伦威尔路,SW7
Victoria and Albert Museum, Cromwell Road, SW7
店内出售和博物馆藏品相关的各类书籍。
周一至周日 10:00—17:30(周五营业至21:30)

帕特里克·汉密尔顿 PATRICK HAMILTON

（前）白宫酒店，伯爵宫广场15–19号，伯爵宫，SW5
The White House Hotel (formerly), 15–19 Earl's Court Square, Earls Court, SW5

汉密尔顿在他的小说《宿醉广场》中假托福肯伯格酒店的名字，基于自己住在这个酒店的经历，写下了这个经典的战时伦敦故事。

比阿特丽克斯·波特 BEATRIX POTTER

（前）博尔顿花园2号，肯辛顿，SW5
(Formerly) 2 Bolton Gardens, Kensington, SW5

这里是广受喜爱的童书作者比阿特丽克斯·波特出生和长大的地方，但原址上的房子已在伦敦大轰炸时被炸毁了。现在这个位置是一所小学，从某种意义上来说也是相当合适了。1905年，三十九岁的波特还住在这处宅子里。同年，她的未婚夫和出版商诺曼·沃恩突然身故，波特用自己的一部分版税和继承的一小笔遗产买下了湖区索里附近的山顶农场。在嫁给威廉·希里斯后，她正式搬到了湖区长住。在坎布里亚，这位作家在饲养羊群中度过了余生。1943年去世后，她把自己名下的地产都捐献给了英国国民信托，它现在是湖区国家公园的一部分，受到了良好的保护。

伊妮德·拜格诺德 ENID BAGNOLD

海德公园大门29号，肯辛顿，SW7
29 Hyde Park Gate, Kensington, SW7

著名青少年小说《玉女神驹》作者伊妮德·拜格诺德和她的丈夫住在海德公园大门，温斯顿·丘吉尔夫妇是他们的邻居。拜格诺德夫妇款待的客人都是来自阿诺德·本涅特口中"那个世界"的人，包括凯瑟琳·曼斯菲尔德、薇塔·萨克维尔–韦斯特和H. G. 威尔斯。她曾经承认自己的初夜是在皇家咖啡馆楼上的一间房间里度过的。

温斯顿·丘吉尔 WINSTON CHURCHILL

海德公园大门28号，肯辛顿，SW7
28 Hyde Park Gate, Kensington, SW7

二战结束后，丘吉尔夫妇买下了28号这处宅子，并于一年后又买下了隔壁的27号，把屋后的空间打通，成了一个巨大的花园。在这里，丘吉尔写了一些个人回忆录和六卷《第二次世界大战回忆录》，并因此在1953年获得了诺贝尔文学奖。1965年，丘吉尔在这里去世。丘吉尔购入这套房子花费了七千英镑，而它最近在市面上的挂牌价格已接近三千万英镑。

多丽丝·莱辛 DORIS LESSING

华威路58号，伯爵宫，SW5
58 Warwick Road, Earl's Court, SW5

这位后来的诺贝尔文学奖获奖者上个世纪五十年代在这里住了四年，其间写了一些短篇小说和"暴力的孩子们"系列的前三部。

肯辛顿和伯爵宫

温斯顿·丘吉尔走出他在海德公园大门的住处。
印刷品收集者古董店／埃拉米图片社

艾维·康普顿－伯内特
IVY COMPTON-BURNETT

布雷马大厦5号公寓，康沃尔花园，肯辛顿，SW 7
Flat 5, Braemar Mansions, Cornwall Gardens, Kensington, SW 7

这位作家一生写了二十部小说，在这里住了近三十五年，直到1969年去世。她的同伴，装饰艺术史学家玛格丽特·佐丹和她一起住在这里。

T. S. 艾略特 T. S. ELIOT

格伦维尔街9号，肯辛顿，SW 7
9 Grenville Place, Kensington, SW 7

在白金汉郡住了一段时间后，T. S. 艾略特搬回了城里，住在肯辛顿的一个小公寓，在劳埃德银行的殖民地与外国部做职员。当时弗吉尼亚·吴尔夫夫妇的霍加斯出版社出版了艾略特的《荒原》，吴尔夫曾来这里拜访过艾略特。她鼓励艾略特放弃银行工作，全职写作，布鲁姆斯伯里团体甚至为他筹集了一笔资金。艾略特拒绝了这笔钱，因为他很喜欢银行的日常工作，同事们也很喜欢他。他也并没有因此与布鲁姆斯伯里团体断绝往来；在余生中，艾略特仍与其中几位保持着朋友关系。

《伦敦杂志》
LONDON MAGAZINE

女王大门11号，肯辛顿，SW 7
11 Queen's Gate, Kensington, SW 7

这本文学杂志自1732创刊以来，发行几经中断，目前把编辑部设在了女王大门。在它二百五十多年的历史中，数百位著名作家都曾在这里发表过作品，其中包括威廉·华兹华斯、约翰·济慈、罗伯特·路易斯·史蒂文森、T. S. 艾略特、杰克·伦敦、W. H. 奥登、西尔维娅·普拉斯、威廉·博伊德和德里克·沃尔科特。在这里工作显然风险不小——杂志的创始人之一约翰·斯科特在1821年死于一场与编辑业务上的竞争者的决斗。

南希·米特福德 NANCY MITFORD

拉特兰门马厩房4号，肯辛顿，SW 7
4 Rutland Gate Mews, Kensington, SW 7

南希·米特福德曾被誉为一战和二战期间伦敦"最聪明的年轻人"之一。1931年，二十七岁的她发表了自己的第一部小说。二战爆发时，南希的丈夫被征召入伍，她搬回了在拉特兰门的娘家，房子的主屋当时被用作空袭难民的避难所。也正是在战争期间，米特福德在梅费尔的海伍德·希尔书店找到了工作。在她手中，这家店成了伦敦文人最喜欢光顾的地方。虽然第一部小说卖得并不好，但她在朋友伊夫林·沃的鼓励下还是选择了继续写作。书店也对她的才华十分认可，给了她三个月的假期，让她去完成半自传体小说《爱的追求》。小说出版后广受好评，畅销不衰。不久之后，米特福德与丈夫分开，独自搬到了巴黎，再也没有回到英国生活。

C. P. 斯诺　C. P. SNOW

克伦威尔路199号，伯爵宫，SW 7
199 Cromwell Road, Earl's Court, SW 7

"陌生人与亲兄弟"十一部曲可能是斯诺最出名的作品。小说有一部分内容涉及了权力运作，是作者基于自己在剑桥以及政府和公共服务领域的工作经历创作的。小说最后五卷中有四卷是斯诺住在克伦威尔路的时候完成的。也正是在此期间，斯诺在剑桥大学的瑞德讲座上发表了著名演讲《两种文化》。在演讲中，斯诺谴责了英国的教育体系，引发广泛争论。

弗吉尼亚·吴尔夫　VIRGINIA WOOLF

海德公园大门22号，肯辛顿，SW 7
22 Hyde Park Gate, Kensington, SW 7

弗吉尼亚·吴尔夫（婚前姓史蒂芬）和她的兄弟姐妹们都在这座房子里出生长大。她的父亲莱斯利·史蒂芬是一位作家、历史学家和散文家，母亲茱莉亚·史蒂芬（婚前姓杰克逊）则是一名拉斐尔前派的模特。住在这里的时候，十几岁的弗吉尼亚和她的姐姐凡妮莎创办了她们自己的报纸《海德公园大门新闻》。

威廉·梅克匹斯·萨克雷　WILLIAM MAKEPEACE THACKERAY

昂斯洛广场36号，肯辛顿，SW 7
36 Onslow Square, Kensington, SW 7

五十二岁的萨克雷在一日外出晚餐后回到昂斯洛广场的家中，中风身亡，第二天早晨才被发现。据估计，有七千人参加了他的葬礼。

皇家阿尔伯特音乐厅　ROYAL ALBERT HALL

肯辛顿三角地，SW 7
Kensington Gore, SW 7

维多利亚女王在1871年建了这座著名的音乐厅，许多世界级艺术家都曾在它神圣的舞台上表演过。1930年，阿瑟·柯南·道尔去世几周后，这里举行了一场他的追悼会，约有一万人前来参加。大厅是由灵修协会租下的，他们请来了一位灵媒，希望能联系到坟墓那一头的道尔。在舞台中央，道尔的遗孀和其他家庭成员坐在一张空椅子旁边，椅子上挂着写有道尔名字的牌子。当时，灵媒宣布有灵魂在推着她，并大喊："他在这里！"人们纷纷起身，管风琴随之开始演奏。

1965年，艾伦·金斯堡到访伦敦。他筹集了足够的资金，在6月11日租下了这个显赫的大厅举办"国际诗歌大会"，这是英国最早的"偶发艺术"活动之一，也是反主流文化革命的里程碑事件。在这场活动里，近二十位诗人在主厅中央向近七千名观众朗读和呐喊了他们的作品。

"那些被上帝遗弃的人首先会在伯爵宫得到一台煤气炉。"

—— 帕特里克·汉密尔顿
《宿醉广场》

T. S. 艾略特
T. S. ELIOT

肯辛顿苑3号,肯辛顿,W8
3 Kensington Court, Kensington, W8
1957年,T. S. 艾略特娶了自己的秘书瓦莱丽,二人搬到了肯辛顿,一直在这里住到1965年诗人去世。众所周知,喜剧演员格劳乔·马克斯是艾略特的诗迷,曾来肯辛顿苑拜会。其他一些同一时代的名人也来访过。尽管夫妇二人年龄相差三十八岁,但是他们看起来非常幸福。他们有时晚上会外出去西区看剧,也会参加晚餐会或是文学聚会。瓦莱丽一直住在肯辛顿苑,直到2012年离世。1992年,艾略特的朋友和追随者特德·休斯在这里为一块属于艾略特的英格兰遗产铭牌揭幕。

克里斯托弗·伊舍伍德
CHRISTOPHER ISHERWOOD

彭布罗克花园19号,肯辛顿,W8
19 Pembroke Gardens, Kensington, W8
克里斯托弗·伊舍伍德在国王学院学习药学期间曾住在这里。后来,他放弃了学业,追随诗人 W. H. 奥登去了柏林。

亨利·詹姆斯 HENRY JAMES

德维尔花园34号,肯辛顿,W8
34 De Vere Gardens, Kensington, W8
在出版了《黛西·米勒》《华盛顿广场》和《一位女士的画像》后,亨利·詹姆斯的财力已足以支持他从梅费尔搬到肯辛顿的一套更大的新房子里。他在这里住了好几年,其间接待过包括马克·吐温在内的各路名人。他曾写道"我的新住处十分美丽",他可以"尽可能地过得像个中产阶级,拥有又大又软的沙发"。

威廉·梅克匹斯·萨克雷
WILLIAM MAKEPEACE THACKERAY

青年街16号,肯辛顿,W8
16 Young Street, Kensington, W8
1842年,萨克雷的妻子被送进了一家私人精神病院,他的女儿们则被送去巴黎和外祖母同住。直到1846年搬进青年街这栋房子后,他才得以和家人团聚,恢复了相对正常的家庭生活。萨克雷称这一幸福的相聚是自己完成《名利场》的动力。这部作品最后在1847年1月到1858年7月间陆续分卷出版。在此之前,曾有五个出版商先后拒绝了它。

G. K. 切斯特顿 G. K. CHESTERTON

华威花园11号,肯辛顿,W14
11 Warwick Gardens, Kensington, W14
"布朗神父"系列的作者吉尔伯特·切斯特顿三岁时和家人搬到了这里。他断断续续一直住在这里,直到1901年结婚后才搬走。吉尔伯特和他最小的弟弟塞西尔与他们的邻居、作家希莱尔·贝洛克关系很好,后来三人一起创办了《新见证》杂志。住在附近的萧伯纳将切斯特顿和贝洛克对同辈作家的影响比喻为一个名叫"切斯特贝洛克"的漫画式神兽。

切尔西和富勒姆

　　今天的切尔西区以众多时髦小店闻名，但在十九世纪和二十世纪的大部分时间里，它被视为伦敦的波西米亚区。这里曾居住着大量艺术家和作家，从十九世纪六十年代的拉斐尔前派到二十世纪三十年代的伊恩·弗莱明和简·里斯都在其列。随着上个世纪六十年代反主流文化运动的盛行，国王路、服装精品店和基思·理查兹这样的本土名人成为了"摇摆伦敦"风潮的代表——到了七十年代，又轮到了维维安·韦斯特伍德的服装店、"性"和朋克服饰。然而，到了玛格丽特·撒切尔的八十年代，肯辛顿的这个穷困潦倒的临近区域开始变得精致漂亮起来。今天，你在切尔西已经不太可能找到那么多仅凭出版商的预付书款就付得起房租的作家了。

知名书店和博物馆

波特顿书店 POTTERTON BOOKS
下斯隆街93号，切尔西，SW1W
93 Lower Sloane Street, Chelsea, SW1W
出售艺术、摄影和室内设计方面的新书与珍本书。
周一至周五 9：00—17：00

约翰·桑多书店 JOHN SANDOE BOOKS
布莱克兰兹排屋10号，SW3
10 Blacklands Terrace, SW3
书店从1957年起专营艺术类图书，新书品类也很丰富。
周一至周六 9：30—18：30
周日 11：00—17：00

索科尔书店 SOKOL BOOKS
富勒姆路239a号，切尔西，SW3
239a Fulham Road, Chelsea SW3
专营1640年前的出版物。
周二至周六 11：00—19：00

世界尽头书店 WORLDS END BOOKSHOP
国王路357号，切尔西，SW3
357 King's Road, Chelsea, SW3
专营现代初版书和艺术类书籍的二手书店。
周一至周六 10：00—18：30

游牧人书店 NOMAD BOOKS
富勒姆路781号，富勒姆，SW6
781 Fulham Rd, Fulham, SW6
一家综合类书店，设有许多舒服的沙发。
周一至周六 10：00—18：00
周日 11：00—17：00

杰罗姆·K. 杰罗姆 JEROME K. JEROME

切尔西花园104号公寓,切尔西桥路91-104号,切尔西,SW1W
Flat 104 Chelsea Gardens, 91-104 Chelsea Bridge Road, Chelsea, SW1W
杰罗姆1889年时住在这里,其间完成了自己最著名的小说之一《三人同舟》。

斯隆广场站 SLOANE SQUARE STATION

斯隆广场,切尔西,SW1W
Sloane Square, Chelsea, SW1W
彼得·卢埃林·戴维斯是亚瑟和西尔维娅·卢埃林·戴维斯的第三个儿子,他和他的四个兄弟是J. M. 巴里深受喜爱的《彼得·潘》中迷失的孩子们和达林兄弟的灵感来源。巴里和男孩们在肯辛顿花园相遇,和他们成为了好朋友。巴里曾公开指出书名中的彼得就来源于他,但戴维斯讨厌这种联系,甚至为此困扰了一辈子。J. M. 巴里去世后,把遗产留给了他的秘书,《彼得·潘》的版权则归大奥蒙德街医院所有。彼得·卢埃林·戴维斯和他尚在人世的兄弟们也得到了一笔遗产,但据说彼得为没有继承到巴里的全部财产而感到不满,因为他认为与彼得·潘的联系为自己招致了恶名,应当得到补偿。戴维斯在晚年陷入了酗酒和抑郁。1960年4月5日,他在御庭酒店的酒吧喝完酒后,在斯隆广场站跳向了一列迎面驶来的火车。对此,头版新闻的标题写道:"那个从未长大的男孩死了"。

萨缪尔·贝克特 SAMUEL BECKETT

保尔顿斯广场48号,切尔西,SW3
48 Paultons Square, Chelsea, SW3
剧作家兼小说家萨缪尔·贝克特曾于1934年在这座乔治王朝风格的花园广场排屋中住过短短的一段时间。贝克特当时正在创作自己的第一部小说《莫菲》,书中的主角正是在伦敦去世的。

希莱尔·贝洛克 HILAIRE BELLOC

切恩道104号,肯辛顿切尔西,SW3
104 Cheyne Walk, Chelsea, SW3
希莱尔·贝洛克是他那个时代最高产的作家之一。他与妻儿在这个地址住了五年,直到他在1906年成为了南索尔福德的自由党议员后搬走。

乔治·艾略特 GEORGE ELIOT

切恩道4号,切尔西,SW3
4 Cheyne Walk, Chelsea, SW3
玛丽·安·伊万斯(即人们熟知的乔治·艾略特)在这里仅住了短短三周,便在1880年圣诞节前患流感突然去世,享年六十一岁。

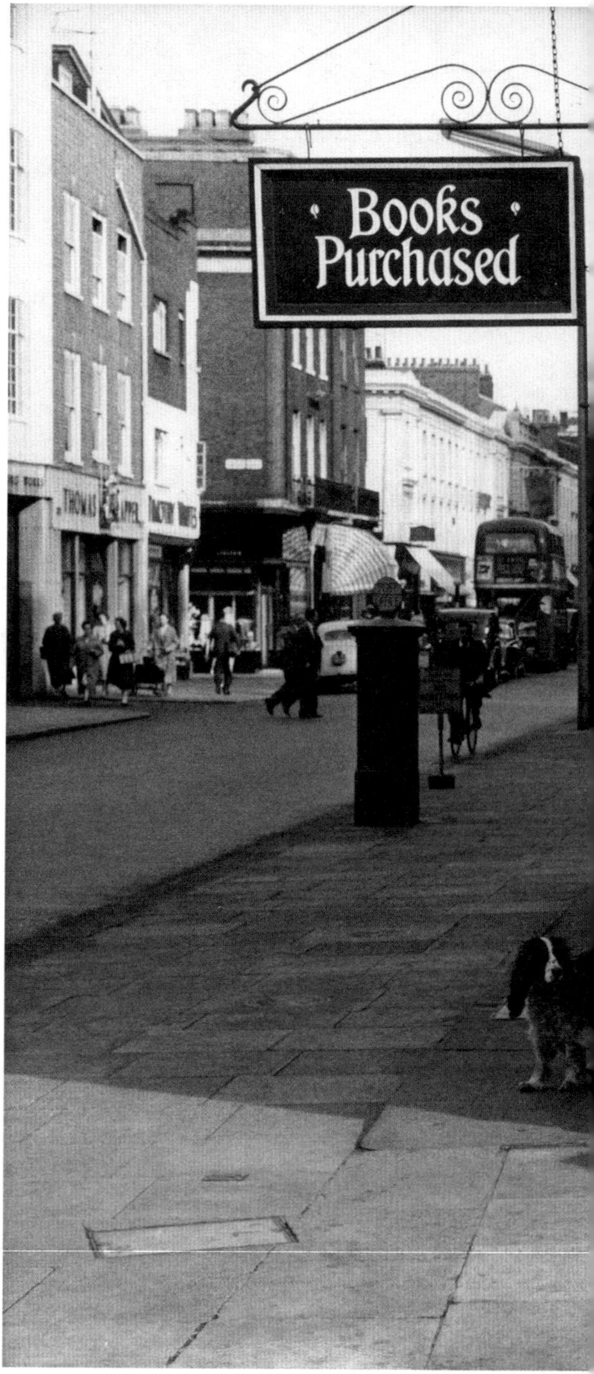
Books
Purchased

切尔西和富勒姆

1959年6月29日,国王路一角的书摊。迈克尔·沃德/标志图片社

"汤姆·卡莱尔在切尔西的一栋房子里过着极有尊严的生活:有一个讨厌的苏格兰女佣为他应门,而英格兰最好的客人们正在门口按着门铃!"

——威廉·梅克匹斯·萨克雷

阿加莎·克里斯蒂 AGATHA CHRISTIE

天鹅苑48号,切尔西,SW3
48 Swan Court, Chelsea, SW3

从1948年起直至1976年去世,克里斯蒂和她的第二任丈夫在切尔西住了近三十年。她最成功的作品中有好几部都是在她住在这里的时候写下的,其中包括故事背景就设定在天鹅苑的《第三个女郎》。克里斯蒂经常被看到在底层的贝蒂餐厅用餐。这套宽敞的一居室在2017年以不到一百万英镑的价格挂牌出售。

托马斯·卡莱尔 THOMAS CARLYLE

切恩径24号,切尔西,SW3
24 Cheyne Row, Chelsea, SW3

数学家、历史学家和散文家托马斯·卡莱尔和他的妻子于1834年搬到切尔西,并在这里度过了余生。房子的租金是每年三十五英镑。虽然在当时,人们认为切尔西很土,但这所房子却是维多利亚时代伦敦重要思想家们的必访之地,查尔斯·狄更斯和阿尔弗雷德·丁尼生勋爵都是这里的常客。狄更斯将卡莱尔于1837年出版的三卷本《法国大革命》当作了《双城记》的主要参考资料。今天,这所房子的主体部分仍保持完好,并向公众开放。

昆廷·克里斯普 QUENTIN CRISP

博福特街129号,切尔西,SW3
129 Beaufort Street, Chelsea, SW3

辗转住过好几套单间公寓后,这位著名的传记作家和艺术模特最后在切尔西这间简陋的房间里安顿下来,一住就是四十多年。1981年,克里斯普搬去了纽约,也住在了一间非常相似的公寓里。据说他从不打扫,称"过了头四年以后,屋里的灰尘就不会再增加了"。

T. S. 艾略特 T. S. ELIOT

卡莱尔大厦19号,切恩道,切尔西,SW3
19 Carlyle Mansions, Cheyne Walk, Chelsea, SW3

从1946年到1957年,T. S. 艾略特和约翰·达维·海沃德在这间公寓里合住了近十一年。当时的艾略特已经是英国最负盛名,也最受评论界推崇的作家之一,与此同时,他还在费伯-费伯出版社继续担任编辑。1948年,艾略特获得了诺贝尔文学奖,进一步巩固了在文学界的声望。海沃德一度自封为"艾略特档案保管员",但在艾略特悄悄——且出人意料地——与他的秘书瓦莱丽结婚,夫妇二人搬到了肯辛顿之后,海沃德也随之结束了这份"工作"。

昆廷·克里斯普在他切尔西的公寓里。 迈克尔·沃德/标志图片社

切尔西和富勒姆

伊恩·弗莱明 IAN FLEMING

卡莱尔大厦24号，切恩道，切尔西，SW3
24 Carlyle Mansions, Cheyne Walk, Chelsea, SW3

伊恩·弗莱明曾一度与他的妻子和孩子住在T. S. 艾略特两层楼上的公寓里。在他住在这里期间，弗莱明出版了自己"詹姆斯·邦德"系列的第一部小说《皇家赌场》。

佩内洛普·菲茨杰拉德 PENELOPE FITZGERALD

巴特西河岸，切恩道，切尔西，SW3
Battersea Reach, Cheyne Walk, Chelsea, SW3

这个停泊点可以容留船只，而这些船只又容留了一个相当古怪的社区。佩内洛普·菲茨杰拉德获得布克奖的小说《离岸》正是描写了这么一个社区。这本书吸收了作者自己在泰晤士河这一河段上的一艘名叫"格蕾丝"的旧驳船上的生活经历。在今天的切尔西，仍然存在着一个这样的水上社区，与河岸边宜人的露台群紧紧挨在一起。

埃莉诺·格林 ELINOR GLYN

皇室大道39号，切尔西，SW3
39 Royal Avenue, Chelsea, SW3

埃莉诺·格林写过小说、舞台和电影剧本等各种文字作品，因创造了"It女孩"一词而闻名于世。她的许多作品内容并不登大雅之堂，却很受欢迎。格林一直居住在伦敦及周边地区，直到1919年被挖去好莱坞工作了十年。回到英国后，她尝试制作和执导自己的电影，但早期的几个项目都不太成功。尽管如此，由于人脉广、话题性强且经验丰富，她仍然很受欢迎，并又写了好几部成功的作品，包括一部名为《浪漫冒险》的回忆录。1943年，格林不幸患病，不久后在这里离世，享年七十八岁。

利·亨特 LEIGH HUNT

上切恩径22号，切尔西，SW3
22 Upper Cheyne Row, Chelsea, SW3

利·亨特在与妻子玛丽安闹离婚的期间一直住在这里。这对夫妇结婚近二十年，有十个孩子。亨特去世前不久出版的三卷本自传中几乎一个字都没有提到他们。

"这真是伦敦最漂亮的小房子。"

——A. A. 米尔恩和他的妻子达芙妮
为马洛德街13号所倾倒

亨利·詹姆斯
HENRY JAMES

卡莱尔大厦21号公寓，切恩道，切尔西，SW3
Flat 21, Carlyle Mansions, Cheyne Walk, Chelsea, SW3

在海外断断续续住了五十年后，詹姆斯搬回伦敦永居，并在这里完成了两部自传。这位出生在美国的作家在1915年入了英籍，并被乔治五世授予功绩勋章。几个月后，他在这里去世。

A. A. 米尔恩
A. A. MILNE

马洛德街13号，切尔西，SW3
13 Mallord Street, Chelsea, SW3

退伍后，A. A. 米尔恩夫妇于1919年搬进了这所房子。翌年，他们的儿子克里斯托弗·罗宾在这里出生。克里斯托弗小时候得到了一只哈罗德百货公司的毛绒熊。接下来的事就尽人皆知了。在（真正的）克里斯托弗·罗宾快满四岁时，"小熊维尼"系列故事的第一部问世，获得了销量口碑双丰收。一直到1942年，这栋房子都属于米尔恩。2013年，房子被挂牌出售。这里现在配备了一间电影室和私人露台花园，售价六百九十五万英镑。

马尔文·皮克 MERVYN PEAKE

格力贝街70号,切尔西,SW3
70 Glebe Place, Chelsea SW3
小说家、诗人、画家和插画家马尔文·皮克在这里完成了他的超现实主义幻想作品"歌门鬼城"三部曲的第一部《泰忒斯诞生》。

但丁·加百利·罗塞蒂 DANTE GABRIEL ROSSETTI

切恩道16号,切尔西,SW3
16 Cheyne Walk, Chelsea, SW3
诗人、艺术家和拉斐尔前派成员但丁·加百利·罗塞蒂在妻子伊丽莎白·西达尔去世后,于1862年搬进了这所房子。诗人阿尔杰侬·斯温伯恩也在这里和罗塞蒂一起住了一年多,并留下了一些颇为不雅的故事——比如罗塞蒂不得不让斯温伯恩保持安静,因为他和一个男朋友裸身从楼梯扶手上滑下时打扰到了自己作画。这处房产也是罗塞蒂的野生动物园,他在这里养了一群穴居狇狳、若干沙袋鼠、一只浣熊、一只袋熊和一只凶残的袋鼠。罗塞蒂的家中还栖息着一只脾气不好的白孔雀,但由于这只高贵的动物实在太吵了,最终被禁止饲养。罗塞蒂的朋友查尔斯·道奇森(即刘易斯·卡罗尔)对袋熊甚是着迷,后来把它写成了《爱丽丝漫游奇境》中的睡鼠。罗塞蒂晚年时,在小说家和评论家霍尔·凯恩出版了关于罗塞蒂的讲稿后,诗人给他写了两百多封信。后来,霍尔搬进了切恩道,与这位年长的诗人一起度过了他人生中最后的两年。

简·里斯 JEAN RHYS

保尔顿斯居,保尔顿斯广场,切尔西,SW3
Paultons House, Paultons Square, Chelsea, SW3
尽管人们往往会将简·里斯与布鲁姆斯伯里联系起来,但她在1936年到1938年间却是住在这栋切尔西的公寓楼里的。她的第二任丈夫兼文学经纪莱斯利·蒂尔登-史密斯和她住在一起。她在22号公寓的床上完成了《早安,午夜》。

奥斯伯特·西特韦尔 OSBERT SITWELL

卡莱尔广场2号,切尔西,SW3
2 Carlyle Square, Chelsea, SW3
诗人、作家和散文家奥斯伯特·西特韦尔于1919年到1963年间住在这里。大部分时间里,他的情人兼伴侣、犯罪小说作家大卫·斯图尔特·霍纳都和他住在一起。奥斯伯特的姐姐、诗人伊迪丝·西特韦尔在1922年和作曲家威廉·沃尔顿在这里一起完成了诗歌《立面》的首场私人演出。屋后的花园里有一幅吉诺·塞维里尼的壁画。

布莱姆·斯托克 BRAM STOKER

圣莱纳德排屋18号,切尔西,SW3
18 St Leonard's Terrace, Chelsea, SW3
这位爱尔兰作家在1885年搬进了这栋房子,在这里写下了《德拉库拉》和《白虫之穴》。尽管现在他的名字已成了吸血鬼的同义词,斯托克在生前和剧院的联系却更为紧密;在爱尔兰做了一段时间剧评人后,他搬到伦敦,成为了考文特花园兰心剧院的经理人,在这个位置上干了整整二十七年。

切尔西和富勒姆

西特韦尔三姐弟(萨谢弗雷尔、伊迪丝和奥斯伯特)在奥斯伯特位于切尔西的庭院中。
诺尔曼·帕金逊档案

P. L. 特拉弗斯 P. L. TRAVERS

史密斯街50号，切尔西，SW 3
50 Smith Street, Chelsea, SW 3

这位"玛丽·波平斯"系列的作者在1946年搬进了这栋房子。住在这里期间，她出版了这一系列的第四本书，并和华特·迪士尼公司谈妥了电影版权，允许后者把她的小说改编为一部音乐剧。1940年，也就是在特拉弗斯搬来史密斯街几年前，她从一个相识的爱尔兰家庭那里收养了一个男婴。十七年后，她养子的双胞胎兄弟突然出现在史密斯街50号，特拉弗斯母子都很意外，因为她的孩子并不知道自己是被收养的，更不用说还有个兄弟了。

马克·吐温 MARK TWAIN

泰德沃斯广场23号，切尔西，SW 3
23 Tedworth Square, Chelsea, SW 3

美国作家马克·吐温曾于十九世纪九十年代在欧洲待了好几年，四处游历演讲，也做单人秀表演，在伦敦停留的时间尤其之长。他在1896年到1897年间住在这里，并成为了白厅街上萨维奇俱乐部的荣誉会员。

奥斯卡·王尔德 OSCAR WILDE

泰特街34号（前16号），切尔西，SW 3
34 Tite Street (formerly No. 16), Chelsea, SW 3

这里是奥斯卡·王尔德夫妇和他们的两个儿子曾经居住过的地方，拥有伦敦唯一一块与这位伟大的剧作家有关的蓝色铭牌。王尔德在这里写下了《道连·格雷的画像》和《理想丈夫》。这套泰特街的房子也是他的财产被拍卖的地方——在被判严重淫秽罪之后，他随即破产了。再早些年前，王尔德在到访美国之前曾在泰特街44号（原1号）住过，是艺术家弗兰克·迈尔斯的房客。巧的是，判处王尔德两年苦役的法官就住在这条街的58号。

托马斯·沃尔夫 THOMAS WOLFE

威灵顿广场32号，切尔西，SW 3
32 Wellington Square, Chelsea, SW 3

美国小说家托马斯·沃尔夫1926年时曾宿在此地。当时他正在写一部名为《哦，失落》的自传体小说，这是他1929年第一部出版小说《天使，望故乡》的前身。住在这里期间，他的房东每天早上八点半都会准时把早餐送到他的床头。

乔治·梅瑞狄斯 GEORGE MEREDITH

侯伯里街7号，切尔西，SW 10
7 Hobury Street, Chelsea, SW 10

这位曾获七次诺贝尔奖提名的作家曾住在这里。在此之前，他借住在附近但恩道上但丁·加百利·罗塞蒂的家里，但嫌他家的鸟太吵，扰人清静，遂搬来此地。

约翰·奥斯本 JOHN OSBORNE

克鲁克汉姆街2号，富勒姆，SW 6
2 Crookham Road, Fulham, SW 6

这位第一个被称为"愤怒的年轻人"的作家于1929年出生在这里。七岁时，奥斯本随家人搬到萨里郡郊区，直到1943年十四岁时为了上寄宿学校才踏上了德文郡的土地。奥斯本认为萨里郡是一个文化沙漠——一位同学曾回忆说："他认为（我们）是一群沉闷、无趣的人，可能我们其中很多人的确是这样的。"

萨尔曼·鲁西迪 SALMAN RUSHDIE

国王路488号，切尔西，SW 10
488 King's Road, Chelsea, SW 10

这位写下《撒旦诗篇》的作家年轻时在这里住过一段时间，楼下是著名服装店"祖母出行"。他后来回忆说自己当时迷恋着这家店的经理："西尔维娅经营着这家店。和她相比，崔姬[1]像是个受婴儿肥困扰的少女。可能因为在暗处坐得太久了，她非常苍白。她的嘴唇永远都是黑色的。"有一次，鲁西迪试着和她搭话，她回答说："没什么可聊的，伙计。"

马尔文·皮克 MERVYN PEAKE

德雷顿花园1号，切尔西，SW 10
1 Drayton Gardens, Chelsea, SW 10

马尔文·皮克在德雷顿花园度过了自己人生最后的八年。尽管当时他才五十多岁，他的身体已日渐衰弱，出现了早期老年痴呆症。为此，他接受了电击治疗，但收效甚微。

圣马可学院 ST MARK'S COLLEGE

（前）富勒姆路459a号，切尔西，SW 10
(Formerly) 459a Fulham Road, Chelsea, SW 10

列夫·托尔斯泰在1861年3月对伦敦进行过为期两周的访问。人们对于这趟访问所知甚少，但可以确定的是托尔斯泰带有教育方面的目的，或者至少有一部分是。那是在《战争与和平》出版前几年，还未成名的托尔斯泰来到伦敦，带着一封推荐信去找了当时在教育部任职的马修·阿诺德。阿诺德又为托尔斯泰写了一封介绍信，帮助他访问了首都及周边的几所学校。托尔斯泰参观过的学校中，唯一被外界知道的是圣马可学院的"实习学校"，它就设在切尔西这座引人注目的八角形建筑里。托尔斯泰见了3B班的学生，并带走了孩子们当天的短篇日记。

注：
[1] 指英国名模崔姬（Twiggy）。

安妮塔·布鲁克纳 ANITA BROOKNER

埃尔姆公园花园68号6号公寓，SW 10
Flat 6, 68 Elm Park Gardens, SW 10

在作为艺术史学家的职业生涯中功成名就之后，安妮塔·布鲁克纳在五十多岁时将注意力转向了小说创作，并开始以每年一本的速度写书。虽然她坦言自己并不喜欢写小说（"这就像在一条糟糕的电话线路的一头"），但她还是凭借《杜兰葛山庄》获得了1984年的布克奖。布鲁克纳一生未婚，2016年去世时享年八十七岁。

切尔西和富勒姆

安妮塔·布鲁克纳2001年在埃尔姆公园花园的家中。露西·狄更斯

西南部以西南

这片富人区沿着泰晤士河岸向西南的萨里郡方向延伸,这里一直凭借着帕特尼荒野、邱园和里士满公园这样大片的露天空间和公园吸引着众多作家;几个世纪以来,许多文人都来到这里享受好天气。

知名书店和博物馆

温布尔登书店 WIMBLEDON BOOKS
高街40号,温布尔登,SW 19
40 High Street, Wimbledon, SW 19
一家独立综合书店,有许多儿童书籍。
周一至周六 10:00—17:30
周日 11:00—17:00

开放书店 THE OPEN BOOK
国王街10号,泰晤士河上的里士满,TW 9
10 King Street, Richmond-upon-Thames, TW 9
店内的书籍题材广泛,有时会举行一些活动。
周一至周六 9:30—18:00
周日 11:00—18:00

邱之书店 THE KEW BOOKSHOP
站前路1-2号,邱区,TW 9
1-2 Station Approach, Kew, TW 9
一家拥有三十余年历史的书店,很受欢迎。
周一至周六 9:30—17:30
周日 11:00—17:00

巴恩斯书店 THE BARNES BOOKSHOP
教堂路60号,巴恩斯,SW 13
60 Church Road, Barnes, SW 13
一家非常友善的书店,出售各类小说和非虚构作品。
周一至周六 9:30—17:30
周日 11:00—17:00

吉莉·库珀
JILLY COOPER

帕特尼公共绿地，帕特尼，SW 15
Putney Common, Putney, SW 15
吉莉·库珀一生写了近五十本书。她和她的丈夫在帕特尼公共绿地周边住了将近十年，常带着爱犬在绿地散步。库珀把她在这里的生活记录在了畅销回忆录《普通年代》中。

A. C. 斯温伯恩 A. C. SWINBURNE

松林居，帕特尼山 11 号，SW 15
The Pines, 11 Putney Hill, SW 15
斯温伯恩酗酒和纵欲的生活方式导致他经常出现类似癫痫的症状。每每在他快要康复的时候，他又重拾旧习。1872 年，这位四十二岁的诗人身体彻底垮掉，被他的朋友西奥多·沃茨-邓顿带到了自己位于帕特尼的家中。在接下来的三十年里，斯温伯恩一直住在沃茨-邓顿的家里，直到他 1909 年因流感去世。沃茨-邓顿对斯温伯恩实行的清醒管理不可不谓是挽救了他的人生：这位作家在这里居住期间，完成了二十三卷诗歌、散文和戏剧作品。然而，沃茨-邓顿也受到了批评，特别是由于他妨碍了斯温伯恩的情色虐恋小说《蕾丝比娅·布兰登》的出版。

杰拉德·曼利·霍普金斯
GERARD MANLEY HOPKINS

曼雷萨居，霍利本大道，罗汉普顿，SW 15
Manresa House, Holyboume Avenue, Roehampton, SW 15
这位作家是个虔诚的耶稣会信徒，曾为了大斋节放弃了诗歌。他在这里学习并任教了两年，后来搬去了梅费尔的蒙特街。

亚历山大·蒲柏 ALEXANDER POPE

（前）迪普岔路口，特威克纳姆，TW 1
(Formerly) Cross Deep, Twickenham, TW 1
1719 年，亚历山大·蒲柏在特威克纳姆的泰晤士河畔租了一块地，自己动手建造一座帕拉第奥式的别墅。他还在路对面租下另一块土地，将其改造成了一个牧场式的景观花园。由于房子和花园被路分开了，他申请了隧道开凿许可，将它们连在一起。就在别墅地下室里的隧道入口处，蒲柏建造了他著名的石室。这位诗人和评论家（在当地，他被称为特威克纳姆的黄蜂）在别墅里度过了他的余生。1728 年，他在这里完成了自己最著名的作品《愚人志》。许多名人前来与他为伴，这其中包括威廉·康格里夫和约翰·盖伊，从法国流亡到伦敦的伏尔泰也曾登门拜访。蒲柏的好朋友乔纳森·斯威夫特从爱尔兰过来定期访问时会宿在此处。在 1726 年的一次留宿中，斯威夫特带来了他的《格列佛游记》手稿，蒲柏帮他安排了这本书的匿名出版。这座房子和花园在 1807 年被拆除，但石室的大部分被保留在了拉德诺之家学校的院内。

阿尔弗雷德·丁尼生勋爵
ALFRED, LORD TENNYSON

查佩尔居,蒙彼利埃街15号,特威克纳姆,TW 1
Chapel House, 15 Montpelier Row, Twickenham, TW 1

丁尼生在1851年搬进了查佩尔居。他的儿子哈勒姆(以他的好友亚瑟·哈勒姆命名,他还写了《悼念A. H. H》一诗纪念他)在这间屋子里出生,并在附近的圣玛丽教堂受洗。在这里,诗人写下了《致威灵顿公爵之灵》。1853年,丁尼生全家从这里搬去怀特岛隐居,他寡居的母亲伊丽莎白搬进了这栋屋子。

霍勒斯·沃波尔 HORACE WALPOLE

草莓山庄,沃尔德格雷夫路268号,特威克纳姆,TW 1
Strawberry Hill House, 268 Waldegrave Road, Twickenham, TW 1

霍雷肖·沃波尔——也许他更著名的名字是霍勒斯·沃波尔——是一位艺术史学家、古董学家和辉格党人,同时也是第四代奥福德伯爵。他在文学上的声誉几乎完全来自他的作品《奥特兰托城堡》,它被认为是文学史上的第一部哥特式小说。《奥特兰托城堡》融合了中世纪主义和恐怖元素,开创了一种新的文学流派,在接下来的一百年中大为流行。玛丽·雪莱、布莱姆·斯托克、埃德加·爱伦·坡和罗伯特·路易斯·史蒂文森等作家都受到了它的影响。草莓山庄是沃波尔的心头所爱。他花了三十年的时间重建了这座房子,为其添加了哥特式的塔楼、城垛,精心装饰了内部。沃波尔声称正是这座房子激发了自己创作《奥特兰托城堡》的灵感。现在山庄产权归英格兰遗产委员会所有,并向公众开放。

弗吉尼亚和伦纳德·吴尔夫
VIRGINIA AND LEONARD WOOLF

霍加斯居,天堂路35号,里士满,TW 9
Hogarth House, 35 Paradise Road, Richmond, TW 9

1914年,弗吉尼亚和伦纳德·吴尔夫从布鲁姆斯伯里搬到了里士满。这其中一部分原因是弗吉尼亚在1913年一度企图自杀,他们希望搬家能够帮助她从后续的精神崩溃中恢复。他们一开始住在格林街17号,然后在1915年3月搬到了霍加斯居。1917年,他们在这里成立了自己的出版社,并以这间住所命名。他们用在霍本买的印刷机(弗吉尼亚负责排列铅字,伦纳德负责校正并操作机器),以霍加斯出版社的名义出版了一系列书籍,其中包括弗吉尼亚的《雅各的房间》(1922)、T. S. 艾略特的《荒原》(1924),以及凯瑟琳·曼斯菲尔德的作品,还有陀思妥耶夫斯基和契诃夫作品的英译本。吴尔夫夫妇在霍加斯居一直住到1924年,之后他们又搬回了伦敦市中心和布鲁姆斯伯里。

西南部以西南

"这真是最可爱的房子，在每个房间都能看到美丽的风景……宽大的楼梯，精美的雕像，所有的房间都贴满了华丽的墙纸。"

—— 阿尔弗雷德·丁尼生勋爵
如是形容特威克纳姆的查佩尔居

诺埃尔·考沃德 NOËL COWARD

沃尔德格雷夫路131号，特丁顿，TW 11
131 Waldegrave Road, Teddington, TW 11
剧作家和名嘴诺埃尔·考沃德1899年在这里出生。他和家人（包括他的父亲，一位失败的钢琴销售）在这里住了好几年，后来举家搬去了萨里郡。

伊妮德·布莱顿 ENID BLYTON

胡克路207号，切辛顿，KT 9
207 Hook Road, Chessington, KT 9
二十三岁时，伊妮德·布莱顿在这栋胡克路的房子里拥有了属于自己的小房间。在那里，她是四个男孩的家庭教师。布莱顿的写作生涯也是从这里开始的，她曾说过，在那里的日子是自己"一切成功的基石"。四个学生和其他邻居的孩子们是她最初的小读者，最终，她成为了二十世纪最著名的儿童文学作家之一。

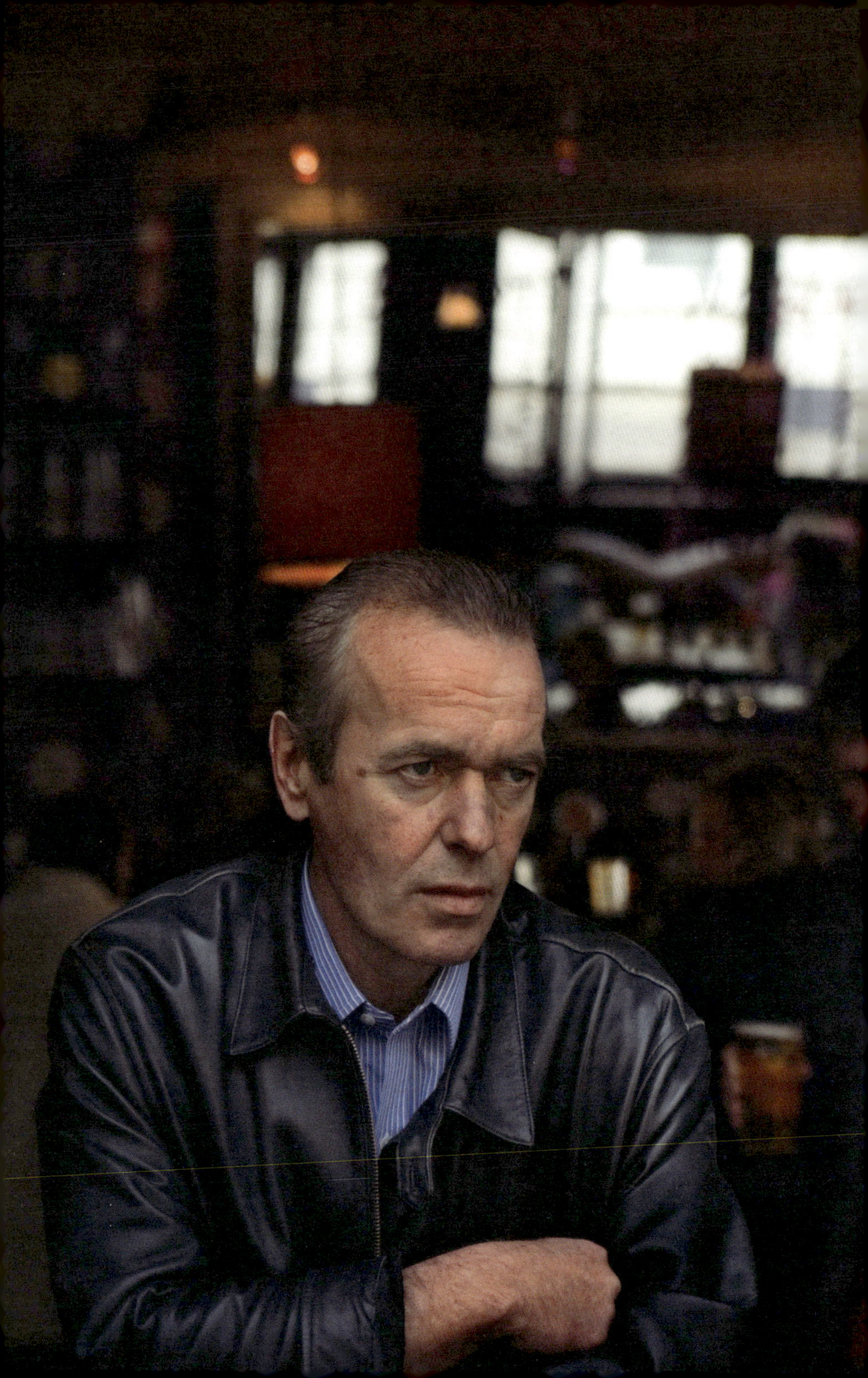

西部

贝斯沃特、帕丁顿和梅达谷 | 诺丁山和韦斯特伯恩公园 | 荷兰公园 | 哈默史密斯、奇西克和阿克顿

推荐阅读

《崭新的开端》 科林·麦金尼斯
Absolute Beginners, Colin MacInnes

《伦敦场地》 马丁·艾米斯
London Fields, Martin Amis

《伦敦人》 莫琳·达菲
Londoners, Maureen Duffy

《孤独的伦敦人》 塞缪尔·塞尔文
The Lonely Londoners, Samuel Selvon

《诺丁山的拿破仑》 G. K. 切斯特顿
The Napoleon of Notting Hill, G.K. Chesterton

《伦敦母亲》 迈克尔·穆考克
Mother London, Michael Moorcock

《语言之子》 艾丽丝·默多克
A Word Child, Iris Murdoch

马丁·艾米斯在诺丁山的一家酒吧里眺望远处的景色。
因图片有限公司 / 科尔比斯图片社 / 盖蒂图片社

贝斯沃特、帕丁顿和梅达谷

　　帕丁顿和贝斯沃特邻近帕丁顿火车站和肯辛顿花园，有很多类型的住宅可供选择，从维多利亚时代风格的大宅到现代公寓楼，应有尽有。这里一直是一个富有吸引力且不算昂贵的街区。众所周知，帕丁顿火车站在文学上和一只来自神秘的秘鲁深处的熊颇有渊源。而不远处，宁静平和的运河和纤道为人们提供了躲避拥堵道路的好去处。

知名书店和博物馆

阿尔萨吉书店 AL SAQI BOOK STORE
韦斯特伯恩林道26号，贝斯沃特，W2
26 Westbourne Grove, Bayswater, W2
英格兰最大的中东书籍专营店。
周一至周六 10：00—18：00

J. M. 巴里 J. M. BARRIE

贝斯沃特路100号，贝斯沃特，W2
100 Bayswater Road, Bayswater, W2

这位苏格兰剧作家和小说家与他的妻子玛丽·安塞尔在这间房子里住了好几年。在这里，他创造了自己最著名的角色彼得·潘。萧伯纳曾和他做了一段时间的邻居，两位作家因此成了好友。在发现妻子有外遇后，巴里起诉离婚，并将房子卖给了他的朋友，南极探险家罗伯特·斯科特船长的遗孀凯瑟琳·斯科特（婚前姓布鲁斯）。2015年，这栋房子被凯瑟琳·布鲁斯的家人以近七百万英镑的价格挂牌出售。

尼娜·哈姆内特 NINA HAMNETT

韦斯特伯恩台164号，帕丁顿，W2
164 Westbourne Terrace, Paddington, W2

"波西米亚女王"尼娜·哈姆内特在巴黎度过了一段丰富而刺激的时光后，她回到了伦敦，开始与布鲁姆斯伯里团体来往，并在皇家艺术学院展出她的作品。她与狄兰·托马斯和艺术家奥古斯塔斯·约翰相伴，一起在菲茨罗伊酒馆饮酒度日。哈姆内特在1932年出版了回忆录《大笑的躯体》，当时十分热销。但三十年后，她出版的第二本回忆录《她是个淑女吗？》却毫无水花。在一次大醉后，哈姆内特可能是被绊倒了，也可能是自己从窗户里翻了出去，结果整个人被楼下的围栏刺穿，结束了生命。

威尔基·柯林斯 WILKIE COLLINS

波切斯特排屋30号，贝斯沃特，W2
30 Porchester Terrace, Bayswater, W2

1830年，威廉·柯林斯（人们通常用昵称"威尔基"称呼他）和家人搬进了这栋位于贝斯沃特的房子。他的父亲威廉是一位与康斯特布尔齐名的画家，他鼓励儿子在艺术之外找一份更稳定的工作，并将威尔基送到一位茶商那里当学徒。威尔基并不喜欢这段经商经历，而选择了学习法律——不过他从未去参加律师考试。从那时起，威尔基开始写作，他的父亲也很快意识到儿子已决心把文字当作毕生事业。在父亲去世一年后，柯林斯出版了他的第一本书，即他父亲的传记《威廉·柯林斯生平回忆录》。

阿道司·赫胥黎 ALDOUS HUXLEY

韦斯特伯恩台155号，帕丁顿，W2
155 Westbourne Terrace, Paddington, W2

赫胥黎和妻子玛丽亚曾带着年幼的儿子马修住在这里。当时赫胥黎在康泰纳仕出版集团供职，工作繁忙。尽管赫胥黎是一位受人尊敬的作家，也是一个隶属于布鲁姆斯伯里团体的小文学团体中的活跃成员，但他在欧洲一直生活得不那么自在。二战期间，他移民到美国，进一步研究神秘主义和迷幻医学。

温德姆·刘易斯 WYNDHAM LEWIS

奥辛顿街33号，贝斯沃特，W2
33 Ossington Street, Bayswater, W2
在出版了《上帝之猿》这部对文坛的辛辣讽刺之作后，刘易斯搬到了贝斯沃特。在那里，他把注意力转移到了自己最初的爱好绘画上。虽然人们对他的观点颇有争议（他曾经写过一本积极评价希特勒的书），他还是成功说服了许多知名人士同意让自己为他们画像。皇家艺术学院曾拒绝悬挂他画的 T. S. 艾略特肖像，这幅画现在和刘易斯的其他几件作品一起陈列在国家肖像馆。

朱利安·麦克拉伦－罗斯
JULIAN MACLAREN-ROSS

切普斯托坊16号，贝斯沃特，W2
16 Chepstow Place, Bayswater, W2
朱利安·麦克拉伦－罗斯的全部家当只有一只箱子。他居无定所，搬家的频率堪比他去苏活区和菲茨罗维亚酒吧的频率。约翰·贝杰曼、狄兰·托马斯、尼娜·哈姆内特、伊夫林·沃和其他许多同时代作家都很欣赏他，评论家们也认为他很有前途，把他的作品称为"小经典"。但酒色和债务限制了他才华的发挥。在写作《四十年代回忆录》期间，他意外地收到了一张出版商的版税支票。随后，他在这栋房子里喝下了一整瓶白兰地，心脏病发作去世，享年五十二岁。他最后被安葬在帕丁顿公墓的一座无名墓中。

罗伯特·勃朗宁 ROBERT BROWNING

沃灵顿弯道19号，小威尼斯，W9
19 Warrington Crescent, Little Venice, W9
在妻子伊丽莎白·巴雷特·勃朗宁去世后，罗伯特·勃朗宁于1861年从意大利搬回伦敦。在这里，他出版了自己最成功也最受赞誉的作品《指环与书》，很快融入了伦敦的文学圈子。这一作品的出版为勃朗宁带来了他此前与伊丽莎白·巴雷特·勃朗宁还是夫妇时无法获得的声望，因为他的妻子比他要有名得多。人们甚至在他生前就成立了勃朗宁学会，可见其名望之高。后来，他家对面的那段运河被命名为勃朗宁池。

诺丁山
和韦斯特伯恩公园

今天的诺丁山几乎很难让人相信,在五十年前,这里曾是伦敦最破旧的地区之一。在二十世纪的大部分时间里,这个富人区街道上那些大栋灰泥墙面的房子和排屋被贫民窟的房东们物尽其用,隔成小间再群租出去。由于租金低廉,二战后来到伦敦的"疾风世代"加勒比移民很喜欢这里。1958年,白人"泰迪男孩"群体对这些来自西印度的移民进行了四次袭击,由此爆发了一系列种族骚乱。第二年,作为对骚乱的回应,卡姆登举行了"加勒比狂欢节",也就是现在诺丁山狂欢节的前身。后来,自1966年起,诺丁山在每年8月都会举行类似的狂欢活动。科林·麦金尼斯的小说《崭新的开端》中对诺丁山骚乱进行了浓墨重彩的叙述。塞缪尔·塞尔文1956年出版的小说《孤独的伦敦人》则以诺丁山和韦斯特伯恩公园为背景,详细描写了当时伦敦工人阶级黑人移民的生活。

知名书店和博物馆

厨师书店 BOOKS FOR COOKS
布莱尼姆弯道4号,诺丁山,W11
4 Blenheim Crescent, Notting Hill, W11
店的内容正如其名。
周二至周六 10:00—18:00

诺丁山书店 THE NOTTING HILL BOOSHOP
布莱尼姆弯道13号,诺丁山,W11
13 Blenheim Crescent, Notting Hill, W11
综合类书店,略侧重于旅行和儿童书籍。
周一至周六 9:00—19:00
周日 10:00—18:00

勒琴斯与鲁宾斯坦 LUTYENS & RUBINSTEIN
肯辛顿公园路21号,诺丁山,W11
21 Kensington Park Road, Notting Hill, W11
品类丰富的综合书店,店主是两位文学代理人。
周二至周五 10:00—18:30
周一和周六 10:00—18:00
周日 11:00—17:00

托马斯·哈代 THOMAS HARDY

韦斯特伯恩公园别墅区,韦斯特伯恩公园,W2
Westbourne Park Villas, Westbourne Park, W2
托马斯·哈代年轻时是一位建筑师,在位于河岸区边阿德尔菲排屋的亚瑟·布卢姆菲尔德的事务所中工作。他所在的团队当时负责挖掘圣潘克拉斯老教堂墓园,为新的火车站腾出空间。他经常从自己在韦斯特伯恩公园的这处住所步行上班。不过,伦敦从未让他找到归属感,这里的阶级隔阂总是让他感觉低人一等。

迈克尔·穆考克 MICHAEL MOORCOCK

布莱尼姆弯道51号,诺丁山,W11
51 Blenheim Crescent, Notting Hill, W11
迈克尔·穆考克有好几部小说的背景都设定在他居住的诺丁山街区。这位高产的作家同时还是当时英国最重要的科幻杂志之一《新世界》的编辑。

A. E. 豪斯曼 A. E. HOUSMAN

塔尔博特路82号,韦斯特伯恩公园,W2
82 Talbot Road, Westbourne Grove, W2
在牛津大学度过了一段平淡的时光后,学者兼诗人A. E. 豪斯曼和两个朋友在这里合住。后来豪斯曼据说因为向其中一位室友告白被拒,独自搬去了海格特。

乔治·奥威尔 GEORGE ORWELL

波托贝洛路10号,诺丁山,W11
10 Portobello Road, Notting Hill, W11
患上登革热后,年轻的乔治·奥威尔(当时还叫埃里克·布莱尔)从驻扎在缅甸的印度帝国警察岗位上离职,回到伦敦,决定成为一名作家。1927年末,他搬到了这个地址上的一间没有暖气的阁楼里。在那个寒冷入骨的冬天,奥威尔不得不用微弱的烛火温暖自己的双手,好开始一天的写作。他同流浪汉和穷人打成一片,有时候就直接在泰晤士河边的堤岸区草草睡下。1928年,奥威尔离开了诺丁山。在之后的几年里,他一直在英格兰和巴黎漂泊,打一些短工,在穷人之中继续写作和生活;这段经历后来成为了他创作《巴黎伦敦落魄记》的素材。

荷兰公园

　　这个街区位于伦敦市中心的最西端，在与都市的繁华保持亲近的同时，还有足够的绿地和空间让居民们享受一丝与世隔绝的清静。在历史上，荷兰公园曾吸引了包括詹姆斯·乔伊斯和阿加莎·克里斯蒂在内形形色色的作家。在十九世纪前，这个地区的主体一直是荷兰府——一座占地五百英亩的乡间庄园，但几个世纪以来，这座庄园的部分土地陆续被出售或开发，形成了一个绿树成荫、风景秀丽的联排别墅区。在伦敦大轰炸期间，荷兰府剩下的部分被彻底炸毁。曾有一张照片记录下了这里的图书室被炸毁后，人们浏览书架残骸的场景，它被视为英国战时口号"保持冷静，继续前进"精神的一次直观呈现。

人们在肯辛顿荷兰府的图书室中"保持冷静,继续前进",这里在伦敦大轰炸期间被一颗莫洛托夫"面包篮"燃烧弹炸成了废墟。
伦敦中央新闻社／赫尔顿档案／盖蒂图片社

荷兰公园

阿加莎·克里斯蒂 AGATHA CHRISTIE

坎普登街47号,荷兰公园,W8
47 Campden Street, Holland Park, W8
在和她第一任丈夫阿奇离婚后,这位业已成名的犯罪小说家嫁给了马克斯·马洛温,夫妇二人在1930年搬进了这栋位于荷兰公园的宅子。住在这里期间,阿加莎·克里斯蒂写下了她最著名的作品之一《东方快车谋杀案》。

阿加莎·克里斯蒂 AGATHA CHRISTIE

谢菲尔德排屋58号,荷兰公园,W8
58 Sheffield Terrace, Holland Park, W8
克里斯蒂从附近的坎普登街搬来这里住了七年。1941年,这座房子在伦敦大轰炸期间被毁,她不得不又一次搬走。

罗伯特·勃朗宁 ROBERT BROWNING

德维尔花园29号,肯辛顿,W8
29 De Vere Gardens, Kensington, W8
罗伯特·勃朗宁在德维尔花园度过了他生命的最后几年。这里离肯辛顿花园很近,诗人时常去那里散步。搬来后不久,他的健康状况急转直下。勃朗宁在新家中住了不到两年后,去他住在意大利雷佐尼科宫的儿子家里暂住,并在那里去世了。

弗朗西丝·霍奇森·伯内特 FRANCES HODGSON BURNETT

莱克斯汉姆公园44号,荷兰公园,W8
44 Lexham Gardens, Holland Park, W8
在《小爵爷》出版大获成功后,在巴黎过着奢靡生活的弗朗西丝·伯内特开始频繁到访英格兰,最后于1884年在莱克斯汉姆公园租下了一套房子。在这里,她写下了《秘密花园》。1892年,她的长子莱昂内尔死于肺结核,伯内特随后搬去了波特兰坊。

安东尼娅·弗雷泽女士和哈罗德·品特 LADY ANTONIA FRASER AND HAROLD PINTER

坎普登山广场52号,荷兰公园,W8
52 Campden Hill Square, Holland Park, W8
历史学家和作家安东尼娅·弗雷泽曾与她的第一任丈夫、保守派政治家休·弗雷泽住在这里。她所有的历史传记和小说,包括畅销书《苏格兰女王玛丽》在内,都是在这里写下的。1975年,一枚藏在休·弗雷泽捷豹车下的汽车炸弹突然爆炸,当时夫妇二人和美国作家兼外交官卡罗琳·肯尼迪在一起,险些送命。弗雷泽夫妇的邻居也因此受了致命伤。在袭击发生之前,安东妮娅已经和当时已婚的哈罗德·品特开始了一段婚外情。在他们与各自的配偶分居后,品特搬进了弗雷泽在坎普登山的房子。两人于1980年结婚后一直在一起,直到2005年品特去世。品特后期的所有剧本都是在这里写的,《背叛》也在其列。人们一开始认为这部剧是他对这段婚外情及两桩破裂婚姻的回应;然而,品特后来透露说,《背叛》的灵感其实来自他与电台主播琼·贝克维尔一段长达七年的地下恋情,这段恋情发生在1962年到1969年间,当时他尚未和第一任妻子分开。

荷兰公园

1980年，哈罗德·品特和安东尼娅·弗雷泽在他们位于荷兰公园的大宅门厅里留影。
三一镜报集团 / 镜报图片 / 埃拉米图片社

肯尼斯·格雷厄姆 KENNETH GRAHAME

菲利莫尔坊16号，荷兰公园，W8
16 Phillimore Place, Holland Park, W8
肯尼斯·格雷厄姆在英格兰银行工作期间，和妻子以及他们的独子住在这里。格雷厄姆白天处理银行的工作，晚上写作，《柳林风声》正是脱胎于他每晚给自己的爱子讲的那些睡前故事。

雷德克利芙·霍尔 RADCLYFFE HALL

荷兰街37号，荷兰公园，W8
37 Holland Street, Holland Park, W8
在上个世纪二十年代，霍尔和她的伴侣尤娜·特鲁布里奇一起在荷兰街的这所房子里住了五年。在她住在这里期间，霍尔完成了她的第五本书——半自传体的《孤寂深渊》。这本书在1928年由乔纳森·凯普出版社出版，故事以霍尔自己的公开恋情为蓝本，其中对于同性恋情的描写震惊了伦敦社会。小说出版后，她以淫秽罪被起诉。与此同时，这部小说也得到了伦敦文学圈的赏识，包括 T. S. 艾略特、弗吉尼亚·吴尔夫、阿诺德·本涅特、鲁德亚德·吉卜林和 E. M. 福斯特在内的多位知名作家都曾出面声援了这部小说。然而，这部小说还是被判为淫秽作品，直到1949年霍尔去世后才在英国正式发行。

维奥莱特·亨特 VIOLET HUNT

坎普登山路80号，荷兰公园，W8
80 Campden Hill Road, Holland Park, W8
维奥莱特·亨特是一位高产的小说、故事和回忆录作家，也是文学和政治活动的积极参与者。她在1908年参与推动了女作家参政权联盟的成立，又在1921年帮助成立了国际笔会这一世界性的作家协会。亨特出身于一个艺术家庭，父亲是画家，母亲是作家，因此她从小就对文人圈子的来来往往十分熟悉。长大后，她开始在自己坎普登山的豪宅里举办派对，盛名一时。奥斯卡·王尔德、埃兹拉·庞德、丽贝卡·韦斯特、约瑟夫·康拉德等人都曾是她沙龙的座上宾。她一直保持独身，同时和她的客人们（大部分对象都是已婚人士，其中包括 H. G. 威尔斯和萨默塞特·毛姆）发生各种风流韵事。只有一个人曾搬进来与她同居过一段时间，那个人就是福特·马多克斯·福特。

亨特比福特大十一岁。随着福特创办的《英语评论》逐渐走上正轨，这对恋人开始在坎普登山路的房子里一起为杂志工作。福特一直没有离婚，他与亨特一起生活了八年，其间只有一次分开过，那是由于福特拒绝向妻子支付子女抚养费而被关了八天。在此期间，福特曾在战争宣传局与阿诺德·本涅特和 G. K. 切斯特顿共事，之后被派往法国参战。他此后的许多作品都参照了自己的这段从军经历，包括《好兵》（在这本书中，他以亨特为原型塑造了诡计多端的弗洛伦斯·道威尔）。但这段感情后来转淡，福特搬了出去，最后与比他小二十岁的艺术家斯泰拉·鲍恩同居。维奥莱特最终在坎普登的家中去世，享年七十九岁。

詹姆斯·乔伊斯 JAMES JOYCE

坎普登林28B，荷兰公园，W8
28B Campden Grove, Holland Park, W8

这位写下了《尤利西斯》的爱尔兰作家1931年时曾在这间公寓里住了几个月。尽管他当时已经在都柏林和巴黎引起轰动，乔伊斯还是希望可以通过搬来伦敦，最终在英国文学界确立自己的地位。时任费伯－费伯出版社编辑的T. S. 艾略特签下了《芬尼根的守灵夜》，这是一部乔伊斯在伦敦生活期间创作的小说。在附近的肯辛顿登记处，乔伊斯与他的伴侣诺拉·巴纳克尔正式结婚。几天后，《标准晚报》第三版刊登了这对幸福的夫妇在街头拍摄的照片。然而，乔伊斯与伦敦并不投缘，他把自己的家称为"坎普登墓地"。夫妇二人婚后去巨石阵度了一个短暂的蜜月，不久后便搬走了。由于触犯淫秽法，《尤利西斯》在英国被禁，直到1936年才解禁。

温德姆·刘易斯 WYNDHAM LEWIS

宫殿花园排屋61号，荷兰公园，W8
61 Palace Gardens Terrace, Holland Park, W8

从一战战场上退役后，刘易斯搬到了荷兰公园，继续他的画家事业。在此期间，他装修了朋友福特·马多克斯·福特和维奥莱特·亨特在坎普登山的宅子，还画了那幅很有名的伊迪丝·西特韦尔肖像。但刘易斯很快把自己的才华投回了写作事业，并开始和布鲁姆斯伯里团体亲近。

奥利维亚·莎士比亚 OLIVIA SHAKESPEAR

布伦瑞克花园12号，荷兰公园，W8
12 Brunswick Gardens, Holland Park, W8

在今天，很少有人听说过奥利维亚·莎士比亚的名字。然而，从某个角度而言，她留下了虽然有些超乎常规，却十分重要的文学遗产。1894年，莎士比亚与W. B. 叶芝成为了朋友，他们的友谊在1896年升级成了肉体关系。这段韵事只维持了很短的一段时间，但两人一直保持着朋友的关系。叶芝最终娶了乔治·海德－李斯，她是奥利维亚的继侄女，也是她女儿多萝西的好友。1909年，奥利维亚开始在家中举办每周一次的文学沙龙。由于她和叶芝仍是朋友，同期参加叶芝周一夜间沙龙的客人们也会经常去光顾奥利维亚的。理查德·奥尔丁顿、H. D.（希尔达·杜立特尔）、威廉·卡洛斯·威廉斯、T. E. 休姆以及叶芝的狂热追随者埃兹拉·庞德都曾是她的座上宾。聚会往往在莎士比亚的会客厅中举行，这个地方被庞德形容为"充满了白魔法"。莎士比亚的女儿多萝西爱上了庞德，两人于1914年结婚。虽然奥利维亚并不完全满意这个女婿人选，但正是依靠她给多萝西的经济补贴，庞德才得以向T. S. 艾略特和詹姆斯·乔伊斯这样的新人作家提供资助。莎士比亚同时还是一位著名的神秘学家，除了文学沙龙以外，她还经常在自己的会客厅里举办降神会。在文学成就上，她留下了六本可以称之为"婚姻问题"小说的作品，但销量不佳——有些只卖了几百本。她的最后一部小说《希拉里叔叔》被认为是她最好的作品。

埃兹拉·庞德 EZRA POUND

肯辛顿教堂道10号,荷兰公园,W8
10 Kensington Church Walk, Holland Park, W8
埃兹拉·庞德从1908年到1920年间一直生活在伦敦。在这十二年里,他在很多地方都住过——尤其是菲茨罗维亚的朗廷街48号,那里连同街角的约克郡格雷酒吧,都在他的《比萨诗章》中登场过。他写下这部作品时,已经因为叛国罪被关在了美军占领下的意大利。不过,在肯辛顿教堂道10号的日子成为了这位美国诗人最活跃的时光。在这里,他写下了《鲁斯特拉》——这也许是他在伦敦时期最成熟的诗集。常来此处拜访他的客人有福特·马多克斯·福特、威廉·卡洛斯·威廉斯、D. H. 劳伦斯、H. D.(希尔达·杜立特尔,庞德的前未婚妻)和F. S. 弗林特。庞德经常出没于附近的《英语评论》编辑部,或是奥利维亚·莎士比亚在布伦瑞克花园举办的沙龙。1914年,庞德娶了莎士比亚的女儿多萝西;1916年,夫妇二人搬到了荷兰公园内庭5号,与新婚宴尔的H. D. 和理查德·奥尔丁顿做了邻居。1921年,庞德夫妇举家迁至巴黎,又于1924年搬到了意大利。在那里,诗人的政治观点日趋黑暗,逐渐接受了法西斯主义。二战期间,他通过罗马电台播送了一百多期抨击美国、罗斯福、罗斯福家族和犹太人的节目。意大利投降后,庞德被捕。战后,他在华盛顿特区外的一家精神病院里度过了十二年。

乔治·奥威尔 GEORGE ORWELL

玛尔公寓,肯辛顿小街,荷兰公园,W8
Mall Chambers, Kensington Mall, Holland Park, W8
1918年,十五岁的乔治·奥威尔(当时名叫埃里克·亚瑟·布莱尔)同家人一起搬进了这栋公寓楼。他的家庭并不富裕,这个住处也仅是一幢廉租公寓,远谈不上宜居。布莱尔一家在这里一直住到1921年,在此期间,年轻的埃里克拿到了规格极高的国王奖学金,进入伊顿公学学习。然而,他在这所名校的经历并不愉快,三年后,他甚至没有取得毕业证书就离开了。在他过世后刊发的一篇题为《如此欢乐的童年》的杂文中,他语带轻蔑地回忆了自己在英国私立学校体系内的这段经历。从伊顿公学离开后,乔治·奥威尔加入了印度帝国警察,并在缅甸服役了五年。

西格夫里·萨松 SIEGFRIED SASSOON

坎普登山广场23号,荷兰公园,W8
23 Campden Hill Square, Holland Park, W8
在人们的记忆中,西格夫里·萨松是英国最重要的一战诗人之一。他在西线的经历给他自己和他的写作都带来了极大的改变。尽管萨松在服役期间表现出了非凡的勇气,他却一直无法忘怀堑壕战的丑陋与残酷。1917年,萨松向议会宣读了一封给自己指挥官的公开信,宣布自己是一位和平主义者。1925年至1931年间,萨松住在坎普登山广场23号,写下了他的半自传小说"舍斯顿三部曲"中的前两部——《猎狐人的回忆录》和《步兵军官回忆录》,后者大量参照了他的战时经历。

缪丽尔·斯帕克 MURIEL SPARK

牧师宅门1号，荷兰公园，W8
1 Vicarage Gate, Holland Park, W8

斯帕克在1949年搬进了位于这个地址的一间"公寓"。事实上，这里只是一个简陋的开间，但位于一个"好地段"，而这对她当时在《论坛》杂志的编辑工作很重要。《论坛》杂志是她从《诗歌评论》离职后成立的。这一带成为了斯帕克后来若干部小说的背景。在首次出版于1988年的《肯辛顿旧事》中，她把故事背景设定在上个世纪五十年代的伦敦，并借主角霍金斯夫人回顾了自己在出版业的经历。

P. D. 詹姆斯 P. D. JAMES

荷兰公园大道58号，荷兰公园，W11
58 Holland Park Avenue, Holland Park, W11

这位知名的犯罪小说家直到不惑之年才开始她的创作，此前，她一直在都照顾病弱的丈夫，同时挣钱供养自己和两个孩子。詹姆斯的作品出版后即大获成功，也因此得以在上个世纪七十年代自公务员工作退休后搬入这栋豪宅。她在这里住了近三十年，其间被封为"荷兰公园詹姆斯女男爵"，并担任上议院议员。詹姆斯在2014年过世，留下了价值两千二百万英镑的巨额遗产，其中包括这座估价在四百九十五万英镑的大宅。

福特·马多克斯·福特 FORD MADOX FORD

荷兰公园大道84号，荷兰公园，W11
84 Holland Park Avenue, Holland Park, W11

福特·马多克斯·福特在这里创办了《英语评论》。这本杂志在文学界极为重要，因此文豪们频频登门拜访。杂志创刊号收录了托马斯·哈代、约瑟夫·康拉德以及曾经的邻居亨利·詹姆斯和H. G. 威尔斯的作品。D. H. 劳伦斯和温德姆·刘易斯也都在这本杂志上发表过早期作品。福特借此一举跃入了文学圈——他得以前往维奥莱特·亨特在坎普登山路的住所，参与维奥莱特在那里举办的沙龙。不久后，他离开了自己的妻子，开始和维奥莱特同居。

约翰·高尔斯华绥 JOHN GALSWORTHY

艾迪生路4号，荷兰公园，W14
4 Addison Road, Holland Park, W14

高尔斯华绥的职业生涯颇为多姿多彩：在接受了律师培训并取得律师资格后，这位后来的诺贝尔奖得主着手打理起了利润丰厚的家族航运生意。后来，高尔斯华绥厌倦了这种生活，搬到艾迪生路，开始专注于写作。有一阵，他的航海业同人约瑟夫·康拉德和他一起住在这里，并开始创作《间谍》。

永志不忘

伦敦的文学雕塑和纪念碑

约翰·贝杰曼 JOHN BETJEMAN
圣潘克拉斯火车站，尤斯顿路，NW1
St Pancras Station, Euston Road, NW1

这座引人注目的火车站建于1862年，自2007年起便是连接伦敦与法国、比利时和荷兰的欧洲之星列车的始发站。这尊约翰·贝杰曼塑像由马丁·詹宁斯制作，时为桂冠诗人的安德鲁·姆辛为其揭幕。在上个世纪六十年代，贝杰曼参与了一场抗议活动，成功扭转了火车站被拆除的命运。这尊塑像正是为了纪念他在这场活动中做出的重大贡献而设。这位作家毕生都在为保护维多利亚时期的建筑而奔走。

天使幻象壁画 VISION OF ANGELS MURAL
鹅绿地，达利奇东路，SE22
Goose Green, East Dulwich Road, SE22

人们至今都不知道威廉·布莱克究竟在佩卡姆麦地具体的哪个位置看到了他著名的天使幻象，但位于鹅绿地附近的一幅漂亮壁画生动地展现了诗人看到幻象的场景。这幅大型壁画是一个社区项目的成果，当地居民为此投入了许多技术、时间和金钱，最终于1993年完成。

阿加莎·克里斯蒂 AGATHA CHRISTIE
克兰伯恩街与大新港街十字路口，考文特花园，WC2H
Intersection of Cranbourn Street and Great Newport Street, Covent Garden, WC2H

作为舞台剧《捕鼠器》上演六十周年兼两万五千场的纪念（在这本书写作之时，这部剧依然在不远处的圣马丁剧院上演），这尊由本·特维斯顿—戴维斯制作的铜像在2012年揭幕。

威廉·莎士比亚 WILLIAM SHAKESPEARE
莱斯特广场，WC2H
Leicester Square, WC2H

这座由乔瓦尼·丰塔纳雕制的大理石像自1874年起便一直矗立在莱斯特广场，它是对威斯敏斯特教堂诗人角里彼得·希梅克斯作品的仿作。

约翰·济慈 JOHN KEATS
盖伊医院，圣托马斯街，萨瑟克，SE1
Guy's Hospital, St Thomas Street, Southwark, SE1

在盖伊医院的草坪上有一尊这位浪漫主义诗人的雕像，他坐在一张嵌入旧伦敦桥壁龛内的长椅上。1815年至1816年间，年轻的济慈在这里接受外科医生培训，但在完成学业后，他放弃了执业。在不远处的圣托马斯街8号（原28号），有一块纪念这位诗人的铭牌，那里是济慈和他的同学们当时的住处。

帕丁顿熊 PADDINGTON BEAR
帕丁顿火车站，普雷德街，帕丁顿，W2
Paddington Station, Praed Street, Paddington, W2

在《一只叫帕丁顿的小熊》中，迈克尔·邦德笔下最有名的角色——和这个位于西伦敦的火车站拥有同一个名字的、从"秘鲁最黑暗的深处"偷渡而来的友善小熊——正是在这个地方被布朗一家捡到的。当时的它正坐在自己的行李箱上，外套上挂着一张纸条，上面写着："请照顾这只小熊。谢谢你。"今天的车站中央大厅里有一座帕丁顿熊的铜像，位置离卖帕丁顿熊纪念品的店铺不远。

彼得·潘 PETER PAN

肯辛顿花园，肯辛顿，W2
Kensington Gardens, Kensington, W2

肯辛顿花园的彼得·潘雕像是 J. M. 巴里在1912年4月30日夜里在未经批准的情况下偷立下的。这座雕像位于长湖的西边，靠近其作者在贝斯沃特路的故居。巴里曾打算照着迈克尔·卢埃林·戴维斯身穿彼得·潘服装的照片（迈克尔和他的四个兄弟是他剧中许多人物的原型）来制作雕塑。然而，雕塑家乔治·弗兰普顿却用了另一个孩子做这个永远不会长大的男孩的模特。巴里对雕塑的成品感到失望，称"它没有表现出彼得身上恶魔的一面"。

九年后，迈克尔·卢埃林·戴维斯在二十一岁生日前不久，与很可能是他情人的朋友罗伯特·巴克斯顿一起溺水身亡，具体原因不明。迈克尔的兄弟尼科和彼得承认，他的死很可能是自杀，巴里对此也持同样的看法。他在悲剧发生一年后写道，迈克尔的死"在某种程度上也为我自己画下了句点"。

拜伦勋爵 LORD BYRON

海德公园角，W1
Hyde Park Corner, W1

这尊铜像位于海德公园的海德公园角入口之外，由理查德·克洛德·贝尔特雕制，拜伦的爱犬伯茨温也立于诗人的身侧。

弗吉尼亚·吴尔夫 VIRGINIA WOOLF

塔维斯托克广场，WC1H
Tavistock Square, WC1H

在离吴尔夫的塔维斯托克广场公寓最近的一个街角，有一尊她的半身像。这座雕像于2004年揭幕，是史蒂芬·汤姆林1931年作品的复制品。

奥斯卡·王尔德 OSCAR WILDE

阿德莱德街，考文特花园，WC2N
Adelaide Street, Covent Garden, WC2N

玛吉·汉布林的《与奥斯卡·王尔德对话》是第一座纪念这位剧作家和诗人的公共雕塑。这座雕像位于阿德莱德街南端，正对着查令十字车站，在王尔德淫秽案中扮演了重要角色的萨沃伊酒店亦相距不远。尽管作品的严肃性存疑，但雕塑家称自己的本意是让它承担长椅的功能。

哈默史密斯、奇西克和阿克顿

长期以来,绿树成荫的宁静街道、河边的步道和更为实惠舒适的郊区住宅吸引着人们举家从伦敦市中心迁往西边。这里在历史上是一个充满创意的地区,许多住宅都搭建有专门的艺术工作室。威廉·莫里斯就是迁来这里的文人之一,他搬到了哈默史密斯,在那里度过了自己生命中的最后十年。他住过的房子现在是威廉·莫里斯协会博物馆。

知名书店和博物馆

福斯特书店 FOSTER BOOKS
奇西克高街183号,奇西克,W4
183 Chiswick High Road, Chiswick, W4
书店位于一家与之十分相称的十八世纪建筑中,出售珍本与二手书。
周一至周六 10:30—17:30
周日 11:00—17:00

威廉·莫里斯协会博物馆
WILLIAM MORRIS SOCIETY MUSEUM
上小街26号,哈默史密斯,W6
26 Upper Mall, Hammersmith, W6
这家协会成立于1955年,旨在分享威廉·莫里斯的生平及作品的相关知识。博物馆内有一个莫里斯主题的图书馆,最重要的馆藏无疑是他的文学和诗歌作品。

J. G. 巴拉德 J. G. BALLARD

巴罗盖特路69号,奇西克,W4
69 Barrowgate Road, Chiswick, W4
在搬去萨里郡前,《撞车》和《太阳帝国》的作者、被誉为"谢珀顿先知"的J. G. 巴拉德曾于上个世纪五十年代在这里创作了若干短篇小说。

安东尼·伯吉斯 ANTHONY BURGESS

格莱布街24号,奇西克,W4
24 Glebe Street, Chiswick, W4
《发条橙》的作者安东尼·伯吉斯和他酗酒的妻子曾在这里住过。在此期间,伯吉斯和一位意大利语翻译发生了外遇,并生下了一个孩子。他的妻子去世四个月后,伯吉斯娶了这位翻译,并悄悄地把孩子认归自己名下。

E. M. 福斯特 E. M. FORSTER

阿灵顿公园大厦,萨顿巷,特纳姆格林,W4
Arlington Park Mansions, Sutton Lane, Turnham Green, W4
1939年,福斯特搬到了伦敦西部这片绿树成荫的街区,当时的他已经出版了《看得见风景的房间》《霍华德庄园》和《印度之行》。有人认为福斯特从布鲁姆斯伯里搬到奇西克是为了远离伦敦市中心的喧嚣,也有人觉得他是为了离自己的伴侣鲍勃·白金汉更近一些。无论原因为何,福斯特觉得自己的新家能看到"特纳姆格林的可爱风景"。他在这里一直保留了一间公寓,直到1970年去世。

帕特里克·汉密尔顿 PATRICK HAMILTON

伯灵顿花园2号,奇西克,W4
2 Burlington Gardens, Chiswick, W4
一战爆发时,帕特里克·汉密尔顿和家人在这里安顿下来,从此开启了自己写作和出版的生涯。他在这座房子里断断续续地住了近二十年。迅速迎来成功后不久,他在伯爵宫遭遇了一场车祸,几乎丧生于此。车祸加上酗酒使他的健康状况每况愈下。汉密尔顿后来那两部被拍成电影的剧作《煤气灯下》和《夺魂索》,以及小说《宿醉广场》和《天空下的两万条街道》的灵感都来源于这些他常常往来的街道,这些作品都被誉为刻画二十世纪伦敦的代表之作。

艾丽丝·默多克 IRIS MURDOCH

巴罗盖特路55号,奇西克,W4
55 Barrowgate Road, Chiswick, W4
这位出生在都柏林的小说家仅在奇西克住了很短一段时间,但她的好几部小说都把背景设在了伦敦或伦敦周边,如《完美伴侣》(肯辛顿)、《天使时代》(伦敦东部)、《语言之子》(贝斯沃特)和《绿骑士》(哈默史密斯)。

W. B. 叶芝 W. B. YEATS

布莱尼姆路3号，贝德福德公园，W4
3 Blenheim Road, Bedford Park, W4

回爱尔兰住了一段时间后，叶芝一家于1887年搬回伦敦，以每年五十英镑的价格租下了布莱尼姆路3号。二十二岁的叶芝在这栋房子里拥有一间书房，他在书房的天花板上画下了黄道十二宫，他的父亲则在墙上画了一幅斯威戈的地图。叶芝最著名的作品之一《因尼斯弗里湖岛》就是在布莱尼姆路创作的。后来，他的妹妹莉莉回忆说："有一天晚上，在贝德福德公园的住所里……威利突然闯了进来，他刚写完，可能甚至还没有落在纸面上，只是刚刚有了'因尼斯弗里'的灵感，他用他全部的青春创作之火反复地念着它。"

也正是在布莱尼姆路，叶芝第一次遇见了茅德·冈。那是在1889年，茅德拜访了叶芝的家。诗人后来说，那次相遇是自己"人生的烦恼之始"；他对茅德一见钟情，并在此之后向她求婚了好几次。茅德每一次都拒绝了他，但叶芝一直都还怀有希望。在此期间，茅德也对叶芝的创作产生了重大的影响。

利·亨特 LEIGH HUNT

罗恩路16号，哈默史密斯，W6
16 Rowan Road, Hammersmith, W6

亨特晚年搬到了哈默史密斯，在这里度过了他人生余下的大部分时光。在因离婚陷入经济困境后，这位曾在文学圈最中心奢华度日的作家不得不过上一种只能称得上温饱的生活。他从挚友玛丽·雪莱和珀西·比希·雪莱的财产里每年拿一百二十英镑，同时还从约翰·罗素勋爵那里领取每年两百英镑的养老金。查尔斯·狄更斯以亨特为原型，塑造了《荒凉山庄》中一个因依靠朋友施舍而臭名昭著的人物哈罗德·斯金波。所有读过这本小说的人都立刻认出了这位诗人就是角色原型。

亚历山大·蒲柏 ALEXANDER POPE

莫森道110号，奇西克，W4
110 Mawson Row, Chiswick, W4

这座安妮女王时期风格的建筑曾是亚历山大·蒲柏父母的家，这位诗人和讽刺作家于1716年到1719年期间住在这里，当时他正在翻译《伊利亚特》。塞缪尔·约翰逊曾说过，这次翻译"在任何时代和国家都无法找到可与之相提并论的工作"，蒲柏也借此赚到了足够的钱，搬到了特威克纳姆泰晤士河岸边的一栋别墅。在那里，他建造了自己著名的石室和花园。

威廉·莫里斯 WILLIAM MORRIS

上小街26号，哈默史密斯，W6
26 Upper Mall, Hammersmith, W6

作家兼艺术家威廉·莫里斯买下了这座引人注目的宅子后，便在这里和家人所在的牛津郡之间往返居住。莫里斯在他人生的最后二十五年里一直保留着这处住宅，直到1896年在这里去世。今天，这栋房子成为了威廉·莫里斯协会的所在地。

奥维达 OUIDA

雷文斯科特广场11号，哈默史密斯，W6
11 Ravenscourt Square, Hammersmith, W6

尽管今天并不为人所知，浪漫主义小说家奥维达（玛丽·路易斯·德·拉·拉梅）曾是一位轰动维多利亚时代文坛的人物；她一生出版了四十多本书，虽然作品中的内容对那个时代来说有些过于活泼了。奥维达（当时还名叫玛丽）出生于贝里圣埃德蒙兹，十八岁时搬到伦敦，和外祖母住在雷文斯科特广场。她的前三部小说就是在这里生活期间写成的。

彼得·阿克罗伊德 PETER ACKROYD

伍尔夫斯坦街84号，阿克顿，W 12
84 Wulfstan Street, Acton, W 12

这位高产的获奖作家在阿克顿东部的这处房子里长大。在这里，他对文学和伦敦产生了同样的热爱。他创作了包括《霍克斯默》和《丹·雷诺和莱姆豪斯杀人魔》在内的多部小说，也撰写了许多关于英国作家的书籍，如查尔斯·狄更斯、埃兹拉·庞德、威廉·布莱克和威廉·莎士比亚的传记。阿克罗伊德的作品中最值得一提的是他无与伦比的《酷儿之城》和《伦敦传》，这两部作品可以被视为他献给自己城市的颂歌。用阿克罗伊德作为最后一个条目来为本书收尾也无疑是极为合适的，因为他所有的作品都为展示伦敦卓越非凡的文学史提供了重要资料，都十分值得推荐。

"当我还是个孩子的时候，我常常沉迷于书本 —— 这在阿克顿这个工人阶级社区是个异类。随后，我又迷上了伦敦。"

—— 彼得·阿克罗伊德

留存到今日的塞西尔巷是一块属于书迷的飞地，出售各类新书、二手书和珍本书的专门店鳞次栉比。
格里·林奇，知识共享协议署名 – 相同方式共享（CC BY-SA）3.0
https://commons.wikimedia.org/w/index.php?curid=317563

WATKINS
ESOTERIC
CENTRE
1894
020 7379 4554
WATKINS
ESOTERIC
CENTRE
ASTROLOGICAL CONSULTATIONS
TAROT CARD READINGS
CRYSTALS
STATUES
ESSENCES
INCENSE CANDLES
MEDITATION SUPPLIES
OPEN
ANTIQUES
TRAVIS

Books Purchased

"二十年前,伦敦于我是刺激、刺激加刺激,是一切冒险中宽广又悸动的心脏。"

——D. H. 劳伦斯